राजर्षि

रवीन्द्रनाथ ठाकुर

जन्म : 7 मई,1861, जोड़ासाँको, ठाकुरबाड़ी, कोलकाता।

नव सांस्कृतिक जागरण की प्रभात-वेला में जन्मे थे, गुरुदेव रवीन्द्रनाथ ठाकुर। औपचारिक शिक्षा की जड़-ज्ञान-वाहिनी प्रणाली उन्हें बालपन में ही अरुचिकर लगी थी; अत: उन्हें अनौपचारिक ढंग से घर पर ही संस्कृत, अंग्रेजी, बांग्ला का गहन अध्ययन कराया गया। संगीत भी उन्होंने घर पर ही सीखा। कहना अनावश्यक है कि शान्तिनिकेतन और विश्व भारती की अवधारणा इसी अवधि में अंकुरित हो गई थी।

'गीतांजलि' के माध्यम से विश्व-कवि के गौरव से मंडित रवीन्द्रनाथ ने भारतीय कथा-साहित्य को भी नवीन मार्ग दिखाया। कहानियों के अतिरिक्त बउ ठकुरानीर हाट (1883), राजर्षि (1885), चोखेर बाली (1902), नौका डूबी (1905), गोरा (1910), चतुरंग (1916), घरे बाइरे (1916), शेषेर कबिता (1929), जोगाजोग (1930), दुई बोन (1933), चार अध्याय (1934)आदि उपन्यास उनकी कीर्ति के प्रकाश स्तम्भ हैं।

सम्मान : गीतांजलि के लिए उन्हें सन् 1913 में साहित्य का नोबेल पुरस्कार मिला।

निधन : 7 अगस्त, 1941

जयश्री दत्त

जन्म : बुद्ध पूर्णिमा, 1959

जयश्री भारतीय स्वाधीनता प्राप्ति के उद्देश्य से तत्कालीन पूर्वी बंगाल (वर्तमान बाँग्लादेश) में गठित क्रान्तिकारी संस्था, 'अनुशीलन-समिति' के संस्थापक सदस्यों में से एक श्री स्नेहमय दत्त और उसी समिति की क्रान्तिकारी सदस्य, श्रीमती मुकुलरानी दत्त की पुत्री हैं। विभाजन के बाद यह परिवार बिहार के भागलपुर नगर आ बसा, जहाँ जयश्री का जन्म हुआ। अर्थशास्त्र विषय में उच्च शिक्षा प्राप्त जयश्री अपने विश्वविद्यालयी जीवन में अर्थशास्त्र की कक्षा से अधिक बांग्ला-साहित्य की कक्षाओं में जाकर बैठती थीं। यहाँ परिवार से मिले साहित्यिक संस्कारों को मँजने-सँवरने का मौक़ा मिला और समय आने पर वे अनुवाद की ओर झुक गईं।

जयश्री के जीवन का ढाई दशक से अधिक समय मणिपुर में व्यतीत हुआ। मणिपुरी भाषा के लिए होनेवाले आन्दोलन में उन्होंने सक्रिय भूमिका निभाई। उन्होंने मणिपुरी कहानियों का बांग्ला में अनुवाद भी किया है।

आधार सामग्री स्रोत

राजर्षि

रवीन्द्रनाथ ठाकुर

रवीन्द्र रचनावली, प्रथम खंड [पुनर्मुद्रण : पौष, 1410]
विश्वभारती ग्रन्थन विभाग, 6-आचार्य जगदीशचन्द्र बसु रोड, कोलकाता-17

रवीन्द्रनाथ ठाकुर

राजर्षि

अनुवाद

जयश्री दत्त

राजकमल पेपरबैक्स

बांग्ला से हिन्दी में पहली बार शुद्ध एवं सम्पूर्ण अनुवाद

राजकमल पेपरबैक्स में
पहला संस्करण : 2013

राजकमल पेपरबैक्स : उत्कृष्ट साहित्य के जनसुलभ संस्करण

राजकमल प्रकाशन प्रा. लि.
1-बी, नेताजी सुभाष मार्ग, दरियागंज
नई दिल्ली-110 002
द्वारा प्रकाशित

शाखाएँ : अशोक राजपथ, साइंस कॉलेज के सामने, पटना-800 006
पहली मंज़िल, दरबारी बिल्डिंग, महात्मा गांधी मार्ग, इलाहाबाद-211 001
36 ए, शेक्सपियर सरणी, कोलकाता-700 017

वेबसाइट : www.rajkamalprakashan.com
ई-मेल : info@rajkamalprakashan.com

बी.के. ऑफसेट
नवीन शाहदरा, दिल्ली-110 032
द्वारा मुद्रित

मूल्य : ₹ 125

आवरण : राजकमल स्टूडियो

RAJARSHI
Novel by Ravindranath Thakur
Translated by Jaishree Dutt

ISBN : 978-81-267-2502-1

सूचना

राजर्षि के सम्बन्ध में कुछ कहने का अनुरोध किया गया है। कहने को विशेष कुछ नहीं है। इस बारे में मुख्य वक्तव्य यही है कि यह मेरा स्वप्न में उपलब्ध उपन्यास है।

बालक पत्रिका की सम्पादिका ने मुझे इस मासिक की थाली में नियमित रूप से परोसने के काम में लगा दिया था। उसका फल हुआ यह कि प्रायः एकमात्र मैं ही उसके भोज का प्रबन्धकर्ता बन गया। तनिक समय पाते ही मन 'क्या लिखूँ', 'क्या लिखूँ' करता रहता था।

राजनारायण बाबू थे देवघर में। उनसे भेंट करने जाने के लिए निकलना पड़ा। रात में गाड़ी की रोशनी विश्राम में बाधा पहुँचाएगी, इस वजह से उसका आवरण खींच दिया। एंग्लो इंडियन सहयात्री का मन उससे प्रसन्न नहीं हुआ, ढकना खोल दिया। जगे रहना अनिवार्य सोचकर एक कथा का प्लॉट मन में लाने की चेष्टा करने लगा। नींद आ गई। स्वप्न में देखा...पत्थर का एक मन्दिर है। छोटी लड़की को लेकर पिता पूजा करने आया है। सफ़ेद पत्थर की सीढ़ियों से बलि का रक्त बह रहा है। देखते ही लड़की के चेहरे पर क्या भय! क्या वेदना! करुण स्वर में बार-बार पिता से कहने लगी–पिताजी, इतना रक्त क्यों! पिता किसी तरह लड़की का मुँह बन्द कर देना चाहता है, तब लड़की अपने आँचल से रक्त पोंछने लगी। जागते ही बोला–कथा मिल गई। स्वप्न का यह विवरण 'जीवन स्मृति' में पहले ही लिख चुका हूँ, पुनरुक्ति करनी पड़ी।

असली कथा थी, प्रेम की अहिंस्र-पूजा के साथ हिंस्र-शक्ति-पूजा का विरोध। किन्तु मासिक पत्रिका की पेटू ज़रूरत साहित्य की वैध भूख के परिमाप में सिमटना नहीं चाहती। व्यंजनों की सूची-संख्या बढ़ाते चलना पड़ा।

वस्तुतः उपन्यास पूरा हो गया, पन्द्रहवें परिच्छेद में। फसल वाले खेत का जहाँ किनारा होता है, वहाँ बुआई हुई नहीं, बेकार का जंगल खड़ा हो गया। सामयिक पत्रिका की विवेचनाहीनता में अक्सर लेखनी का मूल स्वभाव नष्ट हो जाता है। विशेष रूप से जहाँ शिशु-पाठक ही लक्ष्य हों, वहाँ व्यर्थ की वाचालता में संकोच नहीं रहता। अल्प वयस्क बालकों के सम्मान की रक्षा भी आवश्यक है, प्रायः यह बात शिशु-साहित्य के लेखक भूल जाते हैं। साहित्य-रचना में यदि गुणी लेखनी में सतर्कता न रहे, यदि वह रचना बिना मर्यादा के व्यर्थ हो जाए, तब वह अस्वास्थ्यकर हो ही जाएगी, विशेषतः बालकों के पाक-यंत्र के लिए। अगर व्यवसाय की खातिर दूध के बदले चावल का घोल चलाना पड़े, तो वह धोखा चलाया जा सकता है, वयस्कों की थाली में, उससे उनकी रुचि की परीक्षा हो जाएगी; किन्तु बालकों के भोग में नैव नैव च।

श्रावण : 1347

पहला परिच्छेद

भुवनेश्वरी मन्दिर का पत्थर का घाट गोमती नदी में जाकर मिल गया है। एक दिन ग्रीष्म-काल की सुबह त्रिपुरा के महाराजा गोविन्द माणिक्य स्नान करने आए हैं, उनके भाई नक्षत्रराय भी साथ हैं। ऐसे समय एक छोटी लड़की अपने छोटे भाई को साथ लेकर उसी घाट पर आई। राजा का वस्त्र खींचते हुए पूछा, ''तुम कौन हो?''

राजा मुस्कराते हुए बोले, ''माँ, मैं तुम्हारी सन्तान हूँ।''

लड़की बोली, ''मुझे पूजा के लिए फूल तोड़ दो-ना!''

राजा बोले, ''अच्छा, चलो।''

अनुचर बेचैन हो उठे। उन्होंने कहा, ''महाराज, आप क्यों जाएँगे, हम तोड़े दे रहे हैं!''

राजा बोले, ''नहीं, जब मुझे कहा है, तो मैं ही तोड़कर दूँगा।''

राजा ने उस लड़की के चेहरे की ओर ताका। उस दिन की निर्मल उषा के साथ उसके चेहरे का सादृश्य था। जब वह राजा का हाथ पकड़े मन्दिर से सटे फूलों के बगीचे में घूम रही थी, तो चारों ओर के लता-पुष्पों के समान उसके लावण्य भरे चेहरे से निर्मल सौरभ का भाव प्रस्फुटित होकर प्रभात-कानन में व्याप्त हो रहा था। छोटा भाई दीदी का कपड़ा पकड़े उसके संग-संग घूम रहा था। वह एकमात्र दीदी को ही जानता है, राजा के साथ उसकी कोई बड़ी घनिष्ठता नहीं हुई।

राजा ने लड़की से पूछा, ''तुम्हारा नाम क्या है बेटी?''

लड़की बोली, ''हासि।''

राजा ने लड़के से पूछा, ''तुम्हारा नाम क्या है?''

लड़का बड़ी-बड़ी आँखें फाड़े दीदी का मुँह ताकता रहा, कोई उत्तर नहीं दिया।

हासि ने उसके कन्धे पर हाथ रखकर कहा, "बोल ना भैया, मेरा नाम ताता है।"

लड़का अपने छोटे-से होंठ ज़रा-सा खोलकर गम्भीर भाव से दीदी की बात की प्रतिध्वनि के समान बोला, "मेरा नाम ताता है।"

बोलकर दीदी का कपड़ा और कसकर पकड़ लिया।

हासि राजा को समझाते हुए बोली, "वो लड़का है ना, इसीलिए सब उसे ताता बुलाते हैं।"

छोटे भाई की ओर मुँह घुमाकर कहा, "अच्छा, बोल तो मन्दिर।"

लड़के ने दीदी के मुँह पर ताककर कहा, "लदन्द।"

हासि ने हँसकर कहा, "ताता मन्दिर नहीं बोल पाता, बोलता है, लदन्द।...अच्छा, बोल तो कढ़ाई।"

लड़का गम्भीर होकर बोला, "बलाई।"

हासि फिर हँस पड़ी, बोली, "हमारा ताता कढ़ाई नहीं बोल पाता, बोलता है-बलाई।"

कहकर चूमते-चूमते उसे परेशान कर डाला।

ताता दीदी की अचानक इतनी हँसी और इतने लाड़-प्यार का कोई कारण नहीं खोज पाया, वह केवल बड़ी-बड़ी आँखें फाड़े देखता रहा। वास्तव में ही मन्दिर और कढ़ाई शब्द के उच्चारण में उसकी पूरी-पूरी गलती थी, इसे अस्वीकार नहीं किया जा सकता; ताता की आयु में हासि कभी भी मन्दिर को लदन्द नहीं बोलती थी, वह मन्दिर को बोलती थी-पालु और पता नहीं कढ़ाई को बलाई बोलती थी या नहीं, लेकिन कड़ी[1] को बोलती थी-घयि, अतएव ताता के ऐसे विचित्र उच्चारण को सुनकर उसे बहुत हँसी आ जाएगी, इसमें आश्चर्य कैसा! ताता से जुड़ी अनेक घटनाएँ वह राजा को बताने लगी। एक बार एक बूढ़ा आदमी कम्बल ओढ़कर आया था, ताता ने उसे बोला था-भालू; ताता की ऐसी मन्दबुद्धि है। और एक बार पेड़ पर लगे शरीफे के फलों को पक्षी समझकर ताता ने अपने मोटे-मोटे छोटे-छोटे हाथों से ताली बजाकर उन्हें उड़ाने की चेष्टा की थी। ताता की दीदी ने विस्तृत उदाहरणों द्वारा पूरी तरह प्रमाणित कर दिया कि ताता हासि से बहुत छोटा है। ताता अपनी बुद्धि के परिचय की कथा नितान्त

1. कड़ी : घोंघे की प्रजाति के समुद्री प्राणी का ऊपरी आवरण।

अविचलित भाव से सुन रहा था, जितना समझ पाया, उसमें क्षोभ का तनिक भी कारण नहीं दिख पाया। इस प्रकार उस दिन सुबह फूल चुनना समाप्त हुआ। जब छोटी लड़की को आँचल भरकर फूल दिए, तब राजा को लगा कि उनकी पूजा सम्पन्न हुई; इन दो सरल प्राणों के स्नेह का दृश्य देखकर, इस पवित्र हृदय की आशा को पूर्ण करते हुए फूल चुनकर देकर, मानो उनकी देव-पूजा का काज सम्पन्न हुआ।

दूसरा परिच्छेद

उसके अगले दिन से नींद टूट जाने के बाद, सूर्य उगने पर भी राजा का प्रभात नहीं होता था; उनका प्रभात तभी होता था, जब वे दोनों छोटे भाई-बहनों का चेहरा देख लेते थे। वे प्रतिदिन उन लोगों को फूल चुनकर दे देते, तभी स्नान करते थे; दोनों भाई-बहन घाट पर बैठे उनका नहाना देखते रहते। जिस दिन प्रात: ये दो बालक-बालिका नहीं आते, उस दिन मानो उनकी पूजा-अर्चना सम्पूर्ण नहीं होती थी।

हासि और ताता के माँ-बाप कोई नहीं हैं। केवल एक चाचा है। चाचा का नाम केदारेश्वर है। ये दोनों बालक-बालिका ही उसके जीवन के एकमात्र सुख और सम्बल हैं।

एक वर्ष व्यतीत हो गया। अब ताता मन्दिर बोल पाता है लेकिन अब भी कढ़ाई बोलने पर बलाई ही बोलता है। वह अधिक बातें नहीं करता। गोमती नदी के किनारे नागकेशर के पेड़ के नीचे उसकी दीदी पैर फैलाए बैठी उसे जो भी कहानी सुनाती, वह उसे ही आँखें फाड़े अवाक् होकर सुनता। उस कहानी का कोई सिर-पैर नहीं होता था; फिर भी वह क्या समझता था, वही जाने; कहानी सुनकर उस पेड़ के नीचे, उस सूर्य के प्रकाश में, उस मुक्त हवा में एक छोटे-से बालक के छोटे-से हृदय में कितनी बातें, कितनी छवियाँ उभरती थीं, हमें क्या पता! ताता अन्य किसी बालक के साथ नहीं खेलता था, बस, अपनी दीदी के संग छाया की तरह घूमता था।

आषाढ़ का महीना। सुबह से घनघोर बादल छाए हैं। अभी बारिश नहीं पड़ी है, किन्तु बारिश के आसार दिखाई दे रहे हैं। दूर देश की बारिश के छींटे लिये ठंडी हवा बह रही है। गोमती नदी के जल और गोमती के आरपार के जंगल पर

अँधेरे आसमान की छाया पड़ रही है। कल रात अमावस्या थी, कल भुवनेश्वरी की पूजा हो चुकी है।

यथासमय राजा हासि और ताता का हाथ पकड़े स्नान के लिए आ गए। रक्त-धारा की एक रेखा सफ़ेद पत्थर के घाट की सीढ़ियों से बहते हुए जाकर जल में मिल गई है। कल रात जो एक-सौ एक भैंसों की बलि दी गई है, उन्हीं का रक्त है।

रक्त की उस रेखा को देखकर हासि ने अचानक एक तरह से सकुचाते हुए हटकर राजा से पूछा, ''पिताजी, यह किसका निशान है?''

राजा बोले, ''रक्त का निशान है, बेटी।''

उसने कहा, ''इतना रक्त क्यों!'' बालिका ने एक प्रकार से इतने कातर स्वर में पूछा 'इतना रक्त क्यों' कि धीरे-धीरे राजा के हृदय में भी यही प्रश्न उठने लगा, 'इतना रक्त क्यों!' वे सहसा सिहर उठे। बहुत दिन से प्रति वर्ष रक्त की धारा देखते आ रहे हैं, किन्तु एक छोटी बालिका का प्रश्न सुनकर उनके मन में उठने लगा, 'इतना रक्त क्यों!' वे उत्तर देना भूल गए। अन्यमनस्क भाव से स्नान करते-करते इसी प्रश्न पर विचार करने लगे।

हासि जल में आँचल भिगोकर सीढ़ियों पर बैठकर धीरे-धीरे रक्त की रेखा पोंछने लगी, उसकी देखादेखी छोटे-छोटे हाथों से ताता भी वही करने लगा। हासि का आँचल रक्त से लाल हो गया। जब तक राजा का स्नान निबटा, तब तक दोनों भाई-बहन ने मिलकर रक्त के निशान पोंछ डाले।

उसी दिन घर लौटकर हासि को ज्वर चढ़ आया। ताता निकट बैठकर दोनों छोटी अँगुलियों से दीदी के मुँदे नेत्रों की पलकें खोलने की चेष्टा करते हुए बीच-बीच में पुकार रहा है, ''दीदी!'' दीदी चौंककर तनिक जाग जा रही है। ''क्या है ताता,'' कहकर उसे निकट खींच रही है; उसकी आँखें फिर से नींद से भारी हो रही हैं। ताता बहुत देर तक चुपचाप दीदी के चेहरे की ओर देखता रहता है, कोई बात नहीं कहता। अन्त में बहुत देर बाद धीरे-धीरे दीदी के गले से लिपटकर उसके मुँह के पास मुँह ले जाकर आहिस्ता-आहिस्ता बोला, ''दीदी, तू उठेगी नहीं?'' दीदी ने चौंककर जागते हुए उसे छाती से चिपटाकर कहा, ''उठूँगी क्यों नहीं मेरे धन[1]!'' किन्तु दीदी में उठने का और सामर्थ्य नहीं है। ताता के छोटे-से हृदय में मानो भारी अन्धकार छा गया। ताता की पूरे दिन के खेलकूद के आनन्द की आशा एकदम धुँधली पड़ गई। आकाश में घना अँधेरा है, घर के

---

1. मेरे धन : बालक को प्यार से सम्बोधित करने की शैली।

छप्पर पर धीरे-धीरे बारिश की आवाज़ सुनाई पड़ रही है, आँगन का इमली का पेड़ बारिश में भीग रहा है, मार्ग में कोई पथिक नहीं है। केदारेश्वर एक वैद्य को साथ लेकर आया है। वैद्य ने नाड़ी-परीक्षा करके हालत देखकर अच्छा अनुभव नहीं किया।

उसके अगले दिन राजा ने स्नान करने आकर देखा, दोनों बालक उनकी प्रतीक्षा में मन्दिर में नहीं बैठे हैं। सोचा, इस मूसलाधार बारिश में वे नहीं आ पाए होंगे। स्नान-पूजा निबटाकर शिविका पर चढ़कर वाहकों को केदारेश्वर की झोंपड़ी पर चलने की आज्ञा दी। सभी सेवक आश्चर्य में पड़ गए लेकिन राजा से कुछ नहीं कह पाए।

राजा की शिविका आँगन में पहुँचते ही झोंपड़ी में अफरा-तफरी मच गई। उस अफरा-तफरी में सभी रोगी की बीमारी की बात भूल गए। केवल ताता नहीं हिला, वह अचेत दीदी की गोद के पास बैठा दीदी के कपड़े का एक किनारा मुँह में ठूँसे टुकुर-टुकुर देखता रहा।

राजा को झोंपड़ी में आता देख ताता ने पूछा, "क्या हुआ है?"

बेचैन हृदय राजा ने कोई उत्तर नहीं दिया। ताता ने गर्दन झुकाए-झुकाए फिर पूछा, "दीदी को लग गई है?"

चाचा केदारेश्वर ने थोड़ा झुँझलाते हुए उत्तर दिया, "हाँ, लग गई है।"

ताता ने तुरन्त दीदी के पास खिसककर उसका चेहरा उठाने की चेष्टा करते हुए गले से लिपटकर पूछा, "दिदि, तोमार कोथाय नेगेछे?"[1]

मन का अभिप्राय यही था कि उसी जगह फूँक मारकर, हाथ से सहलाकर दीदी का सारा दर्द दूर कर देगा। लेकिन जब दीदी ने कोई उत्तर नहीं दिया, तो उससे और नहीं सहा गया...दोनों छोटे-छोटे होंठ लगातार फूलने लगे, अभिमान में रो उठा। कल से बैठा है, एक भी बात क्यों नहीं! ताता ने क्या किया है कि उसका ऐसा अनादर हो रहा है! राजा के सामने ताता का ऐसा व्यवहार देखकर केदारेश्वर परेशान हो उठा। वह झुँझलाते हुए ताता का हाथ पकड़कर दूसरे कमरे में खींच ले गया। इतने पर भी दीदी कुछ नहीं बोली।

राज-वैद्य आकर सन्देह प्रकट करके चला गया। राजा शाम को फिर हासि को देखने आए। उस समय लड़की प्रलाप में बक रही थी, "हे माँ, इतना रक्त क्यों!"

राजा ने कहा, "बेटी, मैं इस रक्त-धारा को रोक दूँगा।"

---

1. दीदी तुम्हें कहाँ नगी (लगी) है?

बालिका बोली, ‘‘आ भैया ताता, हम दोनों इस रक्त को पोंछ डालें।’’

राजा ने कहा, ‘‘आओ बेटी, मैं भी पोंछता हूँ।’’

सन्ध्या के कुछ बाद ही हासि ने एक बार आँखें खोली थीं। चारों ओर एक बार ताककर जैसे किसी को खोजा। तब ताता रो-रोकर दूसरे कमरे में सोया पड़ा था। मानो, किसी को न देख पाकर हासि ने आँखें मूँद लीं। और आँखें नहीं खोलीं। दो-पहर रात के समय राजा की गोद में हासि की मृत्यु हो गई।

जब हासि को हमेशा के लिए झोंपड़ी से ले जाया गया, तब ताता बेखबर सो रहा था। अगर जान पाता, तो शायद वह भी दीदी के साथ-साथ लघु परछाईं के समान चला जाता।

तीसरा परिच्छेद

राज-सभा बैठी है। भुवनेश्वरी देवी मन्दिर का पुरोहित कार्यवश राज-दर्शन को आया है।

पुरोहित का नाम रघुपति है। इस देश में पुरोहित को चोंताई सम्बोधित किया जाता है। भुवनेश्वरी देवी की पूजा के चौदह दिन बाद देर रात को चौदह देवताओं की एक पूजा होती है। उस पूजा के समय एक दिन दो रात कोई भी घर से नहीं निकल सकता, राजा भी नहीं। अगर राजा बाहर निकलते हैं, तो उन्हें चोंताई को अर्थ-दंड चुकाना पड़ता है। किंवदन्ती है कि इस पूजा की रात को मन्दिर में नर-बलि होती है। इस पूजा के उपलक्ष्य में सबसे पहले जो पशु-बलि होती है, उसे राजबाड़ी के दान के रूप में ग्रहण किया जाता है। इसी बलि के पशु को लेने के लिए चोंताई राजा के पास आया है। पूजा में और बारह दिन बचे हैं।

राजा बोले, "इस बरस से मन्दिर में जीव-बलि नहीं होगी।"

सभा के सारे लोग अवाक् रह गए। राजा के भाई नक्षत्रराय के सिर के बाल तक खड़े हो गए।

चोंताई रघुपति ने कहा, "क्या मैं यह सपना देख रहा हूँ!"

राजा बोले, "नहीं ठाकुर,[1] हम लोग इतने दिन तक सपना देख रहे थे, आज हमारी चेतना लौटी है। एक बालिका का रूप धारण करके माँ मुझे दिखाई दी थीं। वे कह गई हैं, करुणामयी जननी होने के कारण माँ अपने जीवों का और रक्त नहीं देख सकतीं।"

रघुपति ने कहा, "तब माँ इतने दिन तक जीवों का रक्त-पान कैसे करती आ रही हैं?"

---

1. ठाकुर : देवता, ब्राह्मण और पूज्य व्यक्ति के लिए प्रयुक्त।

राजा ने कहा, ''नहीं, पान नहीं किया। जब तुम लोग रक्तपात करते थे, वे मुँह घुमा लेती थीं।''

रघुपति ने कहा, ''आप राज-काज अच्छी तरह समझते हैं, सन्देह नहीं, किन्तु पूजा के सम्बन्ध में आप कुछ नहीं जानते। अगर देवी को तनिक भी असन्तोष होता, तो पहले मुझे ही पता चलता।''

नक्षत्रराय ने बहुत बुद्धिमान के सामान गर्दन हिलाकर कहा, ''हाँ, यह सही बात है। अगर देवी को तनिक भी असन्तोष होता, तो पहले पुरोहित जी को पता चलता।''

राजा बोले, ''जिनका हृदय कठोर हो गया है, वे देवी की बात नहीं सुन पाते।''

नक्षत्रराय ने पुरोहित के मुँह की ओर देखा...भाव यही था कि इस बात का एक उत्तर देना आवश्यक है। रघुपति ने आग-बबूला होकर कहा, ''महाराज, आप पाखंडी-नास्तिक के समान बात कह रहे हैं।''

नक्षत्रराय ने धीमी प्रतिध्वनि की भाँति कहा, ''हाँ, नास्तिक के समान बात कह रहे हैं।''

गोविन्द माणिक्य ओजस्वी रूप से पुरोहित के चेहरे की ओर देखते हुए बोले, ''ठाकुर, आप राजसभा में बैठकर झूठमूठ समय नष्ट कर रहे हैं। मन्दिर के काम में देरी हो रही है, आप मन्दिर जाइए। जाते हुए रास्ते में प्रचार कर दीजिए, मेरे राज्य में जो व्यक्ति देवता के सामने जीव-बलि चढ़ाएगा, उसे निर्वासन का दंड दिया जाएगा।''

तब रघुपति काँपते-काँपते उठ खड़ा होकर जनेऊ छूकर बोला, ''तो, तुम्हारा विध्वंस हो जाए।''

सभासदों ने हाँ-हाँ करते हुए चारों ओर से पुरोहित को घेर लिया। राजा ने संकेत से सभी को रोका, सभी हटकर खड़े हो गए। रघुपति कहने लगा, ''तुम राजा हो, तुम चाहो तो प्रजा का सर्वस्व हरण कर सकते हो, इसी के चलते तुम माँ की बलि का हरण कर लोगे! ठीक है, तुम्हारा क्या सामर्थ्य! देखूँगा, मुझ रघुपति के माँ का सेवक रहते तुम कैसे पूजा में बाधा खड़ी करोगे!''

मंत्री राजा के स्वभाव से बहुत अच्छी तरह अवगत हैं। वे जानते हैं, राजा को संकल्प से जल्दी विचलित नहीं किया जा सकता। उन्होंने डरते हुए धीरे-धीरे कहा, ''महाराज, आपके स्वर्गीय पितृ-पुरुष देवी के सामने निरन्तर नियमित रूप से बलि देते आए हैं। कभी एक दिन के लिए भी इसमें अन्यथा नहीं घटा।''

मंत्री रुक गए।

राजा चुप रहे। मंत्री ने कहा, "आज इतने दिन बाद आपके पितृ-पुरुषों द्वारा प्रतिष्ठित उसी प्राचीन पूजा में बाधा खड़ी करने से वे लोग स्वर्ग में असन्तुष्ट होंगे।"

महाराज सोचने लगे। नक्षत्रराय ने ज्ञान प्रदर्शित करते हुए कहा, "हाँ, वे स्वर्ग में असन्तुष्ट होंगे।"

मंत्री फिर बोले, "महाराज, एक काम कीजिए, जहाँ सहस्र बलि दी जाती हैं, वहाँ एक-सौ बलि का आदेश दीजिए।"

सभासद वज्राहत के समान अवाक् हो रहे, गोविन्द माणिक्य भी बैठकर सोचने लगे। क्रूद्ध पुरोहित अधीर होकर सभा से उठकर जाने के लिए तैयार हो गया।

उसी समय पता नहीं कैसे, प्रहरियों की नज़र बचाकर नंगे बदन, नंगे पैर एक छोटे बालक ने सभा में प्रवेश किया। राजसभा के बीच खड़े होकर राजा के चेहरे की ओर बड़ी-बड़ी आँखें उठाकर पूछा, "दीदी कहाँ है?"

विशाल राजसभा में सभी मानो, सहसा निरुत्तर हो गए। विशाल भवन में केवल एक बालक की कंठ-ध्वनि प्रतिध्वनि बनकर गूँज उठी, "दीदी कहाँ है?"

राजा तत्क्षण सिंहासन से उतरकर बालक को गोद में उठाकर दृढ़ स्वर में मंत्री से बोले, "आज से मेरे राज्य में बलि नहीं चढ़ाई जा सकेगी। इसके अलावा और बात मत कहना।"

मंत्री ने कहा, "जो आज्ञा।"

ताता ने राजा से पूछा, "दीदी कहाँ है?"

राजा बोले, "माँ के पास।"

ताता बहुत देर तक मुँह में अँगुली डाले चुप रहा, उसे लगा कि जैसे एक निर्णय पर पहुँच गया है। आज से राजा ने उसे अपने पास रख लिया। चाचा केदारेश्वर को भी राजबाड़ी में जगह मिल गई।

सभासद अपनी-अपनी बातें कहने लगे, "यह अराजक देश बनकर रह गया है। हमारे जानते, बौद्ध अराजक लोग ही रक्तपात नहीं करते, अन्त में हम हिन्दुओं के देश में भी क्या वही विधान चलेगा!"

नक्षत्रराय ने भी उन लोगों के मत का पूरा समर्थन करते हुए कहा, "हाँ, अन्त में हिन्दुओं के देश में भी क्या वही विधान चलेगा!"

सभी ने सोचा-इससे अधिक अवनति का लक्षण और क्या हो सकता है! अराजकों और हिन्दुओं में क्या अन्तर रहा!

चौथा परिच्छेद

भुवनेश्वरी देवी मन्दिर का सेवक जयसिंह जाति से राजपूत, क्षत्रिय है। उसके पिता सुचेत सिंह त्रिपुरा राजघराने में पुराने सेवक थे। सुचेत सिंह की मृत्यु के समय जयसिंह एकदम बालक था। इस अनाथ बालक को राजा ने मन्दिर के काम में नियुक्त कर दिया। जयसिंह मन्दिर के पुरोहित रघुपति द्वारा पाला-पोसा गया और शिक्षित हुआ। बचपन से ही मन्दिर में पलने के कारण जयसिंह मन्दिर को घर के समान चाहता था, मन्दिर की प्रत्येक सीढ़ी, प्रत्येक प्रस्तर-खंड के साथ उसका परिचय था। उसकी माँ नहीं थी, भुवनेश्वरी की प्रतिमा को ही वह माँ के रूप में देखता था, प्रतिमा के सामने बैठकर बातें करता था, अतः उसे अकेलापन अनुभव नहीं होता था। उसके और भी संगी थे। मन्दिर के बगीचे में उसने बहुत-से वृक्ष अपने हाथों बड़े किए हैं। प्रति दिन उसके चतुर्दिक् उसके वृक्ष बड़े हो रहे हैं, लताएँ लिपट रही हैं, शाखाएँ पुष्पित हो रही हैं, छाया विस्तार पा रही है, श्यामल वल्लरियों के पल्लव-गुच्छों के कारण निकुंज यौवन के गर्व से परिपूर्ण हो रहा है। किन्तु जयसिंह के मन की इस सारी बात को, प्यार की बात को अधिकतर कोई नहीं जानता था; अपने विपुल बल और साहस के चलते ही वह विख्यात था।

मन्दिर का कामकाज निबटाकर जयसिंह अपनी कुटिया के द्वार पर बैठा है। सामने मन्दिर का कानन है। सन्ध्या हो रही है। बहुत घने मेघ घिरकर वर्षा हो रही है। नव-वर्षा के जल में जयसिंह के पेड़-पौधे स्नान कर रहे हैं, वर्षा की बूँदों के नृत्य से पत्ते-पत्ते में उत्सव हो रहा है, वर्षा के जल की छोटी-छोटी सैकड़ों-सैकड़ों धाराएँ परस्पर मिलकर, कलकल करते हुए, गोमती नदी में जाकर गिर रही हैं...जयसिंह परमानन्द में अपने बगीचे की ओर देखता हुआ चुपचाप बैठा

है। चारों ओर मेघों का स्निग्ध अन्धकार है, वन की छाया है, घने पत्तों की श्यामल शोभा है, मेढकों का कोलाहल है, वर्षा का अविराम झर-झर शब्द है...बगीचे में ऐसी नव-वर्षा की घोर घटा को देखकर उसका मन प्रफुल्ल हो रहा है।

भीगते-भीगते रघुपति आ पहुँचा। जयसिंह ने जल्दी से उठकर पैर धोने के लिए जल और सूखे कपड़े लाकर दिए।

रघुपति ने चिढ़ते हुए कहा, "तुमसे कपड़े लाने को किसने कहा?"

कहते हुए कपड़े लेकर कमरे में फेंक दिए।

जयसिंह पैर धोने का जल लेकर आगे बढ़ा। रघुपति ने चिढ़े स्वर में कहा, "ठहरो, ठहरो, अपना यह पानी रख दो।"

कहते हुए पैर से जल का लोटा ठेलकर गिरा दिया।

जयसिंह सहसा ऐसे व्यवहार का कारण न समझ पाने की वजह से अवाक् हो गया...कपड़े ज़मीन से उठाकर यथास्थान रखने को हुआ...रघुपति ने फिर से चिढ़ते हुए कहा, "ठहरो, ठहरो, तुम्हें उन कपड़ों को हाथ लगाने की ज़रूरत नहीं है।"

कहते हुए स्वयं जाकर कपड़े बदल आया। जल लेकर पैर धो लिये।

जयसिंह ने धीरे-धीरे कहा, "प्रभु, मैंने क्या कोई अपराध किया है?"

रघुपति ने थोड़े उग्र स्वर में कहा, "किसने कहा तुमने अपराध किया है?"

जयसिंह दुखी होकर चुपचाप बैठा रहा।

रघुपति बेचैन होकर कुटिया के बरामदे में घूमने लगा। इसी तरह बहुत रात हो गई; धीरे-धीरे बारिश पड़ने लगी। अन्त में रघुपति ने जयसिंह की पीठ पर हाथ रखकर कोमल स्वर में कहा, "वत्स, सोने जाओ, बहुत रात हो गई है।"

जयसिंह रघुपति के स्नेहिल स्वर से पिघलकर बोला, "पहले प्रभु सोने जाएँ, उसके बाद मैं जाऊँगा।"

रघुपति बोला, "मुझे देर है। देखो पुत्र, आज मैंने तुम्हारे साथ कठोर व्यवहार किया है, कुछ बुरा मत मानना। मेरा मन ठीक नहीं था। विशेष वृत्तान्त तुमसे कल सुबह कहूँगा। आज तुम सोने जाओ।"

जयसिंह ने कहा, "जो आज्ञा।"

कहकर सोने चला गया। रघुपति सारी रात घूमता रहा।

सुबह जयसिंह गुरु को प्रणाम करके खड़ा हो गया। रघुपति ने कहा, "जयसिंह, माँ के लिए बलि बन्द हो गई है।"

जयसिंह ने विस्मित होकर कहा, "यह क्या बात प्रभु!"

रघुपति–"राजा का ऐसा ही आदेश है।"

जयसिंह–"कौन से राजा का?"

रघुपति ने चिढ़ते हुए कहा, "यहाँ राजा फिर कितने कोड़ी हैं? महाराज गोविन्द माणिक्य ने आदेश दिया है, मन्दिर में जीव-बलि नहीं हो सकती।"

जयसिंह–"नर-बलि?"

रघुपति–"आः क्या बखेड़ा है! मैं कह रहा हूँ जीव-बलि, तुम सुन रहे हो नर-बलि।"

जयसिंह–"कोई जीव-बलि ही नहीं हो सकेगी?"

रघुपति–"नहीं।"

जयसिंह–"महाराज गोविन्द माणिक्य ने ऐसा आदेश दिया है?"

रघुपति–"हाँ रे, एक बात कितनी बार बोलूँ?"

जयसिंह ने बहुत देर तक कुछ भी नहीं कहा, केवल अपने मन में बोलता रहा, 'महाराज गोविन्द माणिक्य!' जयसिंह ने बचपन से गोविन्द माणिक्य को देवता के रूप में जाना है। आकाश के पूर्ण चन्द्र के प्रति शिशु की जैसी एक प्रकार की आसक्ति होती है, गोविन्द माणिक्य के प्रति जयसिंह के मन का भाव उसी प्रकार का था। गोविन्द माणिक्य का प्रशान्त सुन्दर मुख देखकर जयसिंह प्राण विसर्जित कर सकता था।

रघुपति ने कहा, "इसका कोई तोड़ तो निकालना होगा।"

जयसिंह ने कहा, "अवश्य। मैं महाराज के पास जाता हूँ, उनसे विनती करके कहता हूँ..."

रघुपति–"वह चेष्टा व्यर्थ है।"

जयसिंह–"तब क्या करना होगा?"

रघुपति ने कुछ पल सोचकर कहा, "वह कल बताऊँगा। कल प्रभात में तुम कुमार नक्षत्रराय के पास जाकर अनुरोध करना कि मुझसे गुप्त रूप से भेंट करें।"

पाँचवाँ परिच्छेद

प्रातःकाल नक्षत्रराय ने आकर रघुपति को प्रणाम करके पूछा, "ठाकुर, क्या आदेश है?"

रघुपति ने कहा, "तुम्हारे लिए माँ का आदेश है। चलो, पहले माँ को प्रणाम करो।"

दोनों मन्दिर में गए। जयसिंह भी साथ-साथ गया। नक्षत्रराय ने भुवनेश्वरी की प्रतिमा के सम्मुख साष्टांग प्रणति निवेदन किया।

रघुपति ने नक्षत्रराय से कहा, "कुमार, तुम राजा बनोगे।"

नक्षत्रराय ने कहा, "मैं राजा बनूँगा? पुरोहित जी क्या बोल रहे हैं, उसका कोई मतलब नहीं है।"

कहकर नक्षत्रराय ठठाकर हँसने लगा।

रघुपति ने कहा, "मैं कह रहा हूँ, तुम राजा बनोगे।"

नक्षत्रराय ने कहा, "आप कह रहे हैं, मैं राजा बनूँगा?"

कहकर रघुपति के चेहरे की ओर ताकता रहा।

रघुपति ने कहा, "मैं क्या झूठ बोल रहा हूँ?"

नक्षत्रराय ने कहा, "क्या आप झूठ बोल रहे हैं? वह कैसे होगा? देखिए पुरोहित जी, मैंने कल मेढक का सपना देखा है। अच्छा, ज़रा बताइए तो, मेढक का सपना देखने से क्या होता है?"

रघुपति ने हँसी दबाते हुए कहा, "बताओ तो, कैसा मेढक था! उसके सिर पर चिह्न तो था?"

नक्षत्रराय ने गर्व के साथ कहा, "उसके सिर पर चिह्न तो था ही। चिह्न न होने से कैसे चलेगा!"

रघुपति ने कहा, "ठीक है। तब तो तुम्हें राजतिलक की प्राप्ति होगी।"

नक्षत्रराय ने कहा, "तब मुझे राजतिलक की प्राप्ति होगी! आप कह रहे हैं, मुझे राजतिलक की प्राप्ति होगी? और अगर न हो?"

रघुपति ने कहा, "मेरा कहा व्यर्थ जाएगा? क्या कह रहे हो?"

नक्षत्रराय ने कहा, "नहीं-नहीं, यह बात नहीं हो रही है। आप कह रहे हैं ना कि मुझे राजतिलक की प्राप्ति होगी, सोचिए अगर न हुई! दैवात् ऐसा हो नहीं कि..."

रघुपति ने कहा, "नहीं-नहीं, इससे अन्यथा नहीं हो सकता।"

नक्षत्रराय ने कहा, "इससे अन्यथा नहीं हो सकता। आप कह रहे हैं, इससे अन्यथा नहीं हो सकता। देखिए पुरोहित जी, राजा हो जाने पर मैं आपको मंत्री बना दूँगा।"

रघुपति-"मंत्री-पद को मैं ठोकर मारता हूँ।"

नक्षत्रराय ने बड़े उदार भाव से कहा, "अच्छा, जयसिंह को मंत्री बना दूँगा।"

रघुपति ने कहा, "वह बात बाद में होगी। राजा बनने के पूर्व क्या करना होगा, पहले वह सुनो। माँ राज-रक्त देखना चाहती हैं, सपने में मुझे यही आदेश हुआ है।"

नक्षत्रराय ने कहा, "माँ राज-रक्त देखना चाहती हैं, सपने में आपको यही आदेश हुआ है! यह तो सही बात है!"

रघुपति ने कहा, "तुम्हें गोविन्द माणिक्य का रक्त लाना होगा।'

नक्षत्रराय थोड़ी देर तक मुँह फाड़े रहा। यह बात उतनी सही नहीं लगी।

रघुपति ने तीव्र स्वर में कहा, "सहसा भ्रातृ-स्नेह जाग उठा है क्या?"

नक्षत्रराय ने कृत्रिम हँसी हँसते हुए कहा, "हाः हाः, भ्रातृ-स्नेह! जो हो, पुरोहित जी ने ठीक ही कहा, भ्रातृ-स्नेह!"

ऐसी आनन्द की बात, ऐसी हास्यकर बात मानो और नहीं हो सकती। भ्रातृ-स्नेह! कैसा लज्जा का विषय है! किन्तु अन्तर्यामी जानते हैं, नक्षत्रराय के मन के भीतर भ्रातृ-स्नेह जाग रहा है, उसे हँसी में उड़ा देना आसान नहीं है।

रघुपति ने कहा, "तो क्या करोगे, बोलो।"

नक्षत्रराय ने कहा, "बोलिए, क्या करूँ?"

रघुपति-"ध्यानपूर्वक बात सुनो! तुम्हें माँ के दर्शन के लिए गोविन्द माणिक्य का रक्त लाना होगा।"

नक्षत्रराय ने मंत्र के समान दोहराया, "माँ के दर्शन के लिए गोविन्द माणिक्य का रक्त लाना होगा।"

रघुपति नितान्त घृणा के साथ बोल उठा, "ना, तुमसे कुछ नहीं होगा।"

नक्षत्रराय ने कहा, "क्यों नहीं होगा? जो बोला है, वही होगा। आप तो आदेश दे रहे हैं?"

रघुपति–"हाँ, मैं आदेश दे रहा हूँ।"

नक्षत्रराय–"क्या आदेश दे रहे हैं?"

रघुपति ने झुँझलाते हुए कहा, "माँ की इच्छा है, वे राज-रक्त का दर्शन करेंगी। तुम गोविन्द माणिक्य का रक्त दिखाकर उनकी इच्छा पूर्ण करोगे, यही मेरा आदेश है।"

नक्षत्रराय–"मैं आज ही जाकर फ़तेह खाँ को इस काम में लगा दूँगा।"

रघुपति–"नहीं-नहीं, और किसी आदमी को इस बारे में कुछ भी नहीं बताना। केवल जयसिंह को तुम्हारी सहायता के लिए नियुक्त करूँगा। कल प्रातःकाल आओ, किस उपाय से इस काम को अंजाम देना है, कल बताऊँगा।"

नक्षत्रराय ने रघुपति से पीछा छुड़ाकर राहत की साँस ली। जितना शीघ्र हो सका, बाहर निकल आया।

छठा परिच्छेद

नक्षत्रराय के चले जाने पर जयसिंह ने कहा, ''गुरुदेव, ऐसी भयानक बात कभी नहीं सुनी। आपने माँ के सम्मुख माँ का नाम लेकर भाई के हाथों भाई की हत्या का प्रस्ताव कर दिया, और मुझे खड़े होकर वही सुनना पड़ा।''

रघुपति ने कहा, ''बताओ, और क्या उपाय है!''

जयसिंह बोला, ''उपाय! किसका उपाय!''

रघुपति–''देख रहा हूँ, तुम भी नक्षत्रराय की तरह हो गए हो। तो, अब तक सुना क्या?''

जयसिंह–''जो सुना है, वह सुनने योग्य नहीं है, उसे सुनना पाप है।''

रघुपति–''पाप-पुण्य तुम क्या समझते हो?''

जयसिंह–''इतने दिन आपसे शिक्षा प्राप्त की है, क्या पाप-पुण्य कुछ भी नहीं समझता?''

रघुपति–''सुनो वत्स, तब तुम्हें एक और शिक्षा देता हूँ। पाप-पुण्य कुछ नहीं होता। पिता कौन है, भाई कौन है, कोई ही कौन है? अगर हत्या पाप है, तो सारी हत्याएँ ही एक जैसी हैं। लेकिन कौन कहता है हत्या पाप है? हत्याएँ तो हर रोज ही हो रही हैं। कोई सिर पर पत्थर का एक टुकड़ा गिर जाने से मर रहा है, कोई बाढ़ में बह जाने से मर रहा है, कोई महामारी के मुँह में समाकर मर रहा है, और कोई आदमी के छुरा मार देने से मर रहा है। हम लोग रोजाना कितनी चींटियों को पैरों तले कुचलते हुए चले जा रहे हैं, हम क्या उनसे इतने ही महान हैं? यह सब क्षुद्र प्राणियों के जीवन-मृत्यु का खेल खंडन योग्य तो नहीं है, महाशक्ति की माया खंडन योग्य तो नहीं है। कालरूपिणी महामाया के सम्मुख प्रति दिन कितने लाखों-करोड़ों प्राणियों का बलिदान हो रहा है...संसार में चारों

ओर से जीवों के शोणित की धाराएँ उनके महा-खप्पर में आकर जमा हो रही हैं। शायद मैंने उन धाराओं में और एक बूँद मिला दी। वे अपनी बलि कभी-न-कभी ग्रहण कर ही लेतीं, मैं बस इसमें एक कारण भर बन गया।''

तब जयसिंह प्रतिमा की ओर घूमकर कहने लगा, ''माँ, क्या तुझे सब इसीलिए माँ पुकारते हैं! तू ऐसी पाषाणी है! राक्षसी, सारे संसार का रक्त चूसकर पेट भरने के लिए ही तूने यह लाल जिह्वा बाहर निकाल रखी है। स्नेह, प्रेम, ममता, सौन्दर्य, धर्म, सभी मिथ्या हैं, सत्य है केवल तेरी यह रक्त-पिपासा। तेरा ही पेट भरने के लिए मनुष्य मनुष्य के गले पर छुरी रखेगा, भाई भाई का खून करेगा, पिता-पुत्र में मारकाट मचेगी! निष्ठुर, अगर सचमुच ही यह तेरी इच्छा है, तो बादल रक्त की वर्षा क्यों नहीं करते, करुणा स्वरूपिणी सरिता रक्त की धारा बहाते हुए रक्त-समुद्र में जाकर क्यों नहीं मिलती? नहीं-नहीं, माँ तू स्पष्ट रूप से बता...यह शिक्षा मिथ्या है, यह शास्त्र मिथ्या है...मेरी माँ को माँ नहीं कहते, सन्तान-रक्त-पिपासु राक्षसी कहते हैं, मैं इस बात को सहन नहीं कर सकता।''

जयसिंह की आँखों से आँसू झरने लगे...वह अपनी बातों पर स्वयं ही सोचने लगा। इसके पूर्व कभी इतनी बातें उसके मन में नहीं आईं, यदि रघुपति उसे नवीन शास्त्र की शिक्षा नहीं देता रहता, तो कभी भी उसके मन में इतनी बातें नहीं आतीं।

रघुपति ने थोड़ा हँसते हुए कहा, ''तब तो बलिदान की परम्परा पूरी तरह उठा देनी होगी।।''

जयसिंह शैशव-काल से ही प्रति दिन बलि देखता आ रहा है। इसी कारण, कभी मन्दिर में बलि बन्द हो सकती है अथवा होनी उचित है, यह बात किसी भी तरह उसके मन में नहीं समाती। यहाँ तक कि इस बात को सोचने भर से उसके मन को आघात लगता है। इसीलिए रघुपति की बात के उत्तर में जयसिंह ने कहा, ''वह बात अलग है। उसका कोई दूसरा अर्थ है। उसमें कोई पाप नहीं है। किन्तु उसी कारण भाई भाई की हत्या करेगा! उसी कारण महाराज गोविन्द माणिक्य को...प्रभु, आपके चरण पकड़कर पूछता हूँ, मुझे बहकाइए मत, क्या माँ ने सचमुच ही सपने में कहा है...राज-रक्त के बिना उनकी तृप्ति नहीं होगी?''

रघुपति ने कुछ देर चुप रहकर कहा, ''सचमुच नहीं, तो क्या झूठ कहा है? तुम क्या मुझ पर अविश्वास करते हो?''

जयसिंह ने रघुपति की चरण-धूलि लेकर कहा, ''गुरुदेव के प्रति मेरा विश्वास शिथिल न पड़े। किन्तु नक्षत्रराय का जन्म भी तो राजकुल में हुआ है!''

रघुपति ने कहा, "देवताओं का स्वप्न इंगित मात्र होता है, सारी बात सुनी नहीं जा सकती, बहुत कुछ समझ लेना पड़ता है। साफ़ ही समझ में आ रहा है, देवी गोविन्द माणिक्य से असन्तुष्ट हो गई हैं, असन्तोष का पूरा कारण भी पैदा हो गया है। अतएव जब देवी ने राज-रक्त की इच्छा की है, तो समझ लेना होगा कि वह गोविन्द माणिक्य का ही रक्त है।"

जयसिंह ने कहा, "अगर यह सच है, तो राज-रक्त मैं ही लाऊँगा...नक्षत्रराय को पाप में लिप्त नहीं होने दूँगा।"

रघुपति ने कहा, "देवी के आदेश-पालन में कोई पाप नहीं है।"

जयसिंह–"पुण्य तो है, प्रभु! वह पुण्य मैं ही कमाऊँगा।"

रघुपति ने कहा, "तो वत्स, सच-सच कहता हूँ। मैं तुम्हारा बचपन से ही पुत्र से अधिक सार-संभाल के साथ, प्राणों से अधिक प्यार करते हुए पालन-पोषण करता आया हूँ, मैं तुम्हें खो नहीं सकूँगा। अगर नक्षत्रराय गोविन्द माणिक्य का वध करके राजा बन जाता है, तो कोई उसे एक बात भी नहीं कहेगा, लेकिन तुम यदि राजा पर हाथ उठाते हो, तो मैं तुम्हें वापस नहीं पा सकूँगा।"

जयसिंह ने कहा, "मेरे स्नेह में ...पिता, मैं अपदार्थ...मेरे स्नेह में आप एक चींटी को भी नुकसान नहीं पहुँचा पाएँगे। अगर आप मेरे स्नेह में पाप में लिप्त हो जाएँ, तो मैं उस स्नेह को अधिक दिन नहीं भोग पाऊँगा, उस स्नेह का परिणाम कभी भी अच्छा नहीं होगा।"

रघुपति ने कहा, "अच्छा, अच्छा, वह बात बाद में होगी। कल नक्षत्रराय के आने पर जो भी हो, एक व्यवस्था हो जाएगी।"

जयसिंह ने मन-ही-मन प्रतिज्ञा की, 'राज-रक्त मैं ही लाऊँगा। माँ के नाम पर, गुरुदेव के नाम पर भ्रातृ-हत्या नहीं होने दूँगा।'

सातवाँ परिच्छेद

जयसिंह को पूरी रात नींद नहीं आई। जिस विषय पर गुरु के साथ चर्चा हुई थी, देखते-देखते उसकी शाखा-प्रशाखाएँ निकलने लगीं। अधिकांश समय आरम्भ हमारे अधिकार में होता है, अन्त नहीं। चिन्ता के सम्बन्ध में भी यही बात लागू होती है। जयसिंह के मन में अबाध वेग से ऐसी बातें उठने लगीं, जिन्होंने उसके आशैशव विश्वास के मूल पर निरन्तर आघात करना प्रारम्भ कर दिया। जयसिंह पीड़ित और दुखी होने लगा।

किन्तु दुःस्वप्न की भाँति चिन्ता किसी भी तरह शान्त नहीं होना चाहती। जयसिंह जिस देवी को इतने दिन तक माँ के रूप में जानता था, आज गुरुदेव ने उसके मातृत्व का हरण क्यों कर लिया, क्यों उसे हृदयहीन शक्ति के रूप में व्याख्यायित कर दिया। शक्ति का सन्तोष ही क्या और असन्तोष ही क्या! शक्ति की आँखें कहाँ हैं अथवा कान ही कहाँ हैं! शक्ति तो महारथ के समान अपने सहस्र चक्रों के तले जगत् को जोतकर घर्घर ध्वनि करती चली जा रही है, उसके सहारे कौन चल सका है, उसके नीचे दबकर कौन पिसा है, उसके ऊपर चढ़कर कौन उत्सव मना रहा है, उसके नीचे आकर कौन आर्तनाद कर रहा है, वह इस विषय में क्या जान पाएगा! क्या उसका कोई सारथी नहीं है? क्या यही मेरा व्रत है कि पृथ्वी के निरीह, असहाय, भीरु जीवों का रक्त निकालकर कालरूपिणी निष्ठुर शक्ति की प्यास बुझानी होगी! क्यों? वह तो अपना काम स्वयं ही कर रही है...उसके पास दुर्भिक्ष है, बाढ़ है, भूकम्प है, बुढ़ापा, महामारी, अग्निदाह है, निर्दय मानव-हृदय में स्थित हिंसा है...उसे मुझ क्षुद्र की क्या आवश्यकता!

उसके अगले दिन जो प्रभात हुआ, वह अति मनोहर प्रभात था। वर्षा थम गई है। पूर्व दिशा में बादल नहीं हैं। सूर्य-रश्मियाँ मानो वर्षा के जल में धुली हुई और

कोमल हैं। वर्षा की बूँदों और सूर्य की किरणों में दशों दिशाएँ झलमल कर रही हैं। शुभ्र आनन्द–प्रभा आकाश में, मैदान में, वन में, नदी के प्रवाह में प्रफुल्ल श्वेत शतदल की भाँति प्रस्फुटित हो उठी है। नील गगन में चीलें तैर रही हैं...इन्द्रधनुष के तोरण के नीचे से बगुलों की पंक्ति उड़ी चली जा रही है। पेड़–पेड़ पर गिलहरियाँ एक–दूसरे के पीछे दौड़ रही हैं। एक–दो अति भीरु खरगोश चौंककर झुरमुट से बाहर निकलने के बाद फिर से आड़ खोज रहे हैं। मेमने अति दुर्गम पहाड़ों पर चढ़कर घास चर रहे हैं। गायें आज मन के आनन्द में मैदान में भर गई हैं। चरवाहे गा रहे हैं। बगल में कलश थामी माँओं का पल्लू पकड़े बालक–बालिकाएँ आज बाहर निकल आए हैं। वृद्ध पूजा के लिए पुष्प चुन रहे हैं। आज नदी में स्नान के लिए अनेक लोग एकत्र हो गए हैं, वे मधुर स्वर में बातें कर रहे हैं...नदी की कलकल ध्वनि भी लगातार हो रही है। आषाढ़ के प्रभात में इस जीवमयी, आनन्दमयी धरा की ओर देखकर जयसिंह ने दीर्घ निश्वास छोड़ते हुए मन्दिर में प्रवेश किया।

जयसिंह प्रतिमा की ओर देखते हुए हाथ जोड़कर बोला, "क्यों माँ, आज ऐसी अप्रसन्न क्यों हो? एक दिन अपने जीवों का रक्त न देख पाने के कारण तुम्हारी भृकुटी इतनी चढ़ गई हैं! हम लोगों के हृदय में झाँककर देखो, क्या भक्ति का कोई अभाव देख पा रही हो? क्या भक्तों का हृदय पा लेने से तुम्हारी तृप्ति नहीं होती, निरपराधों के शोणित की इच्छा है? अच्छा माँ, सच बताओ, क्या पुण्य–देह गोविन्द माणिक्य को पृथ्वी से हटाकर यहाँ दानव–राज्य की स्थापना करना ही तुम्हारा उद्‌देश्य है? क्या तुम्हें राज–रक्त चाहिए ही? तुम्हारे मुँह से उत्तर सुने बिना मैं कभी भी राज–हत्या नहीं होने दूँगा, मैं बाधा खड़ी करूँगा। बोलो–हाँ या नहीं!"

निर्जन मन्दिर में सहसा ध्वनि गूँजी, "हाँ।"

जयसिंह ने चौंकने के बाद ध्यान से देखा, किसी को भी नहीं देख पाया, महसूस हुआ, जैसे छाया के समान कुछ काँप गया। आवाज़ सुनकर पहले उसे लगा, मानो, उसके गुरु का कंठ–स्वर है। बाद में सोचा, सम्भव है, माँ ने उसके गुरु के कंठ–स्वर में आदेश दिया हो! उसका शरीर रोमांचित हो उठा। वह भूमिष्ठ होकर प्रतिमा को प्रणाम करके शस्त्र लेकर बाहर निकल आया।

आठवाँ परिच्छेद

गोमती नदी का दक्षिणी किनारा एक स्थान पर बहुत ऊँचा है। बारिश की धारा और छोटे-छोटे सोतों ने इस ऊँची भूमि को नाना गुहा-गह्वरों में बाँट दिया है। इसके कुछ दूर बड़े-बड़े शाल और गांभारी[1] वृक्षों ने लगभग अर्ध चन्द्राकार रूप में इस भूमि-खंड को घेर रखा है, किन्तु इस थोड़ी-सी भूमि पर बीच में एक भी विशाल वृक्ष नहीं है। डूहों पर जगह-जगह छोटे-छोटे शाल के पेड़ बढ़ नहीं पा रहे हैं, टेढ़े-मेढ़े होकर काले पड़ गए हैं। बहुत सारे पत्थर फैले पड़े हैं। एक हाथ, दो हाथ चौड़े सैकड़ों छोटे-छोटे सोते टेढ़े-मेढ़े रास्तों से घूमते-घूमते, आपस में मिलते, अलग होते जाकर नदी में समा रहे हैं। यह स्थान अति निर्जन है...यहाँ का आकाश पेड़ों से ढका हुआ नहीं है। यहाँ से गोमती नदी और उसके दूसरे किनारे वाले विलक्षण रंग की फसलों से भरे खेत बहुत दूर तक देखे जा सकते हैं। राजा गोविन्द माणिक्य यहाँ प्रतिदिन सुबह घूमने आते हैं, साथ में न कोई मंत्री आता है, न अनुचर। गोमती में मछली पकड़ने आनेवाले मछुआरे कभी-कभी दूर से देखते थे, उनके सौम्य-मूर्ति राजा योगी के समान स्थिर-भाव से आँखें मूँदे बैठे हैं, उनके चेहरे पर प्रभात की ज्योति है अथवा उनके आत्मा की ज्योति, समझ में नहीं आती थी। आजकल बारिश के दिनों में रोजाना यहाँ नहीं आ पाते लेकिन बारिश थमने पर जिस दिन आते हैं, उस दिन छोटे ताता को साथ ले आते हैं।

ताता को और ताता कहने का मन नहीं करता। एकमात्र जिसके मुँह से ताता सम्बोधन जँचता था, वह तो रही नहीं। पाठकों के लिए ताता शब्द का कोई अर्थ ही नहीं है। किन्तु शाल-वन में सुबह-सुबह जब हासि शैतानी करते हुए शाल

---

1. गांभारी : विभिन्न सामान बनाने में काम आने वाले वृक्ष, जैसे-शीशम-सागौन आदि ।

के वृक्ष की आड़ में छिपकर अपने सुमधुर तीव्र स्वर में ताता पुकारती थी और उसके उत्तर में पेड़-पेड़ पर दोएल[1] पुकारने लगती थीं, दूर जंगल से प्रतिध्वनि लौट आती थी, तब वही ताता शब्द अर्थ से परिपूर्ण होकर जंगल में व्याप जाता था...तब वही ताता सम्बोधन एक बालिका के छोटे-से हृदय के अति कोमल स्नेह-नीड़ को छोड़कर पक्षी के समान स्वर्ग की ओर उड़ जाता था...तब वही एक स्नेहसिक्त मधुर सम्बोधन प्रभात के समस्त पक्षियों के गान को लूट लेता था...प्रभात की प्रकृति के आनन्दमय सौन्दर्य के साथ एक छोटी-सी बालिका के आनन्दमय हृदय का ऐक्य दर्शाता था। अब वह बालिका नहीं है...बालक है लेकिन ताता नहीं है। यह बालक संसार के हज़ारों लोगों के लिए है, हज़ारों विषयों के लिए है, किन्तु ताता केवलमात्र उस बालिका के लिए ही है। महाराज गोविन्द माणिक्य इस बालक को ध्रुव बुलाते हैं, हम लोग भी वही कहकर पुकारेंगे।

महाराज पहले अकेले गोमती के तट पर आते थे, अब ध्रुव को साथ ले आते हैं। वे उसकी पवित्र सरल मुख-छवि में देवलोक की छटा देख पाते हैं। जब राजा मध्याह्न में संसार के भँवर में प्रवेश करते हैं, तो वृद्ध विज्ञ मंत्री उन्हें घेरकर खड़े हो जाते हैं, उन्हें परामर्श देते हैं। और प्रभात होने पर एक बालक उन्हें संसार के बाहर ले आता है...उसकी दो बड़ी-बड़ी आँखों के सम्मुख विषय की हज़ारों कुटिलताएँ कुंठित पड़ जाती हैं...बालक का हाथ थामकर महाराज विश्व-जगत् के मध्य अनन्त की ओर फैले एक उदार सरल विस्तृत राजपथ पर जाकर खड़े हो जाते हैं; वहाँ अनन्त सुनील आकाश के चँदोवे के नीचे विद्यमान विश्व-ब्रह्मांड की महासभा दिखाई पड़ती है; वहाँ भूलोक, भुवर्लोक, स्वर्लोक, सप्तलोक का अस्पष्ट संगीत सुनाई पड़ता है; वहाँ सरल मार्ग पर सभी कुछ सरल सहज शोभन अनुभव होता है, केवल आगे बढ़ने का उत्साह रहता है, विकट व्याकुलता-चिन्ता, व्याधि-अशान्ति दूर हो जाती है। महाराज को उसी प्रभात में निर्जन वन में, नदी-तट पर, मुक्त आकाश के नीचे, एक बालक के प्रेम में निमग्न होकर असीम प्रेम-समुद्र का मार्ग दिखाई पड़ने लगता है।

गोविन्द माणिक्य ध्रुव को गोदी में बैठाए ध्रुवोपाख्यान सुना रहे हैं; वह कोई बहुत कुछ समझ पा रहा है, ऐसा नहीं है लेकिन राजा की इच्छा है कि वे आधे-अधूरे स्वर में ध्रुव के मुँह से उसी ध्रुवोपाख्यान को पुनः सुनें।

कथा सुनकर ध्रुव बोला, "मैं जंगल में जाऊँगा।"

---

1. दोएल : गानेवाली छोटी चिड़िया, रोबिन ।

राजा बोले, "जंगल में क्या करने जाएगा?"

ध्रुव बोला, "हयि[1] को देखने जाऊँगा।"

राजा बोले, "हम लोग तो जंगल में आए हैं, हरि को देखने ही आए हैं।"

ध्रुव–"हयि कहाँ हैं?"

राजा–"यहीं हैं।"

ध्रुव ने कहा, "दीदी कहाँ है?

कहते हुए उठ खड़ा होकर पीछे ताककर देखा...उसे लगा, मानो दीदी पहले की तरह पीछे से अचानक उसकी आँखें बन्द करने आ रही है। किसी को भी न पाकर गर्दन झुकाए आँखें उठाकर पूछा, "दीदी कहाँ है?"

राजा बोले, "हरि ने तुम्हारी दीदी को बुला लिया है।"

ध्रुव ने कहा, "हयि कहाँ है?"

राजा ने कहा, "उन्हें पुकारो बेटा। तुम्हें वही जो श्लोक सिखाया था, उसी का पाठ करो।"

ध्रुव हिल-हिलकर बोलने लगा–

हरि तुम्हें पुकारता...बालक एकाकी,
अँधेरे अरण्य में दौड़ रहा रे।
घने तिमिर में नयन-नीर में
पथ खोजे नहीं मिल रहा रे।
लगता सदा क्या करूँ-क्या करूँ,
आएगी कब काल-विभावरी,
उसी भय में डूब पुकारता 'हरि-हरि'...
हरि बिन कोई नहीं रे।
नयन-नीर नहीं होगा विफल,
कहते सब तुम्हें भक्तवत्सल,
समझ रहा उसी आशा को सम्बल...
उसी आशा में जीवित हूँ रे।
जागते अँधियारे में तुम्हारे चक्षु-तारे,
होते नहीं भक्त तुम्हारे कभी दिशाहारा,
ध्रुव तुम्हें देखता, तुम हो ध्रुव तारा...
और किसकी ओर देखूँ रे।

---

1. हयि : हरि।

'र' को, 'ल' को, 'ड' को, 'द' को उलटा-पुलटा करके, आधी बातें मुँह में रोककर, आधी बातों का उच्चारण करके, डोल-डोलकर सुधामय कंठ से ध्रुव ने इस श्लोक का पाठ कर दिया। सुनकर राजा का हृदय आनन्द में निमग्न हो गया, प्रभात दुगुना मधुर हो उठा, चतुर्दिक् नदी, कानन, तरु, लता हँसने लगे। उन्हें कनक-सुधा-सिक्त नील गगन में किसकी अनुपम सुन्दर सहास मुख-छवि दिखाई पड़ी! जैसे ध्रुव उनकी गोद में बैठा है...उसी प्रकार किसी ने उन्हें भी बाहुपाश में गोद में खींच लिया है। वे अपने को, अपने चतुर्दिक् के सभी को, विश्व-चराचर को किसी की गोद में देखने लगे। उनके आनन्द और प्रेम ने सूर्य की किरणों के सामान दशों दिशाओं में विकीर्ण होकर आकाश को भर दिया।

ऐसे समय अचानक सशस्त्र जयसिंह गुहा मार्ग से राजा के सम्मुख आ पहुँचा।

राजा ने उसकी ओर दोनों हाथ बढ़ा दिए; कहा, "आओ जयसिंह, आओ।"

उस समय राजा बालक के साथ बालक बन गए थे, उनकी राज-मर्यादा कहाँ थी?

जयसिंह ने राजा को भूमिष्ठ होकर प्रणाम किया। तब कहा, "महाराज, एक निवेदन है।"

राजा ने कहा, "क्या है, बोलो।"

जयसिंह-"माँ आपसे अप्रसन्न हो गई हैं।"

राजा-"क्यों, मैंने उन्हें असन्तुष्ट करनेवाला कौन-सा काम किया है?"

जयसिंह-"बलि बन्द करके महाराज ने देवी की पूजा में बाधा खड़ी की है।"

राजा बोले, "क्यों जयसिंह, हिंसा की यह लालसा क्यों! तुम माँ की गोद में सन्तान का रक्त बहाकर माँ को प्रसन्न करना चाहते हो?"

जयसिंह धीरे-धीरे राजा के पैरों के निकट बैठ गया। ध्रुव उसकी तलवार लेकर खेलने लगा।

जयसिंह ने कहा, "क्यों महाराज, शास्त्र में तो बलिदान की व्यवस्था है!"

राजा ने कहा, "शास्त्र के सच्चे विधान का कौन पालन करता है! सभी अपने स्वभाव के वशीभूत शास्त्र की व्याख्या करते रहते हैं। जिस समय सभी लोग देवी के सामने बलि के कीचड़ भरे रक्त को सर्वांग पर लपेटकर उत्कट चीत्कार करते हुए भीषण उल्लास के साथ प्रांगण में नाचते रहते हैं, क्या वे उस

समय माँ की पूजा करते हैं अथवा उनके हृदय में हिंसा की जो राक्षसी है, उस राक्षसी की पूजा करते हैं! हिंसा के सम्मुख बलि चढ़ाना शास्त्र का विधान नहीं है, बल्कि हिंसा की ही बलि चढ़ाना शास्त्र का विधान है।''

जयसिंह बहुत देर तक चुपचाप रहा। कल रात से उसके मन में भी ऐसी ही अनेक बातें हलचल मचा रही थीं।

अन्त में बोला, ''मैंने माँ के अपने मुँह से सुना है...इस विषय में और कोई संशय नहीं हो सकता। उन्होंने स्वयं कहा है–वे महाराज का रक्त चाहती हैं।''

कहकर सुबह की मन्दिर वाली घटना राजा को सुनाई।

राजा हँसकर बोले, ''यह माँ का आदेश नहीं है, यह रघुपति का आदेश है। रघुपति ने ही ओट से तुम्हारी बात का उत्तर दिया था।''

राजा के मुँह से यह बात सुनकर जयसिंह एकदम से चौंक उठा। इसी तरह का संशय एक बार उसके मन में भी आश्चर्य के रूप में उठा था, किन्तु फिर विद्युत के समान अन्तर्हित हो गया था। उसी सन्देह पर राजा की बात से फिर आघात लगा।

जयसिंह अत्यन्त कातर होकर बोल उठा, ''नहीं महाराज, मुझे एक के बाद एक संशय से संशयान्तर में मत ले जाइए...मुझे किनारे से ठेलकर समुद्र में मत गिराइए...आपकी बातों से मेरे चारों ओर का अन्धकार केवल गहराता जा रहा है। मेरा जो विश्वास था, जो भक्ति थी, वही रहे...उसके बदले यह कुहासा मुझे नहीं चाहिए। आदेश माँ का हो अथवा गुरु का, वह एक ही बात है...मैं पालन करूँगा।'' कहते हुए तेज़ी से उठकर अपनी तलवार निकाल ली...सूर्य की किरणों में तलवार विद्युत के समान चकमक करने लगी। यह देखकर ध्रुव चीखकर रोने लगा, अपने छोटे-छोटे दोनों हाथों से राजा को लपेटकर उन्हें प्राणपण से ढक लिया...राजा ने जयसिंह की ओर ध्यान न देकर ध्रुव को छाती से चिपका लिया।

जयसिंह ने तलवार दूर फेंक दी। ध्रुव की पीठ पर हाथ फेरते हुए बोला, ''कोई भय नहीं वत्स, कोई भय नहीं। मैं यह चला, तुम इसी महान आश्रय में रहो, इसी विशाल वक्ष में शोभा पाओ...तुम्हें कोई अलग नहीं करेगा।''

कहते हुए राजा को प्रणाम करके प्रस्थान को तैयार हो गया।

सहसा फिर से क्या सोचकर लौटकर बोला, ''महाराज सावधान कर रहा हूँ, आपके भाई नक्षत्रराय ने आपके विनाश की मंत्रणा की है। उनतीसवीं आषाढ़ चतुर्दशी को देव-पूजा की रात आप सावधान रहिए।''

राजा ने हँसकर कहा, ''नक्षत्र किसी भी तरह मेरा वध नहीं कर पाएगा, वह

मुझे प्यार करता है।"

जयसिंह विदा हो गया।

राजा ने ध्रुव की ओर भक्ति-भाव से देखते हुए कहा, "आज तुम्हीं ने धरती की रक्तपात से रक्षा की है, इसी उद्देश्य के लिए तुम्हारी दीदी तुम्हें छोड़ गई है।"

कहकर ध्रुव के आँसुओं से भीगे दोनों कपोल पोंछ दिए।

ध्रुव ने गम्भीर मुँह बनाकर पूछा, "दीदी कहाँ है?"

उसी समय बादलों ने आकर सूर्य को ढक लिया, नदी पर काली छाया फ़ैल गई। दूर जंगल का किनारा भी मेघों के समान काला हो उठा। बारिश के आसार देखकर राजा महल लौट आए।

नौवाँ परिच्छेद

मन्दिर बहुत दूर नहीं है। लेकिन जयसिंह निर्जन नदी के किनारे से होते हुए बहुत घूमकर धीरे-धीरे मन्दिर की ओर चला। उसके मन में भारी चिन्ता उठने लगी। एक जगह नदी के किनारे पेड़ के नीचे बैठ गया। दोनों हाथों से चेहरा ढककर सोचने लगा, 'एक काम निबटा दिया लेकिन संशय नहीं मिट रहा है। आज से मेरा संशय कौन दूर करेगा! क्या अच्छा है, क्या बुरा, आज से कौन मुझे समझाएगा! संसार के हज़ारों-करोड़ों रास्तों के मुहाने पर खड़ा, किससे पूछूँ कौन सा सत्य मार्ग है! वृक्षहीन दूर पथ पर मैं एकाकी अन्धा खड़ा हूँ, आज मेरी लाठी टूट गई!'

जयसिंह जब उठा, तो वर्षा आरम्भ हो गई। भीगते-भीगते मन्दिर की ओर चल पड़ा। देखा, दल बाँधे बहुत सारे लोग कोलाहल मचाते हुए मन्दिर की ओर से चले आ रहे हैं।

बूढ़ा बोल रहा है, ''पता है, बाप-दादा के ज़माने से यही चला आ रहा है, आज राजा की बुद्धि ने क्या उन सबको ही पीछे छोड़ दिया!''

युवा कह रहा है, ''अब मन्दिर में आने का और मन नहीं करता, पूजा की वह धूम ही नहीं है।''

कोई बोला, ''यह जैसे नवाबों की राजशाही बनकर खड़ी हो गई है।''

उसके मन का भाव यही है कि बलि के सम्बन्ध में दुविधा एक मुसलमान के मन में ही पैदा हो सकती है, एक हिन्दू के मन में पैदा होना आश्चर्य की बात है।

स्त्रियाँ बोलने लगीं, ''इस राज्य का भला नहीं होगा।''

एक बोली, "पुरोहित ठाकुर ने खुद कहा है, माँ ने बोला है कि यह देश तीन महीने में महामारी में बरबाद हो जाएगा।"

हारू बोली, "यही देखो ना, मोधो आज डेढ़ बरस से बीमारी भोगकर भी लगातार जीता आ रहा था, जैसे ही बलि बन्द हुई, वैसे ही मर गया।"

क्षान्त बोली, "वह क्यों, मेरे जेठ का लड़का, किसे पता था, मर जाएगा! तीन दिन ज्वर। जैसे ही कविराज की गोली खाई, वैसे ही आँखें पलट गईं।"

जेठ के लड़के के शोक में और राज्य के अमंगल की आशंका में क्षान्त दुखी हो गई।

तिनकौड़ी बोला, "उस दिन मथुरहाट की मंडी में आग लग गई, एक छप्पर तक नहीं बचा।"

चिंतामणि किसान ने अपने एक साथी किसान से कहा, "इतनी बातों का क्या काम, देखते क्यों नहीं, इस बरस धान जैसे सस्ता हो गया है, वैसे और किसी बरस नहीं हुआ। कौन जाने, इस बरस किसानों के भाग्य में क्या है!"

बलि बन्द होने के बाद और पहले भी जिसका जो कुछ नुकसान हुआ, सर्वसम्मति से बलि बन्द होना ही उसका एकमात्र कारण निर्धारित हुआ। इस देश को छोड़कर चले जाना ही अच्छा है, सभी की ऐसी राय बन गई। यह राय ज़रा-सी भी बदली तो नहीं लेकिन रहते सभी देश में ही रहे।

जयसिंह अनमना था। इन लोगों की ओर तनिक भी ध्यान न देकर वह मन्दिर में जा पहुँचा; देखा, रघुपति पूजा निबटाकर मन्दिर के बाहर बैठा था।

जयसिंह ने तेज़ी से रघुपति के निकट जाकर कातर, परन्तु दृढ़ स्वर में पूछा, "गुरुदेव, आज प्रभात में जब मैंने माँ का आदेश ग्रहण करने के लिए माँ से प्रश्न किया था, तब आपने क्यों उसका उत्तर दिया?"

रघुपति थोड़ा इधर-उधर करते हुए बोला, "माँ तो मेरे द्वारा ही अपने आदेश का प्रचार करती हैं, वे अपने मुँह से कुछ नहीं कहतीं।"

जयसिंह ने कहा, "आप सम्मुख आकर क्यों नहीं बोले? ओट में छिपे रहकर मुझसे छल क्यों किया?"

रघुपति ने क्रुद्ध होकर कहा, "चुप करो। मैं क्या सोचकर क्या करता हूँ, तुम क्या समझोगे? वाचाल की तरह जो मुँह में आए, वही मत बको। मैं जो आदेश दूँ, तुम केवल उसी का पालन करो, कोई सवाल मत करो।"

जयसिंह चुप रहा। उसका संशय कम होने के बजाय बढ़ गया। कुछ देर बाद बोला, "आज प्रातः मैंने माँ के सम्मुख कहा था, अगर उन्होंने अपने मुँह से आदेश नहीं दिया, तो मैं कभी भी राज-हत्या नहीं होने दूँगा, उसमें विघ्न डालूँगा।

जब पक्का समझ में आ गया कि माँ ने आदेश नहीं दिया है, तो महाराज से नक्षत्रराय के संकल्प को प्रकट कर देना पड़ा, उन्हें सतर्क कर दिया है।''

रघुपति कुछ देर तक चुप बैठा रहा। उद्वेलित क्रोध का दमन करके दृढ़ स्वर में बोला, ''मन्दिर में आओ।''

दोनों मन्दिर में आ गए।

रघुपति ने कहा, ''माँ के चरण स्पर्श करके शपथ लो...बोलो, उनतीसवें आषाढ़ तक मैं राज-रक्त लाकर इन चरणों में अर्पित करूँगा।''

जयसिंह कुछ देर गर्दन झुकाए मौन रहा। उसके बाद एक बार गुरु के चेहरे तथा एक बार प्रतिमा के चेहरे की ओर देखा। प्रतिमा का स्पर्श करके धीरे-धीरे बोला, ''उनतीसवें आषाढ़ तक मैं राज-रक्त लाकर इन चरणों में अर्पित करूँगा।''

दसवाँ परिच्छेद

महाराज ने महल लौटकर नियमित राज-काज निबटाया। प्रात:कालीन सूर्यालोक ढक गया है। मेघों की छाया से दिन में ही अन्धकार घिर आया है। महाराज अत्यन्त अनमने हैं। और दिन नक्षत्रराय राजसभा में उपस्थित रहता है, आज नहीं था। राजा ने उसे बुलावा भेजा, उसने बहाना बनाकर कहलवा दिया-उसका स्वास्थ्य ठीक नहीं है। राजा स्वयं नक्षत्रराय के कक्ष में जा पहुँचे। नक्षत्रराय मुँह उठाकर राजा के चेहरे की ओर नहीं देख सका। एक लिखा हुआ काग़ज़ लेकर दिखाया कि काम में व्यस्त है।

राजा बोले, "नक्षत्र, तुम्हें क्या बीमारी हुई है?"

नक्षत्रराय ने काग़ज़ को इधर से, उधर से उलट-पलटकर उँगलियों का निरीक्षण करते हुए कहा, "बीमारी? नहीं, ठीक-ठीक बीमारी नहीं...यही ज़रा सा काम था...हाँ-हाँ, बीमार हो गया था...थोड़ा बीमारी की तरह ही कह सकते हैं।"

नक्षत्रराय बहुत अधिक हड़बड़ा उठा। गोविन्द माणिक्य अत्यधिक दुखी चेहरे से नक्षत्रराय के चेहरे की ओर देखते रहे। वे सोचने लगे...'हाय-हाय, स्नेह के नीड़ में भी हिंसा घुस गई है, वह साँप की तरह छिपना चाहती है, मुँह दिखाना नहीं चाहती। क्या हमारे जंगल में हिंस्र पशु काफी नहीं हैं, अन्त में क्या मनुष्य को भी मनुष्य से डरना होगा, भाई भी भाई के निकट जाकर संशयहीन मन से नहीं बैठ पाएगा! इस संसार में हिंसा-लोभ ही इतना बड़ा हो गया और स्नेह-प्रेम को कहीं भी ठौर नहीं मिला! यही मेरा भाई है, इसके साथ प्रतिदिन एक ही घर में रहता हूँ, एक आसन पर बैठता हूँ, हँसकर बातें करता हूँ...यह भी मेरे पास बैठकर मन में छुरी शान पर चढ़ाता रहता है!' तब गोविन्द माणिक्य को संसार हिंस्र जन्तुओं से भरे अरण्य के समान लगने लगा। घने अन्धकार में चारों ओर केवल दाँतों और नाखूनों की छटा दिखाई देने लगी। दीर्घ निश्वास छोड़ते हुए

महाराज ने सोचा, 'इस स्नेह-प्रेम हीन मारकाट भरे राज्य में जीवित रहकर मैं अपनी स्वजाति के, अपने भाइयों के मन में केवल हिंसा, लोभ और द्वेष की अग्नि प्रज्वलित कर रहा हूँ...मेरे सिंहासन के चारों ओर मेरे प्राणों से भी अधिक प्रिय सम्बन्धी मेरी ओर देखकर मन-ही-मन मुँह टेढ़ा कर रहे हैं, दाँत घिस रहे हैं, पंक्तिबद्ध भयानक कुत्तों के समान चारों ओर से मुझ पर टूट पड़ने का अवसर खोज रहे हैं। इसकी अपेक्षा इनके तीक्ष्ण नाखूनों के आघात से छिन्न-विच्छिन्न होकर, इनके रक्त की प्यास बुझाकर यहाँ से दूर चले जाना ही अच्छा है।'

प्रभात के आकाश में गोविन्द माणिक्य ने जो प्रेम-मुख-छवि देखी थी, वह कहाँ बिला गई!

महाराज उठ खड़े होकर गम्भीर स्वर में बोले, "नक्षत्र, आज अपराह्न में हम लोग गोमती के किनारे वाले निर्जन जंगल में घूमने जाएँगे।"

राजा की इस गम्भीर आदेश-वाणी के विरुद्ध नक्षत्र के मुँह से बात तक नहीं निकली, बल्कि संशय और आशंका में उसका मन व्याकुल हो उठा। उसे लगने लगा, इतनी देर तक महाराज चुपचाप दोनों नेत्र उसी के मन की ओर लगाए बैठे थे...वहाँ अँधेरे गड्ढों में जो भावनाएँ कीटों के समान किलबिल कर रही थीं, वे मानो अचानक प्रकाश देखते ही चंचल होकर बाहर निकल आई हैं। नक्षत्रराय ने डरते-डरते एक बार राजा के चेहरे की ओर देखा...देखा, उनके चेहरे पर केवल सुगम्भीर विषण्ण शान्ति का भाव है, वहाँ रोष का लेशमात्र नहीं है। मानव हृदय की कठोर निष्ठुरता देखकर उनके हृदय में केवल गहन शोक विराज रहा था।

दिन ढलने को आ गया। तब भी बादल घिरे हुए हैं। महाराजा नक्षत्रराय को साथ लेकर पैदल अरण्य की ओर चल दिए। अभी सन्ध्या होने में देरी है, किन्तु मेघों के अन्धकार में सन्ध्या का भ्रम हो रहा है...कौवे अरण्य में लौटकर लगातार चीत्कार कर रहे हैं, फिर भी दो-एक चीलें अभी तक आकाश में तैर रही हैं। जब दोनों भाइयों ने निर्जन जंगल में प्रवेश किया, तो नक्षत्रराय का शरीर थरथराने लगा। बड़े-बड़े पुराने पेड़ झुंड बनाए खड़े हैं...वे एक बात भी नहीं बोल रहे हैं लेकिन स्थिर होकर जैसे कीटों की पदचाप तक भी सुन रहे हैं; वे केवल अपनी छाया की ओर, नीचे मौजूद अँधेरे की ओर अनिमेष दृष्टि से देख रहे हैं। अरण्य के उस जटिल रहस्य के भीतर जाने में मानो नक्षत्रराय के पैर नहीं उठ रहे हैं...चारों ओर गहन निस्तब्धता की भृकुटी देखकर हृदय धड़कने लगा है; नक्षत्रराय के भीतर अत्यधिक भय और सन्देह उत्पन्न हो गया

है; भयानक अदृष्ट के समान मौन राजा इस सन्ध्या काल में संसार से ओट करके उसे कहाँ लिये जा रहे हैं, कुछ भी तय नहीं कर पाया। निश्चयपूर्वक सोचा, राजा की पकड़ में आ गया है, और राजा ने उसे भारी दंड देने के लिए इस जंगल में ला पटका है। नक्षत्रराय साँस रोककर भागे, तो जान बचे लेकिन लगा कि जैसे कोई हाथ-पाँव बाँधकर उसे खींचे लिये जा रहा है। किसी भी तरह और मुक्ति नहीं।

जंगल के बीच थोड़ी-सी खाली जगह है। वहाँ एक प्राकृतिक जलाशय जैसा है, वह वर्षा-काल में जल से भरा है। सहसा उसी जलाशय के किनारे घूमकर खड़े होने के बाद राजा बोले, ''खड़े हो जाओ।''

नक्षत्रराय चौंककर खड़ा हो गया। लगा कि उसी क्षण राजा का आदेश सुनकर काल का प्रवाह जैसे थम गया...उसी क्षण जैसे जंगल का वृक्ष जो जहाँ था, झुककर खड़ा हो गया...नीचे से धरती और ऊपर से आकाश मानो साँस रोके स्तब्ध होकर देखने लगे। कौवों का कोलाहल थम गया, जंगल भर में कोई शब्द नहीं। मात्र वही 'खड़े हो जाओ' शब्द बहुत देर तक जैसे गम्-गम् करता रहा...वही 'खड़े हो जाओ' शब्द मानो, विद्युत प्रवाह के समान वृक्ष से वृक्षान्तर तक, शाखाओं से प्रशाखाओं तक प्रवाहित होने लगा। जंगल का हरेक पत्ता जैसे उसी शब्द के कम्पन के प्रभाव से री-री करने लगा। मानो, नक्षत्रराय भी पेड़ की तरह स्तब्ध होकर खड़ा हो गया।

तब राजा ने नक्षत्रराय के चेहरे पर मर्मभेदी स्थिर विषण्ण दृष्टि स्थापित करके धीरे-धीरे प्रशान्त गम्भीर स्वर में कहा, ''नक्षत्र, तुम मुझे मार डालना चाहते हो?''

नक्षत्र वज्राहत की भाँति खड़ा रहा, उत्तर देने की कोशिश भी नहीं कर पाया।

राजा ने कहा, ''क्यों मार डालोगे भाई? राज्य के लालच में? क्या तुम समझते हो, राज्य केवल सोने का सिंहासन, हीरों का मुकुट और राजछत्र होता है? जानते हो, इस मुकुट, इस राजछत्र, इस राजदंड का भार कितना है? शत-सहस्र लोगों की चिन्ता इस हीरे के मुकुट के नीचे ढक रखी है। राज्य पाना चाहते हो, तो हज़ारों लोगों के दुख को अपना दुख मानकर स्वीकार करो, हज़ारों लोगों की विपदा को अपनी विपदा मानकर वरण करो, हज़ारों लोगों के दारिद्र्य को अपना दारिद्र्य समझकर कन्धों पर ढोओ...जो यह करता है, वही राजा होता है, चाहे वह पर्णकुटी में रहे या महल में। जो व्यक्ति सब लोगों को अपना समझ पाता है, सब लोग उसी के होते हैं। जो संसार के दुखों का हरण करता है, वही

संसार का राजा है। जो संसार के रक्त और अर्थ का शोषण करता है, वह तो दस्यु है...हज़ारों अभागों के आँसू दिन-रात उसके सिर पर बरस रहे हैं, अभिशाप की उस धारा से कोई राजछत्र उसकी रक्षा नहीं कर सकता। उसके प्रचुर राज-भोगों में शत-शत उपवासियों की क्षुधा छिपी हुई है, अनाथों का दारिद्र्य गलाकर वह सोने के अलंकार गढ़वाकर धारण करता है, उसके भूमि तक लटके राज-वस्त्रों में सैकड़ों-सैकड़ों ठंड से ठिठुरनेवालों के गन्दे फटे कन्थे हैं। राजा का वध करके राजत्व प्राप्त नहीं होता भाई, संसार को वश में करके राजा बनना पड़ता है।''

गोविन्द माणिक्य रुक गए। चारों ओर गहन स्तब्धता विराजने लगी। नक्षत्रराय सिर झुकाए चुप रहा।

महाराज ने म्यान से तलवार निकाल ली। नक्षत्रराय के सामने रखते हुए बोले, ''भाई, यहाँ आदमी नहीं है, साक्ष्य नहीं है, कोई नहीं है...अगर भाई भाई की छाती में छुरी भोंकना चाहता है, तो उसके लिए यही जगह है, यही समय है। यहाँ तुम्हें कोई रोकेगा नहीं, कोई तुम्हारी निन्दा नहीं करेगा। तुम्हारी और मेरी शिराओं में एक ही रक्त बह रहा है, एक ही पिता, एक ही पितामह का रक्त...तुम उसी रक्त को बहाना चाहते हो, बहाओ लेकिन आदमियों की बस्ती में मत बहाना। कारण, जहाँ ये रक्त-बिन्दु गिरेंगे, वहीं अलक्ष्य रूप में भ्रातृत्व का पवित्र बन्धन ढीला पड़ जाएगा। कौन जाने, पाप का अन्त कहाँ जाकर हो! पाप का एक बीज जहाँ पड़ जाता है, वहाँ देखते-देखते गोपन रूप में कैसे हज़ारों वृक्ष उत्पन्न हो जाते हैं, कैसे धीरे-धीरे सुशोभन मानव-समाज जंगल में परिणत हो जाता है, यह कोई नहीं जान पाता। अतएव नगर में, गाँव में, जहाँ निश्चिन्त हृदय से परम स्नेह में भाई भाई के साथ मिलकर रहता है, वहाँ भाइयों के घरों के मध्य भाई का रक्त मत बहाना। इसीलिए आज तुम्हें जंगल में बुला लाया हूँ।''

इतना कहकर राजा ने नक्षत्रराय के हाथ में तलवार पकड़ा दी। तलवार नक्षत्रराय के हाथ से भूमि पर गिर पड़ी। नक्षत्रराय दोनों हाथों से चेहरा ढककर रोते हुए अवरुद्ध कंठ से बोला, ''भैया, मैं दोषी नहीं हूँ...यह बात मेरे मन में कभी भी पैदा नहीं हुई...''

राजा ने उसे आलिंगनबद्ध करके कहा, ''वह मैं जानता हूँ। तुम क्या मुझे कभी चोट पहुँचा सकते हो...तुम्हें और लोगों ने बुरी सलाह दी है।''

नक्षत्रराय ने कहा, ''मुझे केवल रघुपति यह सलाह दे रहा है।''

राजा बोले, ''रघुपति की सोहबत से दूर रहो।''

नक्षत्रराय ने कहा, "बताइए, कहाँ जाऊँ! मैं यहाँ रहना नहीं चाहता। मैं यहाँ से...रघुपति की सोहबत से भाग जाना चाहता हूँ।"

राजा बोले, "तुम मेरे पास ही रहो...और कहीं जाने की आवश्यकता नहीं...रघुपति तुम्हारा क्या करेगा!"

नक्षत्रराय ने राजा का हाथ कसकर पकड़ लिया, मानो, उसे रघुपति के द्वारा खींच लिये जाने की आशंका हो रही है।

ग्यारहवाँ परिच्छेद

नक्षत्रराय जब राजा का हाथ पकड़े जंगल से घर लौट रहा था, तब आकाश से थोड़ा-थोड़ा उजाला आ रहा था...किन्तु नीचे जंगल में घना अँधेरा छा रहा है। मानो, अन्धकार की बाढ़ आ रही है, केवल पेड़ों की चोटियाँ ऊपर से बची हैं। धीरे-धीरे वे भी डूब जाएँगी; तब अन्धकार से ढककर आकाश-पृथ्वी एक हो जाएँगे।

राजा महल के रास्ते पर न जाकर मन्दिर की ओर गए। मन्दिर में सन्ध्या-आरती समाप्त करके रघुपति और जयसिंह एक दीपक जलाए कुटिया में बैठे हैं। दोनों ही चुपचाप अपनी-अपनी चिन्ता में डूबे हैं। दीपक के क्षीण प्रकाश में केवल दोनों के चेहरे का अन्धकार दिखाई दे रहा है। नक्षत्रराय रघुपति को देखकर चेहरा नहीं उठा पाया; राजा की परछाईं में खड़ा ज़मीन की ओर देखता रहा...राजा उसे अपने निकट खींचकर, मज़बूती से उसका हाथ पकड़कर खड़े हो गए और एक बार स्थिर दृष्टि से रघुपति के चेहरे पर देखा। रघुपति ने तीक्ष्ण दृष्टि से नक्षत्रराय पर कटाक्षपात किया। अन्त में राजा ने रघुपति को प्रणाम किया, नक्षत्रराय ने भी उनका अनुसरण किया। रघुपति ने प्रणाम ग्रहण करके गम्भीर वाणी में कहा, "जयोस्तु...राज्य का कुशल?"

राजा थोड़ा रुककर बोले, "ठाकुर, आशीर्वाद दीजिए, राज्य का अमंगल न हो। इस राज्य में माँ की सभी सन्तानें सद्‌भाव से प्रेम में मिलकर रहें। इस राज्य में कोई भाई को भाई से न छीने, जहाँ प्रेम है, वहाँ कोई हिंसा की प्रतिष्ठा न करे। राज्य के अमंगल की आशंका से ही आया हूँ। पाप-संकल्प के घर्षण से दावानल जल सकता है...रोकिए, शान्ति की वर्षा कीजिए, संसार को शीतलता प्रदान कीजिए।"

रघुपति ने कहा, "देवता का रोषानल जल उठने पर कौन उसे बुझा सकता है? एक अपराधी के कारण उस अग्नि में सहस्रों निरपराधी भस्म हो जाते हैं।"

राजा बोले, "वही तो डर है, उसी कारण तो थरथराहट हो रही है। कोई उस बात को समझाने पर भी क्यों नहीं समझता! क्या आप नहीं जानते, इस राज्य में देवता के नाम पर देवता के विधान का उल्लंघन किया जा रहा है? उसी के चलते अमंगल की आशंका में आज शाम को यहाँ आया हूँ...यहाँ पाप का वृक्ष रोपकर मेरे इस धन-धान्य से भरे सुखमय राज्य में देवता के वज्र का आह्वान मत कीजिए। आपसे यह बात कहे जाता हूँ, यह बात कहने ही मैं आज आया था।"

कहते हुए महाराज ने रघुपति के चेहरे पर अपनी मर्मभेदी दृष्टि स्थापित कर दी। राजा की सुगम्भीर दृढ़ आवाज़ रुद्ध तूफ़ान के सामान कुटी में कम्पायमान होने लगी। रघुपति ने कोई उत्तर नहीं दिया, जनेऊ पकड़कर इधर-उधर करने लगा। राजा प्रणाम करके नक्षत्रराय का हाथ पकड़कर बाहर निकल आए, साथ-साथ जयसिंह भी बाहर आ गया। कुटी में केवल एक दीपक, रघुपति और रघुपति की विशाल परछाईं रह गई।

अब तक आकाश का उजाला छिप चुका है। तारे बादलों में छिप गए हैं। आकाश के कोने-कोने में अन्धकार है। पुरवा हवा में उस घने अन्धकार में कहीं से कदम्ब के फूलों की गन्ध आ रही है और जंगल में मर्मर ध्वनि सुनाई पड़ रही है। राजा इस परिचित मार्ग पर चिन्ता में डूबे जा रहे हैं, सहसा पीछे से सुनाई पड़ा, किसी ने पुकारा..."महाराज!"

राजा ने पीछे मुड़कर पूछा, "तुम कौन हो?"

परिचित स्वर ने कहा, "मैं आपका अधम सेवक, मैं जयसिंह। महाराज, आप मेरे गुरु हैं, मेरे स्वामी हैं। आपके अलावा मेरा और कोई नहीं है। जिस प्रकार आप अपने छोटे भाई का हाथ पकड़कर अन्धकार में से लिये जा रहे हैं, उसी प्रकार मेरा हाथ भी पकड़ लीजिए, मुझे भी साथ ले चलिए; मैं गहरे अँधेरे में गिर गया हूँ। किसमें मेरा भला होगा, किसमें बुरा, कुछ भी नहीं जानता! मैं एक बार बाएँ जा रहा हूँ, एक बार दाएँ, मेरा कोई कर्णधार नहीं है।"

उसी अन्धकार में आँसू गिरने लगे, कोई नहीं देख पाया, केवल आवेग भरा जयसिंह का आर्द्र स्वर काँपते हुए राजा के कानों में पड़ता रहा। स्तब्ध स्थिर अन्धकार, वायु चंचल समुद्र के समान आन्दोलित होने लगा। राजा जयसिंह का हाथ पकड़कर बोले, "चलो, मेरे संग महल में चलो।"

बारहवाँ परिच्छेद

जयसिंह उसके अगले दिन मन्दिर में लौटकर आया। अब तक पूजा का समय निकल चुका है। रघुपति दुखी चेहरा लिये अकेला बैठा है। इसके पहले कभी ऐसा नियम भंग नहीं हुआ था।

जयसिंह गुरु के निकट न जाकर अपने बगीचे में चला गया। अपने पेड़-पौधों के बीच जाकर बैठ गया। वे उसके चारों ओर काँपने लगे, दोलायमान होने लगे, छाया नचाने लगे। उसके चारों ओर है पुष्प-खचित पल्लवों की सतह, श्यामल सतह के ऊपर सतह, छाया भरे सुकोमल स्नेह का आच्छादन, सुमधुर आह्वान, प्रकृति का प्रीतिपूर्ण आलिंगन। यहाँ सभी प्रतीक्षा करते हैं, कोई बात पूछता नहीं, भावना में व्याघात उत्पन्न नहीं करता, माँगने पर ही माँगता है, बात करने पर ही बात करता है। इस नीरव श्रवणेच्छा के वातावरण में, प्रकृति के इस अन्तःपुर में बैठकर जयसिंह सोचने लगा। राजा ने उसे जो सीख दी है, मन-ही-मन उस पर विचार करने लगा।

उसी समय रघुपति ने धीरे-धीरे आकर उसकी पीठ पर हाथ रखा। जयसिंह चौंक उठा। रघुपति उसके निकट बैठ गया। जयसिंह के चेहरे की ओर देखकर काँपते स्वर में बोला, "वत्स, तुम्हारी ऐसी दशा क्यों देख रहा हूँ? मैंने तुम्हारा क्या बिगाड़ा है कि तुम धीरे-धीरे मुझसे दूर होते जा रहे हो?"

जयसिंह ने कुछ कहने की चेष्टा की, रघुपति उसे रोकते हुए बोलता रहा, "क्या एक पल के लिए भी मेरे प्रेम में कमी देखी है? क्या मैंने तुम्हारा कोई अपराध किया है, जयसिंह? अगर किया है, तो मैं तुम्हारा गुरु, तुम्हारा पितृ-तुल्य, मैं तुमसे क्षमा की भिक्षा माँग रहा हूँ...मुझे क्षमा करो।"

जयसिंह वज्राहत के समान चौंक पड़ा; गुरु के चरण पकड़कर काँपने लगा;

बोला, ''पिता, मैं कुछ नहीं जानता, मैं कुछ नहीं समझ पाता, मैं कहाँ जा रहा हूँ, देख नहीं पा रहा हूँ।''

रघुपति ने जयसिंह का हाथ पकड़कर कहा, ''वत्स, मैंने तुम्हें बचपन से माँ के समान प्यार से पाला है, पिता से अधिक प्रयत्न के साथ शास्त्र-शिक्षा दी है...तुम पर पूरा विश्वास रखते हुए मित्र के समान तुम्हें अपनी समस्त मंत्रणाओं में सहभागी बनाया है। आज मुझसे कौन तुम्हें छीने ले रहा है? इतने दिन का स्नेह-ममता का बन्धन कौन तोड़े डाल रहा है? मुझे तुम पर जो देव-प्रदत्त अधिकार प्राप्त है, उस पवित्र अधिकार में कौन हस्तक्षेप कर रहा है? बोलो, वत्स, उस महापातकी का नाम बताओ।''

जयसिंह ने कहा, ''प्रभु, मुझे आपसे किसी ने अलग नहीं किया...आप ही ने मुझे दूर कर दिया है। मैं घर के भीतर था, आप ही ने सहसा मुझे रास्ते में निकाल दिया है। आपने कहा–कौन है पिता, कौन है माता, कौन है भाई! आपने कहा–संसार में कोई बन्धन नहीं, स्नेह-प्रेम का पवित्र अधिकार नहीं। जिन्हें माँ के रूप में जानता था, आपने उन्हें कह दिया शक्ति...जो जहाँ हिंसा कर रहा है, जो जहाँ रक्तपात कर रहा है, जहाँ भी भाइ-भाई में विवाद है, जहाँ भी दो मनुष्यों के बीच युद्ध है, वहीं यह प्यासी शक्ति रक्त की लालसा में अपना खप्पर लिये खड़ी है। आपने मुझे माँ की गोद से यह किस राक्षसी के देश में निर्वासित कर दिया!''

रघुपति बहुत देर तक स्तम्भित बैठा रहा। अन्त में निश्वास छोड़ते हुए बोला, ''तब तुम स्वाधीन हुए, बन्धन से मुक्त हुए, मैंने तुम पर से अपना समस्त अधिकार वापस ले लिया। यदि तुम इसमें ही सुखी होओ, तो वैसा ही हो।''

कहकर उठने को तैयार हो गया।

जयसिंह उनके पैर पकड़कर बोला, ''नहीं, नहीं, नहीं प्रभु...आपके द्वारा मुझे छोड़ दिए जाने पर भी, मैं आपको नहीं छोड़ सकता। मैं रहा...आपके चरणों में ही रहा, आप जो चाहें, करें। आपके मार्ग के अलावा मेरा कोई अन्य मार्ग नहीं।''

रघुपति ने जयसिंह को आलिंगन में भर लिया...उसके आँसू बहते हुए जयसिंह के कन्धे पर टपकने लगे।

तेरहवाँ परिच्छेद

मन्दिर में अनेक लोग एकत्र हो गए हैं। खूब कोलाहल हो रहा है। रघुपति ने रूखे स्वर में पूछा, "तुम लोग क्या करने आए हो?"

वे नाना कंठों में बोल पड़े, "हम लोग ठकुराइन[1] के दर्शनों के लिए आए हैं।"

रघुपति बोला, "कहाँ हैं ठकुराइन? ठकुराइन इस राज्य से चली गई हैं। तुम लोग कहाँ रख पाए ठकुराइन को! वे चली गई हैं।"

भारी शोर-शराबा होने लगा, नाना ओर से नाना बातें सुनाई पड़ने लगीं।

"यह क्या बात है ठाकुर?"

"हमने क्या अपराध किया है ठाकुर?"

"क्या माँ किसी भी तरह प्रसन्न नहीं होंगी?"

"मेरा भतीजा बीमार था, इसी कारण मैं कुछ दिन पूजा करने नहीं आया।" (उसका दृढ़ विश्वास है कि उसी की उपेक्षा न सह पाने के कारण देवी देश छोड़ रही हैं।)

"सोचा था, अपने दो पाठे ठकुराइन को चढ़ाऊँगा, किन्तु बहुत दूर होने के कारण नहीं आ पाया।" (दो पाठे चढ़ाने में हुई देरी के कारण राज्य का ऐसा अमंगल हुआ, यही सोचकर वह कातर हो रहा था।)

"ठीक है, गोवर्धन ने जो मन्नत माँगी थी, वह माँ को नहीं दे पाया, लेकिन माँ ने भी तो उसे वैसा ही दंड दे दिया। उसकी तिल्ली बढ़कर ढाक[2] हो गई है, वह छः महीने से बिस्तर पर पड़ा है।" (गोवर्धन अपनी बढ़ी तिल्ली

---

1. ठकुराइन : देवी के काली रूप को ठकुराइन भी कहा जाता है।
2. ढाक : ढोल के आकार से मेल खाता एक वाद्य यंत्र, जिसकी लम्बाई 70 से.मी. होता है। इसे बाँस की हलकी पतली चंटी से बजाया जाता है, जिसकी लम्बाई लगभग 45 से.मी. होती है।

को लेकर चिता पर चढ़ जाए, किन्तु माँ देश में रहें...उसने मन में ऐसी प्रार्थना की। सभी अभागे गोवर्धन की तिल्ली के अत्यधिक बढ़ जाने की कामना करने लगे।)

भीड़ में एक लम्बा-चौड़ा आदमी था, उसने सभी को धमकाकर चुप करा दिया और रघुपति से हाथ जोड़कर बोला, "ठाकुर, माँ क्यों चली गईं, हमसे क्या अपराध हो गया था?"

रघुपति ने कहा, "तुम लोग माँ को एक बूँद रक्त नहीं चढ़ा सकते, यही तो है तुम लोगों की भक्ति!"

सब चुप रहे। अन्त में बातें होने लगीं। कोई फुसफुसाकर कहने लगा, "राजा की ओर से मनाही है, हम लोग क्या करें!"

जयसिंह पत्थर की मूर्ति की तरह निश्चल बैठा था। 'माँ की ओर से मनाही है' यह बात विद्युत गति से उसकी जिह्वा पर आई थी; लेकिन उसने अपने को दबा लिया, एक बात तक नहीं कही।

रघुपति तेज आवाज़ में बोला, "राजा कौन है! माँ का सिंहासन क्या राजा के सिंहासन से नीचा है? तब तुम लोग अपने राजा को लेकर इस मातृहीन देश में रहो। देखता हूँ, कौन तुम्हारी रक्षा करता है!"

जनता के बीच गुन-गुन शब्द उठा। सभी सावधान होकर बातें करने लगे।

रघुपति खड़ा होकर बोला, "राजा को ही बड़ा बनाकर तुम लोगों ने राजा के द्वारा अपनी माँ का अपमान करवाकर विदा कर दिया। मत समझना, सुखी रहोगे। और तीन बरस के बाद इतने बड़े राज्य में तुम लोगों की घर बनाने की ज़मीन का निशान तक नहीं रहेगा...तुम लोगों के खानदान में कोई दीया जलानेवाला नहीं बचेगा।"

जन-सागर में गुन-गुन शब्द धीरे-धीरे फ़ैलने लगा। जनता भी लगातार बढ़ रही है। उसी लम्बे आदमी ने हाथ जोड़कर रघुपति से कहा, "सन्तान अगर अपराध करे, तो माँ उसे दंड दे, लेकिन माँ सन्तान को एकदम छोड़कर चली जाए, क्या ऐसा कभी हो सकता है! प्रभु, बोलिए, क्या करने से माँ लौटेंगी।"

रघुपति ने कहा, "जब तुम्हारा यह राजा इस राज्य से बाहर हो जाएगा, तब माँ भी पुनः इस राज्य में पदार्पण करेंगी।"

यह बात सुनकर जनता की गुन-गुन ध्वनि अचानक थम गई। हठात् चारों ओर गहरी निस्तब्धता छा गई, अन्त में आपस में एक-दूसरे के चेहरे की ओर देखने लगे; कोई हिम्मत जुटाकर बात नहीं कह पाया।

रघुपति ने मेघमन्द्र स्वर में कहा, "तो, तुम लोग देखोगे! आओ, मेरे साथ आओ। बहुत दूर से बड़ी आशा लेकर तुम लोग ठकुराइन के दर्शन को आए हो...चलो, एक बार मन्दिर में चलो।"

सभी डरते हुए मन्दिर के प्रांगण में एकत्र हो गए। मन्दिर का द्वार बन्द था, रघुपति ने धीरे-धीरे द्वार खोल दिया।

कुछ देर तक किसी के मुँह से भी बात नहीं निकली। प्रतिमा का मुख दिखाई नहीं पड़ रहा है, प्रतिमा का पृष्ठ भाग दर्शकों की ओर है। माँ विमुख हो गई हैं। सहसा जनता में क्रन्दन ध्वनि गूँज उठी, "एक बार घूमकर खड़ी हो जाओ माँ! हमने क्या अपराध किया है!" चारों ओर 'माँ कहाँ है, माँ कहाँ है' स्वर गूँजने लगा। प्रतिमा पाषाण की होने के कारण नहीं घूमी। अनेक लोग मूर्च्छित हो गए। बालक कुछ न समझने के कारण रोने लगे। वृद्ध मातृहारा शिशु के समान रोने लगे, "माँ, ओ माँ!" स्त्रियों का घूँघट खुल गया, आँचल खिसक गया, वे छाती पर हाथ मारने लगीं। युवक काँपती हुई ऊँची आवाज़ में कहने लगे, "माँ, हम लोग तुम्हें लौटाकर लाएँगे...हम तुम्हें छोड़ेंगे नहीं।"

एक पागल गाने लगा–

"माँ मेरी पत्थर की कन्या
सन्तान पर दृष्टि नहीं डालती।"

पूरा राज्य मानो मन्दिर के दरवाजे पर खड़ा होकर 'माँ', 'माँ' पुकारते हुए विलाप करने लगा...लेकिन मूर्ति नहीं घूमी। मध्याह्न का सूर्य प्रखर हो आया, प्रांगण में भूखी जनता का विलाप नहीं थमा।

तब जयसिंह ने काँपते पैरों से आकर रघुपति से कहा, "प्रभु, क्या मैं एक बात भी नहीं कह सकता?"

रघुपति ने कहा, "नहीं, एक बात भी नहीं।"

जयसिंह बोला, "क्या सन्देह का कोई कारण नहीं है?"

रघुपति ने दृढ़ स्वर में कहा, "नहीं।"

जयसिंह ने मुट्ठियाँ कसकर बाँधते हुए कहा, "क्या सब कुछ पर विश्वास करूँ?"

रघुपति ने तीव्र दृष्टि से जयसिंह को दग्ध करते हुए कहा, "हाँ।"

जयसिंह छाती पर हाथ रखकर बोला, "मेरी छाती फटी जा रही है।"

वह जनता के बीच से दौड़ता हुआ बाहर निकल गया।

चौदहवाँ परिच्छेद

उसके अगले दिन आषाढ़ की उनतीसवीं तिथि। आज रात चतुर्दश देवताओं की पूजा है। आज जब प्रभात में ताड़-वन की ओट से सूरज उठ रहा है, तो पूर्व दिशा में बादल नहीं हैं। जब जयसिंह स्वर्णकिरणों से भरे आनन्दमय कानन में जाकर बैठा, तो उसकी सारी पुरानी स्मृतियाँ मन में जागने लगीं। इसी वन में, इसी पाषाण के मन्दिर की पत्थर की सीढ़ियों पर, इसी गोमती के तट पर, इसी विशाल वट की छाया में, इसी छाया से घिरे पोखर के किनारे उसे अपना बाल्यकाल सुमधुर स्वप्न की भाँति याद आने लगा। जो सम्पूर्ण मधुर दृश्य उसके बाल्यकाल को स्नेहपूर्वक घेरे रहते थे, वे आज हँस रहे हैं, उसे आज पुनः बुला रहे हैं, परन्तु उसका मन कह रहा है, 'मैं आज यात्रा पर बाहर निकल आया हूँ, मैंने विदा ले ली है, मैं और नहीं लौटूँगा।' स्फटिक के मन्दिर पर सूर्य की किरणें पड़ रही हैं तथा उसकी बाईं ओर की दीवार पर बकुल की शाखाओं की कम्पित छाया पड़ रही है। बचपन में जिस प्रकार यह स्फटिक मन्दिर सचेतन अनुभव होता था, इन सीढ़ियों पर बैठकर खेलते समय सीढ़ियों में जैसा संग-साथ पाता था, आज प्रभात की सूर्य-किरणों में मन्दिर को वैसा ही सचेतन, उसकी सीढ़ियों को उसी प्रकार शैशव की आँखों से देखने लगा। मन्दिर के भीतर माँ आज फिर से माँ के रूप में अनुभव होने लगी। किन्तु अभिमान में उसका हृदय भर आया, उसकी दोनों आँखों से आँसू टपकने लगे।

रघुपति को आता देख जयसिंह ने आँसू पोंछ डाले। गुरु को प्रणाम करके खड़ा हो गया। रघुपति ने कहा, "आज पूजा का दिन है। याद है, माँ के चरण स्पर्श करके क्या शपथ ली थी?"

जयसिंह ने कहा, "है।"

रघुपति–"शपथ का पालन तो करोगे?"

जयसिंह–"हाँ।"

रघुपति–"देखो वत्स, काम सावधानी से करना। विपत्ति की आशंका है। मैंने तुम्हारी रक्षा के लिए ही प्रजा को राजा के विरुद्ध भड़का दिया है।"

जयसिंह चुपचाप रघुपति के चेहरे की ओर देखता रहा, कोई उत्तर नहीं दिया; रघुपति उसके सिर पर हाथ रखकर बोला, "मेरे आशीर्वाद से तुम निर्विघ्न अपना कार्य सम्पन्न कर पाओगे, माँ का आदेश पालन कर सकोगे।"

इतना कहकर चला गया।

राजा अपराह्न में एक कक्ष में बैठे ध्रुव के साथ खेल रहे हैं। ध्रुव के आदेश के अनुसार एक बार मुकुट सिर से उतार रहे हैं, एक बार धारण कर रहे हैं; ध्रुव महाराज की यह दुर्दशा देखकर हँस-हँसकर बेहाल हो रहा है। राजा तनिक हँसकर बोले, "मैं अभ्यास कर रहा हूँ। यह मुकुट उनके आदेश पर जिस प्रकार सहजता से धारण कर पाया हूँ, इस मुकुट को उनके आदेश पर उतनी ही सहजता से उतार भी पाऊँ। मुकुट धारण करना कठिन है लेकिन मुकुट त्यागना और भी कठिन है।"

सहसा ध्रुव के मन में एक विचार आया...कुछ देर राजा के मुकुट की ओर देखकर मुँह में उँगली डालकर बोला, "तुमि आजा।" राजा शब्द से 'र' अक्षर एकदम से समूल लोप कर देने पर भी ध्रुव के मन में ज़रा भी पश्चात्ताप उत्पन्न नहीं हुआ। राजा के मुँह पर राजा को आजा बोलकर उसे सम्पूर्ण आत्म-सुख मिला।

राजा ध्रुव की इस धृष्टता को सहन न कर पाने के कारण बोले, "तुमि आजा।"

ध्रुव बोला, "तुमि आजा।"

इस विषय में बहस का अन्त नहीं हुआ। किसी पक्ष में कोई प्रमाण नहीं है, बहस केवल धींगामुस्ती की है। अन्त में राजा ने अपना मुकुट लेकर ध्रुव के सिर पर पहना दिया। तब ध्रुव के पास और बात कहने का उपाय नहीं बचा, उसकी पूरी तरह हार हो गई। ध्रुव का आधा चेहरा उस मुकुट के नीचे छिप गया। मुकुट के साथ विशाल सिर को हिलाते हुए ध्रुव ने मुकुट हीन राजा को आदेश दिया, "एक कहानी सुनाओ।"

राजा ने कहा, "कौन-सी कहानी सुनाऊँ?"

ध्रुव बोला, "दीदी वाली कहानी सुनाओ।"

ध्रुव कहानी मात्र को ही दीदी की कहानी के रूप में जानता था। वह समझता था, दीदी जो कहानियाँ सुनाती थी, उनके अलावा संसार में और कहानी ही नहीं

है। राजा एक भारी पौराणिक कहानी लेकर बैठ गए। वे कहने लगे, "हिरण्यकशिपु नामक एक राजा था।"

राजा सुनकर ध्रुव बोल उठा, "आमी आजा।" विशाल ढीले मुकुट के बल पर उसने हिरण्यकशिपु के राजपद को पूरी तरह अस्वीकृत कर दिया।

चाटुकार सभासद के समान गोविन्द माणिक्य उस किरीटी शिशु को सन्तुष्ट करने के लिए बोले, "तुम भी आजा, वह भी आजा।"

ध्रुव उससे भी स्पष्ट रूप से असहमति प्रकट करते हुए बोला, "ना, आमी आजा।"

अन्त में जब महाराज ने कहा, "हिरण्यकशिपु आजा नय, से आक्कस।"[1] तब ध्रुव ने उसमें कुछ आपत्ति करने लायक नहीं पाया।

ऐसे ही समय नक्षत्रराय ने कक्ष में प्रवेश किया...बोला, "सुना है, महाराज ने मुझे राज-कार्य के लिए बुलाया है। आदेश के लिए प्रतीक्षा कर रहा हूँ।"

राजा ने कहा, "थोड़ी और प्रतीक्षा करो, कहानी पूरी कर दूँ।" कहकर कहानी पूरी की। "आक्कस दुष्ट..." कहानी सुनकर ध्रुव ने संक्षेप में इसी प्रकार का मत प्रकट किया।

ध्रुव के सिर पर मुकुट देखकर नक्षत्रराय को अच्छा नहीं लगा। जब ध्रुव ने देखा कि नक्षत्रराय की दृष्टि उसी पर जमी हुई है, तो उसने नक्षत्रराय को गम्भीरता के साथ जता दिया, "आमी आजा।"

नक्षत्रराय बोला, 'छी, ऐसी बात नहीं कहते।" कहकर ध्रुव के सिर से मुकुट उतारकर राजा के हाथ में देने को हुआ। ध्रुव मुकुट-हरण की सम्भावना देखकर सचमुच के राजा के समान चिल्ला पड़ा। गोविन्द माणिक्य ने आसन्न विपत्ति से उसका उद्धार किया, नक्षत्र को रोक दिया।

अन्त में गोविन्द माणिक्य ने नक्षत्रराय से कहा, "सुना है, रघुपति ठाकुर बुरे उपायों से प्रजा में असन्तोष भड़का रहा है। तुम स्वयं नगर में जाकर इस विषय में तहकीकात कर आओ और सच-झूठ का निर्णय करके मुझे सूचित करो।"

नक्षत्रराय ने कहा, "जो आज्ञा।" कहकर चला गया किन्तु ध्रुव के सिर पर मुकुट उसे किसी भी तरह अच्छा नहीं लगा।

प्रहरी ने आकर सूचना दी, "पुरोहित ठाकुर का सेवक, जयसिंह भेंट करने की प्रार्थना लिये द्वार पर खड़ा है।"

राजा ने उसे आने की अनुमति प्रदान की।

---

1. हिरण्यकशिपु राजा नहीं था, वह राक्षस था।

जयसिंह राजा को प्रणाम करके हाथ जोड़कर बोला, "महाराज, मैं सुदूर देश को जा रहा हूँ। आप मेरे राजा हैं, मेरे गुरु हैं, आपका आशीर्वाद लेने आया हूँ।"

राजा ने पूछा, "कहाँ जाओगे जयसिंह?"

जयसिंह बोला, "पता नहीं महाराज, वह कहाँ है, कोई नहीं कह सकता।"

राजा को बात कहने को तैयार देखकर जयसिंह ने कहा, "महाराज, मना मत कीजिए। आपके निषेध करने पर मेरी यात्रा शुभ नहीं होगी; आशीर्वाद दीजिए, यहाँ मेरा जो संशय था, वह समस्त संशय वहाँ दूर हो जाए। यहाँ के बादल, वहाँ छँट जाएँ। आपके समान राजा के राजत्व में जाऊँ, शान्ति पाऊँ।"

राजा ने पूछा, "कब जाओगे?"

जयसिंह ने कहा, "आज शाम को। अधिक समय नहीं है महाराज, तो मैं आज विदा लेता हूँ।"

कहते हुए राजा को प्रणाम करके राजा की चरण-धूलि ग्रहण की, राजा के चरणों पर दो बूँद आँसू टपक पड़े।

जयसिंह जब उठकर जाने को हुआ, तो ध्रुव धीरे-धीरे जाकर उसका कपड़ा पकड़कर बोला, "तुम मत जाओ।"

जयसिंह हँसते हुए घूमकर खड़ा हो गया, ध्रुव को गोद में उठा लिया, उसे चूमते हुए बोला, "किसके पास रहूँगा, बेटा? मेरा कौन है?"

ध्रुव ने कहा, "आमी आजा।"

जयसिंह ने कहा, "तुम लोग राजा के राजा हो, तुमने ही सबको बन्दी बनाकर रख छोड़ा है।"

ध्रुव को गोद से उतारकर जयसिंह कक्ष से बाहर निकल गया। महाराज गम्भीर मुद्रा में बहुत देर तक सोचते रहे।

पन्द्रहवाँ परिच्छेद

चतुर्दशी तिथि। बादल भी छाए हैं, चन्द्रमा भी निकला है। आकाश में कहीं आलोक है, कहीं अन्धकार। कभी चन्द्रमा निकल रहा है, कभी चन्द्रमा छिप रहा है। गोमती के किनारे वाला जंगल चन्द्रमा की ओर देखकर अपनी गहन अन्धकार-राशि का मर्म भेदकर बीच-बीच में निश्वास छोड़ रहा है।

आज रात लोगों का बाहर मार्ग में निकलना निषिद्ध है। रात में मार्ग में निकलता भी कौन है! लेकिन निषेध है, इस कारण आज मार्ग की विजनता और भी गहन प्रतीत हो रही है। समस्त नगरवासियों ने अपने घर के दीपक बुझाकर द्वार बन्द कर लिये हैं। मार्ग में कोई प्रहरी नहीं है। चोर भी आज मार्ग में नहीं निकले हैं। जिन्हें शव-दाह हेतु श्मशान में जाना है, वे शवों को घर में रखे प्रभात होने की प्रतीक्षा कर रहे हैं। जिनके घरों में मृत्युमुखी सन्तान पड़ी है, वे वैद्य को बुलाने बाहर नहीं निकले हैं। जो भिक्षुक मार्ग के किनारे वृक्ष के नीचे सोता था, उसने आज गृहस्थ की गोशाला में आश्रय ले लिया है।

रात्रि में श्रृगाल-श्वान नगर के मार्गों पर विचरण कर रहे हैं, एक-दो चीते गृहस्थों के द्वार पर आकर झाँक रहे हैं। मनुष्यों में आज केवल मात्र एक व्यक्ति घर के बाहर है...और कोई मनुष्य नहीं। वह नदी किनारे पत्थर पर एक छुरी शान पर चढ़ा रहा है तथा अन्यमनस्क होकर कुछ सोच रहा है। छुरी की धार काफी थी किन्तु लगता है, वह छुरी के साथ अपनी भावना भी शान पर चढ़ा रहा था, इसी कारण उसका शान चढ़ाना खत्म नहीं हो रहा है। पत्थर पर घिसने से तेज छुरी हिस्-हिस् की ध्वनि करके हिंसा की लालसा में तृप्त होती जा रही है। अन्धकार के बीच अन्धकार की नदी बही चली जा रही थी। संसार के ऊपर से अँधेरी रात के पहर बहे चले जा रहे थे। आकाश के ऊपर से अँधेरे घने मेघों की धारा बही जा रही थी।

अन्त में जब मूसलाधार बारिश पड़नी आरम्भ हुई, तब जयसिंह की चेतना जगी। तप्त छुरी म्यान में रखकर उठकर खड़ा हो गया। पूजा का समय निकट आ गया है। उसे शपथ की बात याद आ गई। और एक दंड भी विलम्ब करना सम्भव नहीं।

मन्दिर आज सहस्र दीपों से आलोकित है। त्रयोदश देवताओं के मध्य खड़ी काली नर-रक्त के लिए जिह्वा फैलाए हुए है। मन्दिर के सेवकों को विदा करके चतुर्दश देव-मूर्तियों के सम्मुख रघुपति एकला बैठा है। उसके सामने एक दीर्घकाय खाँडा है। नग्न उजला खड्ग दीपालोक में चमचमाते हुए दृढ़ वज्र के समान देवी के आदेश की प्रतीक्षा कर रहा है।

पूजा अर्ध-रात्रि में है। समय निकट है। रघुपति अत्यन्त बेचैन हृदय से जयसिंह की प्रतीक्षा कर रहा है। सहसा तूफ़ान की भाँति हवा चलकर मूसलाधार वर्षा आरम्भ हो गई। हवा में मन्दिर की सहस्र दीप-शिखाएँ काँपने लगीं, नग्न खड्ग पर विद्युत खेलने लगी। चतुर्दश देवताओं और रघुपति की छायाएँ मानो जीवित होकर दीप-शिखाओं के नृत्य की ताल-ताल पर मन्दिर की दीवार पर नाचने लगीं। एक नर-कपाल तूफ़ान की हवा में इधर-उधर लुढ़कने लगा। दो चमगादड़ मन्दिर में आकर सूखे पत्तों के समान एक के पीछे एक उड़ते घूमने लगे। उनकी छाया दीवार पर उड़ने लगी।

दूसरा पहर आ गया। पहले निकट, बाद में दूर-दूरान्तर पर शृंगाल बोलने लगे। तूफ़ान की हवा भी उनके संग मिलकर हू-हू करके रुदन करने लगी। पूजा का समय हो गया। रघुपति अमंगल की आशंका में अत्यन्त बेचैन हो उठा।

उसी समय जीवन्त तूफानी बारिश की बिजली के समान जयसिंह ने अचानक रात के अन्धकार में से मन्दिर के उजाले में प्रवेश किया। देह लम्बी चादर से ढँकी है, सर्वांग से बहकर बारिश की धार गिर रही है, साँस तेज़ी से चल रहा है, चक्षु-तारकों में अग्नि-कण जल रहे हैं।

रघुपति ने उसे पकड़कर कान के पास मुँह लाकर कहा, "लाए हो राज-रक्त?"

जयसिंह उसका हाथ छुड़ाकर ऊँचे स्वर में बोला, "लाया हूँ। राज-रक्त लाया हूँ। आप हटकर खड़े होइए, मैं देवी को निवेदन करता हूँ।"

आवाज़ से मन्दिर काँप उठा।

काली की मूर्ति के सम्मुख खड़ा होकर कहने लगा, "तो क्या तू सचमुच सन्तान का रक्त चाहती है माँ! राज-रक्त के बिना तेरी तृषा नहीं मिटेगी? मैं जन्म से ही तुझे माँ पुकारता आ रहा हूँ, मैंने तेरी ही सेवा की है, मैंने और किसी की

ओर देखा ही नहीं, मेरे जीवन का और कोई उद्देश्य नहीं था। मैं राजपूत हूँ, मैं क्षत्रिय हूँ, मेरे प्रपितामह राजा थे, मेरे मातामह वंशीय आज भी राजत्व कर रहे हैं। तो, यह ले अपनी सन्तान का रक्त, ले, यह ले अपना राज-रक्त।" चादर देह से गिर पड़ी। कटिबन्ध से छुरी बाहर निकाल ली...बिजली नाच उठी...क्षण भर में ही वह छुरी अपने हृदय में आमूल भोंक ली, मृत्यु की तीक्ष्ण जिह्वा उसकी छाती में बिंध गई। मूर्ति के चरणों में गिर गया; पाषाण-प्रतिमा विचलित नहीं हुई।

रघुपति चीत्कार कर उठा...जयसिंह को उठाने की चेष्टा की, उठा नहीं पाया। उसकी मृत देह पर पड़ा रहा। मन्दिर के सफ़ेद पत्थरों पर रक्त बहने लगा। धीरे-धीरे एक-एक करके दीपक बुझ गए। अन्धकार में पूरी रात एक प्राणी के साँस की ध्वनि सुनाई पड़ती रही; रात के तीसरे पहर तूफ़ान थमकर चारों तरफ सन्नाटा छा गया। रात के चौथे पहर बादल के छिद्र से चन्द्रमा के प्रकाश ने मन्दिर में प्रवेश किया। चन्द्रालोक जयसिंह के पाण्डुवर्ण चेहरे पर पड़ा, चतुर्दश देवता सिरहाने खड़े उसे ही देखने लगे। प्रभात में जब वन में पक्षी बोले, तब रघुपति मृत देह छोड़कर उठ गया।

सोलहवाँ परिच्छेद

राजा के आदेश के अनुसार नक्षत्रराय प्रजा के असन्तोष का कारण खोजने के लिए प्रभात-काल में स्वयं बाहर निकला। उसे चिन्ता होने लगी, मन्दिर कैसे जाए! रघुपति के सामने पड़ जाने पर वह कैसा सकपका जाता है, अपने को नियंत्रित नहीं कर पाता। रघुपति का सामना करने की उसकी कोई इच्छा नहीं है। इसीलिए उसने निश्चय किया है, रघुपति की नज़र बचाकर गुप्त रूप से जयसिंह के कमरे में जाकर उससे विशेष विवरण जाना जा सकता है।

नक्षत्रराय ने धीरे-धीरे जयसिंह के कमरे में प्रवेश किया। प्रवेश करते ही सोचा, लौट पाए, तो मुक्ति मिले। देखा, जयसिंह की पुस्तकें, उसके कपड़े, उसकी गृह-सज्जा बिखरी पड़ी है और रघुपति बीच में बैठा है। जयसिंह नहीं है। रघुपति की लाल आँखें अंगारे की तरह जल रही हैं, उसके केश बिखरे हुए हैं। उसने नक्षत्रराय को देखते ही मुट्ठी में मज़बूती के साथ उसका हाथ पकड़ लिया। उसे बलपूर्वक ज़मीन पर बैठा लिया। नक्षत्रराय के प्राणों पर बन आई। रघुपति अपने अंगार-नेत्रों से नक्षत्रराय के मर्म-स्थान तक को दग्ध करके पागल की तरह बोला, "रक्त कहाँ है?"

नक्षत्रराय के हृत्पिंड में रक्त की तरंगें उठने लगीं, मुँह से शब्द नहीं निकले।

रघुपति उच्च स्वर में बोला, "कहाँ है, तुम्हारी प्रतिज्ञा? कहाँ है, रक्त?"

नक्षत्रराय हाथ हिलाने लगा, पैर हिलाने लगा, बाएँ सरककर बैठ गया, कपड़े का किनारा पकड़कर खींचने लगा...उसका पसीना बहने लगा, वह सूखे मुँह से बोला, "ठाकुर..."

रघुपति ने कहा, "इस बार माँ ने स्वयं खड्ग उठा लिया है, इस बार चारों

ओर रक्त की धारा बहेगी... इस बार तुम्हारे वंश में एक बूँद रक्त बाकी नहीं बचेगा, तब देखना नक्षत्रराय का भ्रातृ-स्नेह!''

''भ्रातृ-स्नेह! हा: हा:! ठाकुर...''

नक्षत्रराय की हँसी और नहीं निकली, गला सूख गया।

रघुपति ने कहा, ''मुझे गोविन्द माणिक्य का रक्त नहीं चाहिए। जिसे गोविन्द माणिक्य संसार में प्राणों से अधिक चाहता हो, मुझे वही चाहिए। उसका रक्त लेकर मैं गोविन्द माणिक्य के शरीर पर मलना चाहता हूँ...उसका वक्ष-स्थल रक्तवर्ण हो जाएगा...उस रक्त का चिह्न किसी भी तरह मिटेगा नहीं। यह देखो, ध्यान से देखो।'' कहते हुए उत्तरीय हटा दिया, उसकी देह रक्त में लिपटी है, उसके वक्ष-स्थल पर जगह-जगह रक्त जमा हुआ है।

नक्षत्रराय सिहर उठा। उसके हाथ-पाँव काँपने लगे। रघुपति बँधी मुट्ठी में नक्षत्रराय का हाथ दबाकर बोला, ''वह कौन है? कौन गोविन्द माणिक्य को प्राणों से भी अधिक प्रिय है? किसके चले जाने पर गोविन्द माणिक्य की आँखों में यह संसार श्मशान हो जाएगा, उसके जीवन का उद्देश्य नष्ट हो जाएगा? प्रात: शय्या से उठते ही उसे किसका चेहरा याद आता है, किसकी याद को साथ लेकर वह रात को सोने जाता है, उसके हृदय-नीड़ को पूरी तरह भरकर कौन विराज रहा है? कौन है वह? क्या वह तुम हो?''

कहकर, जैसे छलाँग लगाने के पूर्व व्याघ्र काँपते हुए हिरन के बच्चे की ओर एकटक देखता है, वैसे ही रघुपति ने नक्षत्र की ओर देखा। नक्षत्रराय हड़बड़ाकर बोला, ''नहीं , मैं नहीं हूँ।'' परन्तु किसी भी तरह रघुपति की मुट्ठी नहीं छुड़ा पाया।

रघुपति ने कहा, ''तो बताओ, वह कौन है?''

नक्षत्रराय ने कह डाला, ''वह ध्रुव है।''

रघुपति बोला, ''ध्रुव कौन?''

नक्षत्रराय-''वह एक बालक है...''

रघुपति बोला, ''मैं जानता हूँ, उसे जानता हूँ। राजा की अपनी सन्तान नहीं है, उसे ही सन्तान की तरह पाल रहा है। पता नहीं, अपनी सन्तान को लोग किस तरह प्यार करते हैं किन्तु पालित सन्तान को प्राणों से अधिक प्यार करते हैं, यह जानता हूँ। अपनी सम्पूर्ण सम्पदा की अपेक्षा राजा को उसका सुख अधिक प्रतीत होता है। मुकुट अपने सिर की अपेक्षा उसके सिर पर देखकर राजा को अधिक आनन्द होता है।''

नक्षत्रराय आश्चर्य में पड़कर बोला, ''सही बात है।''

रघुपति ने कहा, ''बात सही नहीं है, तो क्या है! क्या मुझे पता नहीं कि राजा

उसे कितना प्यार करता है! क्या मैं समझ नहीं पाता! मुझे भी वही चाहिए।''

नक्षत्रराय मुँह फाड़े रघुपति की ओर देखता रहा। अपने मन में बोला, 'वही चाहिए।'

रघुपति ने कहा, ''उसे लाना ही होगा...आज ही लाना होगा...आज रात ही चाहिए।''

नक्षत्रराय ने प्रतिध्वनि की भाँति कहा, ''आज रात ही चाहिए।''

रघुपति ने कुछ देर नक्षत्रराय के चेहरे पर देखकर स्वर को धीमा करके कहा, ''यह बालक ही तुम्हारा शत्रु है, जानते हो? तुम राज-वंश में जन्मे हो...कहीं से एक अज्ञात कुलशील बालक तुम्हारे सिर से मुकुट छीन लेने को आ गया है, यह पता है? जो सिंहासन तुम्हारी प्रतीक्षा कर रहा था, उसी सिंहासन पर उसके लिए स्थान निर्धारित हो गया है, क्या दो आँखें रहते हुए भी यह नहीं देख पा रहे हो!''

नक्षत्रराय के लिए ये सारी बातें नई नहीं हैं। उसने भी पहले ऐसा ही सोचा था। गर्वपूर्वक बोला, ''वह क्या और बताना पड़ेगा ठाकुर! क्या मैं इसे देख नहीं पाता!''

रघुपति ने कहा, ''तब और क्या! उसे लाकर दे दो। तुम्हारे सिंहासन की बाधा दूर कर दूँ। ये कुछ पहर किसी तरह काट लूँगा, उसके बाद...तुम कब लाओगे?''

नक्षत्रराय–''अँधेरा हो जाने पर।''

रघुपति जनेऊ स्पर्श करके बोला, ''अगर न ला पाए, तो ब्राह्मण का शाप लगेगा। वैसा होने पर, जिस मुँह से तुम प्रतिज्ञा बोलकर उसका पालन नहीं करोगे, तीन रातें बीतने के पहले ही उसी मुख के मांस को शकुनी नोच-नोचकर खाएँगे।''

सुनते ही नक्षत्रराय ने चौंककर चेहरे पर हाथ फिराया...कोमल मांस पर शकुनी की चोच पड़ने की कल्पना उसे नितान्त दुस्सह अनुभव हुई। रघुपति को प्रणाम करके वह जल्दी से विदा हो लिया। उस कमरे से प्रकाश में, हवा में और जन-कोलाहल में पहुँचकर नक्षत्रराय ने पुनर्जीवन पाया।

सत्रहवाँ परिच्छेद

ध्रुव उसी दिन शाम को नक्षत्रराय को देखते ही 'चाचा' पुकारते हुए दौड़ा हुआ आया, छोटे-छोटे दोनों हाथ उसके गले में डालकर, उसके कपोल से कपोल छुआकर, मुँह के पास मुँह ले गया। धीरे से बोला, "चाचा।"

नक्षत्र ने कहा, "छी, ऐसी बात नहीं कहते, मैं तुम्हारा चाचा नहीं हूँ।"

ध्रुव अब तक उसे हमेशा चाचा कहता चला आ रहा था, आज अचानक मना सुनकर वह भारी आश्चर्य में पड़ गया। कुछ देर गम्भीर चेहरा बनाए बैठा रहा; उसके बाद नक्षत्र की ओर बड़ी-बड़ी आँखें उठाकर बोला, "तुम कौन हो?"

नक्षत्रराय ने कहा, "मैं तुम्हारा चाचा नहीं हूँ।"

सुनकर ध्रुव को अचानक बहुत हँसी आई...इससे बड़ी असम्भव बात इसके पहले कभी नहीं सुनी थी; वह हँसते हुए बोला, "तुम चाचा हो।" नक्षत्र जितना मना करने लगा, वह उतना ही कहने लगा, "तुम चाचा हो।" उसकी हँसी भी उतनी ही बढ़ने लगी। वह नक्षत्रराय को चाचा कहकर चिढ़ाने लगा।

नक्षत्र बोला, "ध्रुव, तुम अपनी दीदी को देखने जाओगे?"

ध्रुव जल्दी से नक्षत्र का गला छोड़ते हुए खड़ा होकर बोला, "दीदी कहाँ है?"

नक्षत्र ने कहा, "माँ के पास।"

ध्रुव ने कहा, "माँ कहाँ है?"

नक्षत्र-"माँ एक जगह पर है। मैं तुम्हें वहाँ लेकर जा सकता हूँ।"

ध्रुव ने ताली बजाते हुए पूछा, "कब ले जाओगे चाचा?"

नक्षत्र-"इसी समय।"

ध्रुव आनन्द में चीत्कार करते हुए नक्षत्र के गले से जोर से लिपट गया; नक्षत्र उसे गोद में उठाकर, चादर से ढककर गुप्त द्वार से बाहर निकल गया।

आज रात भी लोगों का बाहर निकलना निषिद्ध है। इसी कारण मार्ग में न प्रहरी हैं, न पथिक। आकाश में पूर्ण चन्द्रमा है।

नक्षत्रराय मन्दिर पहुँचकर ध्रुव को रघुपति के हाथों में सौंपने को तैयार हो गया। ध्रुव रघुपति को देखकर ताकत के साथ नक्षत्रराय से चिपट गया, किसी भी तरह छोड़ना नहीं चाहा। रघुपति ने उसे बलपूर्वक छीन लिया। ध्रुव 'चाचा' पुकारते हुए रो पड़ा। नक्षत्रराय की आँखों में आँसू आ गए लेकिन रघुपति के सामने हृदय की यह दुर्बलता दिखाते हुए उसे भारी लज्जा आने लगी। उसने समझ लिया कि जैसे वह पत्थर का बना है। तब ध्रुव रोते-रोते 'दीदी', 'दीदी' पुकारने लगा, किन्तु दीदी नहीं आई। रघुपति ने वज्र-स्वर में धमकाया। डर के मारे ध्रुव का रोना बन्द हो गया। उसका रुदन केवल सिसकियों में बाहर आने लगा। चतुर्दश देव-मूर्तियाँ देखती रहीं।

गोविन्द माणिक्य रात में स्वप्न में क्रन्दन सुनकर जाग पड़े। सहसा सुना, कोई उनकी खिड़की के नीचे कातर स्वर में पुकार रहा है, "महाराज! महाराज!"

राजा ने जल्दी से उठकर चन्द्रमा के प्रकाश में देखा, ध्रुव का चाचा, केदारेश्वर है। पूछा, "क्या हुआ?"

केदारेश्वर बोला, "महाराज, मेरा ध्रुव कहाँ है?"

राजा ने कहा, "क्यों, अपनी शय्या पर नहीं है?"

"नहीं।"

केदारेश्वर कहने लगा, "दोपहर के बाद से ध्रुव को न देख पाने के कारण, पूछने पर युवराज नक्षत्रराय के सेवक ने बताया, ध्रुव अन्तःपुर में युवराज के पास है। सुनकर मैं निश्चिन्त था। बहुत रात होती देख मुझे आशंका हुई; खोजने पर पता चला, युवराज नक्षत्रराय महल में नहीं हैं। मैंने महाराज के साथ भेंट करने की प्रार्थना के लिए बहुत कोशिशें कीं, लेकिन प्रहरियों ने किसी भी तरह मेरी बात पर ध्यान नहीं दिया...इसी कारण खिड़की के नीचे से महाराज को पुकारा, आपकी नींद तोड़ दी है...मेरे इस अपराध को क्षमा कीजिए।"

राजा के मन में एक विचार विद्युत की भाँति कौंध गया। उन्होंने चार प्रहरियों को पुकारा, कहा, "सशस्त्र मेरा अनुसरण करो।"

एक बोला, "महाराज, आज रात मार्ग में बाहर निकलना निषिद्ध है।"

राजा बोले, "मैं आदेश दे रहा हूँ।"

केदारेश्वर साथ जाने को तैयार हुआ, राजा ने उसे लौट जाने को कह दिया। राजा चन्द्रालोक में निर्जन मार्ग पर मन्दिर की ओर चल पड़े।

मन्दिर का द्वार अचानक खुला, तो दिखाई पड़ा, नक्षत्र और रघुपति खड्ग सम्मुख रखे मदिरापान कर रहे हैं। प्रकाश अधिक नहीं है, केवल एक दीपक जल रहा है। ध्रुव कहाँ है? ध्रुव काली की मूर्ति के पैरों के निकट लेटे-लेटे सो गया है...उसके कपोलों पर आँसुओं की रेखा सूख गई है, दोनों होंठ तनिक खुल गए हैं, चेहरे पर भय नहीं, चिन्ता नहीं...मानो, यह पाषाण-शय्या नहीं है, वह दीदी की गोद में सो रहा है। मानो, दीदी ने चूमकर उसकी आँखों के आँसू पोंछ दिए हैं।

मदिरा पीकर नक्षत्र की हिम्मत खुल गई थी, किन्तु रघुपति स्थिर बैठा पूजा के लग्न की प्रतीक्षा कर रहा था...नक्षत्र के प्रलाप पर ज़रा भी ध्यान नहीं दे रहा था। नक्षत्र कह रहा था, "ठाकुर, तुम मन-ही-मन डर रहे हो। तुम सोच रहे हो, मैं भी डर रहा हूँ। कोई डर नहीं ठाकुर! डर किसका! डर किसको! मैं तुम्हारी रक्षा करूँगा। तुम क्या समझते हो, राजा से डरता हूँ! मैं शाहशुजा से नहीं डरता, मैं शाहजहाँ से नहीं डरता। ठाकुर, तुमने कहा क्यों नहीं...मैं राजा को पकड़ लाता, देवी को सन्तुष्ट कर दिया जाता। इतने से लड़के का रक्त ही कितना होगा!"

उसी समय मन्दिर की दीवार पर परछाईं पड़ी। नक्षत्रराय ने पीछे देखा...राजा। क्षण भर में नशा हिरन हो गया। अपनी परछाईं से भी ज़्यादा काला पड़ गया। सोते हुए ध्रुव को तेज़ी से गोदी में उठाकर गोविन्द माणिक्य ने प्रहरियों को आदेश दिया, "इन दोनों लोगों को बन्दी बनाओ।"

चार प्रहरियों ने रघुपति और नक्षत्रराय के दोनों हाथ पकड़ लिये। ध्रुव को छाती में दबाकर राजा ज्योत्स्नालोक में निर्जन मार्ग से महल लौट आए। उस रात रघुपति और नक्षत्रराय कारागार में रहे।

अठारहवाँ परिच्छेद

अगले दिन न्याय। न्यायालय में लोगों की भीड़। न्यायाधीश के आसन पर राजा विराजमान हैं, सभासद चारों ओर बैठे हैं। दोनों बन्दी सामने हैं। किसी के भी हाथों में हथकड़ी नहीं हैं। केवल सशस्त्र प्रहरी उन्हें घेरे हुए हैं...रघुपति पाषाण-मूर्ति की भाँति खड़ा है, नक्षत्रराय का सिर झुका हुआ है।

रघुपति का दोष सिद्ध करते हुए राजा उससे बोले, "तुम्हें क्या कहना है?"

रघुपति ने कहा, "आपको मेरा न्याय करने का अधिकार नहीं है।"

राजा ने कहा, "तो तुम्हारा न्याय कौन करेगा?"

रघुपति–"मैं ब्राह्मण हूँ, मैं देव-सेवक हूँ, मेरा न्याय देवता करेंगे।"

राजा–"पाप का दंड और पुण्य का पुरस्कार देने के लिए संसार में देवताओं के सहस्त्रों अनुचर हैं। हम भी उन्हीं में से एक हैं। इस विषय में मैं तुम्हारे साथ बहस नहीं करना चाहता...मैं पूछ रहा हूँ, तुमने कल शाम को बलि की मंशा से एक बालक का अपहरण किया था या नहीं!"

रघुपति ने कहा, "हाँ।"

राजा ने कहा, "तुम अपराध स्वीकार करते हो?"

रघुपति–"अपराध! किस बात का अपराध! मैं माँ के आदेश का पालन कर रहा था, माँ का कार्य कर रहा था, तुमने उसमें बाधा पहुँचाई...अपराध तुमने किया है...मैं तुम्हें माँ के सामने अपराधी घोषित करता हूँ, वे तुम्हारा न्याय करेंगी।"

राजा ने उसकी बात का कोई उत्तर न देकर कहा, "मेरे राज्य का विधान है, जो व्यक्ति देवता के नाम पर बलि देगा अथवा देने की कोशिश करेगा, उसे निर्वासन का दंड दिया जाएगा। मैंने वही दंड तुम्हारे लिए निर्धारित किया है। तुम

आठ वर्ष के लिए निर्वासित कर दिए गए हो। तुम्हें प्रहरी मेरे राज्य के बाहर छोड़ आएँगे।''

प्रहरी रघुपति को सभा-गृह से ले जाने को तैयार हो गए। रघुपति ने उनसे कहा, ''रुक जाओ।'' राजा की ओर देखकर बोला, ''तुम्हारा न्याय पूरा हुआ, अब मैं तुम्हारा न्याय करूँगा, ध्यान दो। चतुर्दश देवताओं की पूजा में दो रात, जो कोई रास्ते में बाहर निकलेगा, वह पुरोहित के द्वारा दण्डित होगा, यही हमारे मन्दिर का विधान है। इसी प्राचीन विधान के अन्तर्गत तुम मेरे समक्ष दंड के भागी हो।''

राजा ने कहा, ''मैं तुम्हारा दंड भोगने के लिए प्रस्तुत हूँ।''

सभासद बोले, ''इस अपराध के लिए केवल अर्थ-दंड दिया जा सकता है।''

पुरोहित बोला, ''मैं तुम पर दो लाख मुद्रा का दंड लगाता हूँ। इसी समय भरना होगा।''

राजा ने कुछ देर सोचा, फिर बोले, ''तथास्तु!'' कोषाध्यक्ष को बुलाकर दो लाख मुद्राओं का आदेश कर दिया। प्रहरी रघुपति को बाहर ले गए।

रघुपति के चले जाने पर राजा ने नक्षत्रराय की ओर देखकर दृढ़ स्वर में कहा, ''नक्षत्रराय, तुम अपना अपराध स्वीकार करते हो या नहीं!''

नक्षत्रराय बोला, ''महाराज, मैं अपराधी हूँ, मुझे क्षमा कीजिए।''

कहकर भागते हुए राजा के पैरों से लिपट गया।

महाराज विचलित हुए, कुछ देर तक बोल नहीं पाए। अन्त में आत्म-संवरण करके कहा, ''नक्षत्रराय उठो, मेरी बात सुनो। मैं क्षमा करनेवाला कौन होता हूँ? मैं अपने विधान से खुद बँधा हुआ हूँ। जिस प्रकार बन्दी बँधा हुआ होता है, वैसे ही न्यायाधीश भी बँधा हुआ होता है। मैं एक ही अपराध के लिए एक व्यक्ति को दंड दूँ और एक व्यक्ति को क्षमा कर दूँ, यह कैसे सम्भव है? तुम ही फैसला करो।''

सभासद बोले, ''महाराज, नक्षत्रराय आपका भाई है, अपने भाई को क्षमा कर दीजिए।''

राजा ने दृढ़ स्वर में कहा, ''आप सब चुप रहिए। मैं जब तक इस आसन पर हूँ, तब तक न किसी का भाई हूँ, न किसी का बन्धु।''

सभासद चुप हो गए। सभा में सन्नाटा छा गया। राजा गम्भीर स्वर में कहने लगे, ''तुम सब सुन चुके हो...मेरे राज्य का विधान है, जो व्यक्ति देवता के नाम पर जीव-बलि देगा अथवा देने की कोशिश करेगा, उसे निर्वासन का दंड दिया जाएगा। नक्षत्रराय ने कल शाम को पुरोहित के साथ षड्यंत्र रचकर बलि की

मंशा से एक बालक का अपहरण किया था। इस अपराध के सिद्ध हो जाने के आधार पर मैं उसके लिए आठ वर्ष के निर्वासन के दंड का निर्धारण करता हूँ।''

जिस समय प्रहरी नक्षत्रराय को ले जाने को तैयार हुए, तब राजा ने आसन से उतरकर नक्षत्रराय को आलिंगन में भर लिया; रुद्ध कंठ से कहा, ''वत्स, केवल तुम्हारा ही दंड नहीं हुआ, मेरा भी दंड हो गया। न जाने पूर्व जन्म में क्या अपराध किया था। जब तक तुम बन्धु-बान्धवों से दूर रहो, तब तक भगवान तुम्हारे साथ रहें, तुम्हारा कल्याण करें।''

देखते-देखते समाचार फ़ैल गया। अन्त:पुर में रोना-धोना मच गया। राजा एकान्त कक्ष का द्वार बन्द करके बैठ गए। हाथ जोड़कर कहने लगे, ''प्रभु, अगर कभी मैं अपराध करूँ, तो मुझे क्षमा मत करना, मुझ पर तनिक भी दया मत करना। मुझे अपने पाप का दंड दो। पाप करके दंड को ढोया जा सकता है, किन्तु क्षमा का भार नहीं ढोया जा सकता प्रभु!''

नक्षत्रराय के प्रति राजा के मन में दुगुना प्रेम जागने लगा। नक्षत्रराय का बचपन का चेहरा उन्हें याद आने लगा। उसने जो सब खेल किए थे, बातें की थीं, काम किए थे, वे एक-एक कर उनके मन में उभरने लगे। एक-एक दिन, एक-एक रात अपने सूर्यालोक में, अपने तारा-खचित आकाश में शिशु नक्षत्रराय को लेकर उनके सम्मुख प्रकट हो गए। राजा की दोनों आँखों से आँसू झरने लगे।

उन्नीसवाँ परिच्छेद

प्रहरियों ने जब निर्वासन के लिए तैयार रघुपति से पूछा, "ठाकुर, किस दिशा में जाएँगे," तो रघुपति ने उत्तर दिया, "पश्चिम की ओर जाऊँगा।"

नौ दिन तक पश्चिम की ओर यात्रा करने के बाद बन्दी और प्रहरी ढाका शहर के आसपास आ पहुँचे। तब प्रहरी रघुपति को छोड़कर राजधानी लौट आए।

रघुपति मन-ही-मन बोला, "कलियुग में ब्रह्म-शाप नहीं फलता, देखा जाए, ब्राह्मण में बुद्धि कितनी होती है! देखा जाए, गोविन्द माणिक्य कैसा राजा है और मैं ही कैसा पुरोहित ठाकुर हूँ।"

त्रिपुरा की सीमा में मन्दिर के कोने में मुग़ल राज्य के समाचार अधिक नहीं पहुँचते थे। इसी कारण रघुपति ढाका शहर पहुँचकर मुगलों की रीति-नीति और राज्य की अवस्था जानने का कौतूहली हुआ।

तब मुग़ल सम्राट शाहजहाँ का शासन-काल था। उनका तीसरा पुत्र औरंगजेब दक्षिण पथ में बीजापुर-आक्रमण में नियुक्त था। उनका दूसरा पुत्र शुजा बंगाल का अधिपति था, उसकी राजधानी राजमहल में थी। कनिष्ठ पुत्र शहजादा मुराद गुजरात का शासनकर्ता था। ज्येष्ठ युवराज दारा राजधानी दिल्ली में ही रह रहा था। सम्राट की आयु सड़सठ वर्ष है। उनके बीमार होने के कारण दारा पर ही साम्राज्य का भार आ पड़ा है।

कुछ दिन ढाका में रहकर रघुपति ने उर्दू की शिक्षा प्राप्त की और अन्त में राजमहल की ओर चल पड़ा।

जब तक राजमहल पहुँचा, तब तक भारतवर्ष में हल्ला मच चुका था। समाचार फ़ैल गया कि शाहजहाँ मृत्यु-शय्या पर लेटे हैं। इस समाचार को पाते

ही शुजा सेना सहित दिल्ली की ओर दौड़ पड़ा। सम्राट के चारों ही पुत्र मृत्यून्मुखी शाहाजहाँ के सिर से एकदम झपट्टा मारकर मुकुट उड़ा लेने की तैयारी कर रहे हैं।

ब्राह्मण तत्काल अराजक राजमहल को छोड़कर शुजा का पीछा करने में लग गया। सेवक-वाहक आदि को विदा कर दिया। साथ में जो दो लाख रुपया था, उसे राजमहल के पास वाले एक निर्जन कोने में गाड़ दिया। उसके ऊपर एक निशान बना दिया गया। बहुत थोड़ा-सा रुपया साथ में ले लिया। जली हुई झोंपडियों, छोड़ दिए गए गाँवों, रौंदी हुई फसलों को देखते हुए रघुपति निरन्तर चलता रहा। रघुपति ने संन्यासी का वेश धारण कर लिया। लेकिन संन्यासी वेश के होते हुए भी आतिथ्य दुर्घट है। कारण, सैनिक टिड्डों के सामान जिस भी रास्ते से गुज़रे हैं, उसके दोनों ओर केवल दुर्भिक्ष विराज रहा है। सैनिक घोड़ों और हाथियों को खिलाने के लिए बिना पकी फसल काट ले गए हैं। किसानों के कुठलों में एक दाना भी नहीं बचा है। चारों ओर केवल लुटाई के अवशेष बिखरे हैं। अधिकांश लोग गाँव छोड़कर भाग गए हैं। भाग्यवश जो एक-दो लोग दिखाई पड़ जाते हैं, उनके चेहरे पर हँसी नहीं है। वे भयभीत हिरन के समान सतर्क रहते हैं। किसी पर भी वे न विश्वास करते हैं, न दया करते हैं। निर्जन रास्ते के किनारे पेड़ों के नीचे हाथ में लाठी लिये दो-चार लोग बैठे दिखाई पड़ जाते हैं; पथिकों के शिकार के लिए वे पूरे दिन प्रतीक्षा करते रहते हैं। धूमकेतु के पीछे आनेवाली उल्का-बारिश के समान दस्यु, सैनिकों के पीछे-पीछे लुटने से बचे हुए को लूट ले जाते हैं। यहाँ तक कि मृत देह के ऊपर शृगाल-श्वान के समान बीच-बीच में सैनिकों और दस्यु दल में लड़ाई छिड़ जाती है। निष्ठुरता सैनिकों का खेल हो गई है, रास्ते के किनारे निरीह पथिक के पेट में खप् करके तलवार की हूल मार देने अथवा उसके सिर से पगड़ी के साथ थोड़ी-सी खोपड़ी उड़ा देने को वे साधारण उपहास भर समझते हैं। गाँव के लोगों को अपने से डरता हुआ देख कर वे परम कौतुक अनुभव करते हैं। लूटने के बाद गाँव के लोगों को उत्पीड़ित करके वे आनन्द प्राप्त करते हैं। दो मान्य ब्राह्मणों को पीठ से पीठ जोड़कर एक साथ बाँधकर दोनों की नाक में नसवार डाल देते हैं। दो घोड़ों की पीठ पर एक आदमी को चढ़ाकर दोनों घोड़ों को चाबुक मार देते हैं; दोनों घोड़े दो विपरीत दिशाओं में दौड़ जाते हैं, बीच में आदमी गिर जाने से उसके हाथ-पाँव टूट जाते हैं। इस प्रकार वे रोजाना नए-नए खेलों का आविष्कार करते हैं। गाँव अकारण जला दिए जाते हैं। कहते हैं, बादशाह की शान में आतिशबाजी कर रहे हैं। सैनिकों के मार्ग में इस प्रकार के अत्याचारों के सैकड़ों-सैकड़ों चिह्न

मौजूद हैं। यहाँ रघुपति को आतिथ्य मिलेगा कहाँ! कोई दिन निराहार, कोई दिन अल्पाहार में काटने लगा। रात के अँधेरे में एक टूटी परित्यक्त झोंपड़ी में थका हुआ शरीर लेकर सो गया था, सुबह उठकर देखा, एक सिर हीन देह को पूरी रात तकिया बनाकर सोता रहा था। रघुपति ने एक दिन दोपहर में भूख लगने पर एक झोंपड़ी में जाकर देखा, एक आदमी अपने टूटे सन्दूक पर उसकी कौली भरे पड़ा है...लगा, अपने लुटे हुए धन का शोक मना रहा था...निकट जाकर ठेलते ही वह लुढ़ककर गिर पड़ा। मात्र मृत देह, उसका जीवन बहुत पहले ही जा चुका था।

रघुपति एक दिन एक झोंपड़ी में सोया हुआ है। रात व्यतीत नहीं हुई है, कुछ देर है। तभी धीरे-धीरे दरवाजा खुल गया। शरद के चन्द्रालोक के साथ-साथ कुछ परछाइयाँ भी झोंपड़ी में आ पड़ीं। फिस्-फिस् की आवाज़ सुनाई पड़ी। रघुपति चौंककर उठ बैठा।

उसके उठते ही कई स्त्री-कंठ डरते हुए बोल पड़े, ''उई माँ री!'' एक पुरुष आगे बढ़कर बोला, ''कौन है रे?''

रघुपति ने कहा, ''मैं ब्राह्मण हूँ, पथिक। तुम लोग कौन हो?''

''यह घर हमारा है। हम घर छोड़कर भाग गए थे। मुग़ल सैनिक चले गए हैं, सुनकर अब आए हैं।''

रघुपति ने पूछा, ''मुग़ल सैनिक किस दिशा में गए हैं?''

उन्होंने कहा, ''विजयगढ़ की ओर। अब तक तो विजयगढ़ के जंगल में प्रवेश कर गए होंगे।''

रघुपति और अधिक कुछ न बोलकर तत्क्षण यात्रा पर निकल पड़ा।

बीसवाँ परिच्छेद

विजयगढ़ का विशाल जंगल ठगों का अड्डा है। जो रास्ता जंगल में से होकर गुजरा है, उसके दोनों ओर कितने ही नर-कंकाल दबे हैं, उनके ऊपर केवल जंगली फूल खिल रहे हैं, और कोई निशान नहीं। जंगल में वट है, बबूल है, नीम है, सैकड़ों-सैकड़ों प्रकार की लताएँ और झाड़ियाँ हैं। जगह-जगह तलैया अथवा जलाशय की तरह दिखाई पड़ता है। लगातार पत्तों के सड़ने से उनका जल पूरी तरह हरा हो गया है। छोटी-छोटी टेढ़ी-मेढ़ी बटिया साँपों के समान इधर से, उधर से अँधेरे जंगल में प्रवेश कर रही हैं। पेड़ों की डाल-डाल, पात-पात पर लंगूर हैं। वट वृक्ष की शाखाओं से सैकड़ों-सैकड़ों जटाएँ और लंगूरों की पूँछें झूल रही हैं। भग्न मन्दिर का प्रांगण शेफाली के सफ़ेद-सफ़ेद फूलों और लंगूरों के दाँतों की चमक से पूरी तरह ढका है। शाम को बड़े-बड़े छतनार पेड़ों पर झुंड के झुंड तोतों के शोर से घना अन्धकार मानो दीर्ण-विदीर्ण होता रहता है। आज इस विशाल जंगल में लगभग बीस हज़ार सैनिकों ने प्रवेश किया है। शाखा-प्रशाखाओं, लताओं-पत्तों, घासों-झाड़ियों से भरा यह विशाल जंगल तीक्ष्ण नख-चंचु वाले सैनिक-बाजों का एकमात्र नीड़ लग रहा है। सैनिकों का जमावड़ा देखकर असंख्य कौवे झुंड बनाकर काँव-काँव करते हुए आकाश में उड़ते घूम रहे हैं...हिम्मत करके डालों पर आकर नहीं बैठ रहे हैं। किसी तरह के शोर-शराबे के लिए सेनापति की मनाही है। सैनिक पूरे दिन चलकर शाम को जंगल में पहुँचकर सूखी लकड़ियाँ इकट्ठी करके खाना पका रहे हैं और आपस में धीरे-धीरे बातें कर रहे हैं...उनकी उसी गुन-गुन से सारा जंगल गम-गम कर रहा है, शाम को झींगुर की झनकार सुनाई नहीं पड़ रही है। पेड़ों के तनों से बँधे घोड़े बीच-बीच में खुरों से धूल उड़ा रहे हैं और हिनहिना रहे हैं...उससे सारा जंगल

चौंक पड़ रहा है। भग्न मन्दिर के निकट खाली स्थान पर शाहशुजा का शिविर लगा है। और सबका पड़ाव आज पेड़ों के नीचे ही है।

रघुपति को पूरे दिन लगातार चलकर जंगल में प्रवेश करते हुए रात हो गई है। अधिकांश सैनिक सन्नाटे में सो रहे हैं, थोड़े-से चुपचाप पहरा दे रहे हैं। बीच-बीच में कहीं-कहीं आग जल रही है...मानो, अन्धकार ने बड़े कष्ट से नींद से भारी लाल आँखें खोल रखी हैं। रघुपति ने जंगल में पैर रखते ही मानो, बीस हज़ार सैनिकों के श्वास-प्रश्वास को सुन लिया। जंगल हज़ारों पेड़ों की शाखाएँ फैलाए पहरा दे रहा है। जैसे धूसर मस्तकवाला उल्लू अपने सद्य:जात शिशु पर पंख फैलाए बैठा रहता है, उसी प्रकार जंगल के बाहर की विराट रात्रि जंगल के भीतर की सघनतर रात्रि को दबाए उसे डैनों से ढककर चुपचाप बैठी है...एक रात्रि जंगल के भीतर मुँह घुसाए सो रही है, एक रात्रि जंगल के बाहर सिर उठाए जाग रही है। उस रात्रि में रघुपति जंगल के किनारे सो रहा।

सुबह दो-चार खोंचे खाकर हड़बड़ाते हुए जाग गया। देखा, भरी दाढ़ी वाले पगड़ी बाँधे तूरानी सैनिक उससे विदेशी भाषा में कुछ कह रहे हैं; सुनकर उसने निश्चित अनुमान लगा लिया...गाली है। उसने भी बंग-भाषा में उन्हें साला बक दिया। वे लोग उसके साथ खींचातानी करने लगे।

रघुपति बोला, ''मजाक सूझ रहा है?'' किन्तु उनके व्यवहार से मजाक का कोई लक्षण प्रकट नहीं हुआ। वे उसे अकातर भाव से जंगल में खींचकर ले जाने लगे।

वह असाधारण असन्तोष प्रकट करते हुए बोला, ''खींचतान क्यों कर रहे हो? मैं खुद ही चल रहा हूँ। इतने रास्ते मैं आया किसलिए हूँ?''

सैनिक हँसने लगे और उसकी बँगला बातों की नक़ल करने लगे। धीरे-धीरे उसके चारों ओर सैनिकों का बड़ा हुजूम इकट्ठा हो गया, उसे लेकर भारी हंगामा मचने लगा। उत्पीड़न की भी सीमा न रही। एक सैनिक ने एक गिलहरी की पूँछ पकड़कर उसके मुँड़े सिर पर छोड़ दी...देखने की इच्छा थी कि फल समझकर खाता है या नहीं! एक सैनिक उसकी नाक के सामने एक मोटे बेंत को टेढ़ा करके पकड़े उसके साथ-साथ चलने लगा, उसे छोड़ देता, तो रघुपति की नाक की उच्च महिमा के सम्पूर्णत: समूल लुप्त हो जाने की आशंका थी। सैनिकों की हँसी से जंगल गूँजने लगा। आज दोपहर में युद्ध करना होगा, इसी कारण सुबह रघुपति को लेकर वे बहुत खेल रचाने लगे। खेल की इच्छा पूरी होने के बाद ब्राह्मण को शुजा के पास ले गए।

रघुपति ने शुजा को देखकर सलाम नहीं किया। वह देवता और स्व-वर्ण

को छोड़कर और किसी के सम्मुख कभी भी सिर नहीं झुकाता। सिर उठाए खड़ा रहा; हाथ उठाकर बोला, "शहंशाह की जय हो।"

शुजा मदिरा का प्याला लिये सभासदों के साथ बैठा था; आलस्य विजड़ित स्वर में नितान्त उपेक्षा के भाव से कहा, "क्या, माजरा क्या है?"

सैनिक बोले, "जनाब, दुश्मन का जासूस छिपकर हमारी ताकत और कमजोरी का पता लगाने के लिए आया था; हम लोग उसे पकड़कर हुजूर के पास ले आए हैं।"

शुजा ने कहा, "अच्छा-अच्छा! बेचारा देखने आया है, उसे सब कुछ अच्छी तरह दिखाकर छोड़ दो। देश लौटकर कहानी सुनाएगा।"

रघुपति ने गलत-सलत हिन्दुस्तानी में कहा, "मैं सरकार के यहाँ काम की प्रार्थना करता हूँ।"

शुजा ने आलस्य भाव से हाथ हिलाकर उसे जल्दी से चले जाने का संकेत किया। बोला, "गरम!" जो हवा कर रहा था, वह दुगुने जोर से हवा करने लगा।

दारा ने अपने पुत्र सुलेमान को राजा जयसिंह के अधीन शुजा के आक्रमण का प्रतिरोध करने भेजा है। उसकी विशाल सेना निकट पहुँच गई है, समाचार आ गया है। उसी कारण विजयगढ़ के किले पर अधिकार करके वहाँ सेना इकट्ठी करने के लिए शुजा बेचैन हो गया है। किला और सरकारी ख़ज़ाना शुजा के हाथों सौंप देने का प्रस्ताव लेकर दूत विजयगढ़ के अधिपति विक्रम सिंह के पास गया था। विक्रम सिंह ने उसी दूत से कहलवा भेजा, "मैं केवल दिल्लीश्वर शाहजहाँ और जगदीश्वर भवानीपति को जानता हूँ...शुजा कौन है? मैं उसे नहीं जानता।"

शुजा ने जड़ता भरे स्वर में कहा, "बड़ा बेअदब है! नाहक फिर लड़ाई करनी पड़ेगी। भारी झमेला है।"

रघुपति ने यह सब सुन लिया। सैनिकों के हाथ से छूटते ही विजयगढ़ की ओर चल पड़ा।

इक्कीसवाँ परिच्छेद

विजयगढ़ पहाड़ पर है। विजयगढ़ का जंगल दुर्ग के आसपास जाकर समाप्त हो जाता है। रघुपति ने जंगल से बाहर निकलकर अचानक देखा, मानो पत्थर का विशाल दुर्ग नीले आकाश की अवहेलना करते हुए खड़ा है। अरण्य जिस प्रकार अपने सहस्त्र तरु-जाल से ढका है, उसी प्रकार दुर्ग अपने पत्थरों में जकड़ा है। अरण्य सावधान है, दुर्ग चौकन्ना है। अरण्य व्याघ्र के समान हाथ-पैर सिकोड़े पूँछ समेटे बैठा है, दुर्ग सिंह के समान केसर फुलाए गर्दन टेढ़ी किए खड़ा है। अरण्य ज़मीन से कान लगाए सुन रहा है, दुर्ग आकाश में सिर उठाए देख रहा है।

रघुपति के जंगल से बाहर आते ही दुर्ग की प्राचीर पर खड़े प्रहरी चौकन्ने हो गए। शंख बज उठे। दुर्ग मानो सहसा सिंहनाद करते हुए नख-दन्त खोलकर भृकुटी तानकर खड़ा हो गया। रघुपति जनेऊ दिखाकर हाथ उठाकर संकेत करने लगा। सैनिक सतर्क खड़े रहे। जब रघुपति दुर्ग की प्राचीर के निकट पहुँचा, तो सैनिकों ने पूछा, ''तुम कौन हो?''

रघुपति ने कहा, ''मैं ब्राह्मण, अतिथि।''

दुर्गाधिपति विक्रम सिंह परम धर्मनिष्ठ हैं। देवता, ब्राह्मण और अतिथि की सेवा में लगे रहते हैं। जनेऊ रहने पर दुर्ग में प्रवेश के लिए और कोई पहचानपत्र आवश्यक नहीं था। लेकिन आज युद्ध के दिन क्या करना उचित है, सैनिक नहीं सोच पाए थे।

रघुपति ने कहा, ''तुम लोगों के शरण न देने की स्थिति में मुझे मुसलमानों के हाथों मरना पड़ेगा।''

विक्रम सिंह के कानों में जब यह बात पहुँची, तो उन्होंने ब्राह्मण को दुर्ग में शरण देने की अनुमति प्रदान कर दी। प्राचीर के ऊपर से बाँस की एक सीढ़ी उतारी गई, रघुपति दुर्ग में दाखिल हो गया।

दुर्ग में सभी युद्ध की प्रतीक्षा में व्यस्त हैं। वृद्ध चाचा साहब ने ब्राह्मण की आवभगत का भार स्वयं सँभाल लिया। उनका असली नाम खड्ग सिंह है किन्तु कोई उन्हें पुकारता है–चाचा साहब, कोई पुकारता है–सूबेदार साहब...क्यों पुकारता है, इसका कोई कारण दिखाई नहीं देता। संसार में उनका कोई भतीजा नहीं है, भाई भी नहीं है, उन्हें चाचा होने का कोई अधिकार अथवा इसकी दूर तक सम्भावना नहीं है और उनके जितने भतीजे हैं, उनका सूबा उनकी अपेक्षा अधिक नहीं है किन्तु आज तक किसी ने उनकी उपाधि के सम्बन्ध में किसी प्रकार की आपत्ति अथवा सन्देह प्रकट नहीं किया। जो बिना भतीजे के ही चाचा हैं, बिना सूबे के ही सूबेदार हैं, संसार की अनित्यता और लक्ष्मी के चपलता-बन्धन द्वारा उनके पद से हट जाने की कोई आशंका नहीं है।

चाचा साहब आकर बोले, "वाहवा, यही तो हुआ ब्राह्मण!" कहते हुए भक्ति में डूबकर प्रणाम किया। रघुपति का गठन एक प्रकार से तेजस्वी दीप-शिखा के समान था जिसे अचानक देखकर पतंग न्योछावर हो जाते थे।

चाचा साहब संसार की आजकल की शोचनीय दशा पर दुखी होकर बोले, "ठाकुर, आजकल वैसे ब्राह्मण कितने मिलते हैं!"

रघुपति ने कहा, "बहुत कम।"

चाचा साहब ने कहा, "पहले ब्राह्मण के मुख में अग्नि थी, अब समस्त अग्नि ने जठर में शरण ले ली है।"

रघुपति ने कहा, "वह भी क्या पहले की तरह है?"

चाचा साहब ने सिर हिलाकर कहा, "सही बात है। अगस्त्य मुनि ने जिस परिमाण में पान किया था, यदि उसी परिमाण में भोजन भी करते तो, ज़रा सोचकर देखिए!"

रघुपति ने कहा, "और भी दृष्टान्त हैं।"

चाचा साहब–"हाँ, हैं ही तो! जम्भु मुनि की पिपासा की बात सुनी जाती है, उनकी भूख के बारे में कहीं भी लिखा नहीं है लेकिन एक अनुमान लगाया जा सकता है। हरीतकी खाने से ही कम खाया जाता है, ऐसी बात नहीं है, वे कितनी हरीतकियाँ प्रतिदिन खाते थे, एक हिसाब रहने पर समझ सकता था।"

रघुपति ने ब्राह्मण के माहात्म्य का स्मरण करके कहा, "नहीं साहब, आहार की ओर उनका विशेष ध्यान नहीं था।"

चाचा साहब जीभ दाँतों में दबाते हुए बोले, "राम-राम, क्या कह रहे हैं ठाकुर? उन लोगों का जठरानल अत्यन्त प्रबल था, इसका विशिष्ट प्रमाण है। देखिए ना, कालक्रम में और सारी अग्नियाँ बुझ गईं, होम की अग्नि भी और नहीं

जलती, किन्तु..."

रघुपति ने तनिक क्षुब्ध होते हुए कहा, "होम की अग्नि और जलेगी कैसे? देश में घी रह कहाँ गया? नास्तिक सारी गायों को ठिकाने लगा रहे हैं, अब हव्य कहाँ मिलता है? होमाग्नि जले बिना ब्रह्मतेज और कब तक टिक सकता है?"

कहते हुए रघुपति अपनी जला डालनेवाली शक्ति को बहुत अधिक अनुभव करने लगा।

चाचा साहब ने कहा, "सही कहा ठाकुर, गायों ने मरकर आजकल मनुष्य-लोक में जन्म ग्रहण करना आरम्भ कर दिया है किन्तु उनसे घी पाने की प्रत्याशा नहीं की जा सकती। दिमाग की पूरी तरह कमी है। ठाकुर का आगमन कहाँ से हो रहा है?"

रघुपति ने कहा, "त्रिपुरा की राजबाड़ी से।"

विजयगढ़ के बाहर स्थित भूगोल अथवा इतिहास के सम्बन्ध में चाचा साहब की साधारण सी जानकारी थी। भारतवर्ष में विजयगढ़ के अतिरिक्त और कुछ जानने लायक है, उन्हें यह विश्वास भी नहीं है।

पूरी तरह अनुमान के आधार पर बोला, "अच्छा, त्रिपुरा के राजा बहुत बड़े राजा हैं।"

रघुपति ने इसका पूर्ण समर्थन किया।

चाचा साहब-"ठाकुर क्या करते हैं?"

रघुपति-"मैं त्रिपुरा का राजपुरोहित हूँ।"

चाचा साहब आँखें मीचकर सिर हिलाते हुए बोले, "आहा!" रघुपति के प्रति उनकी भक्ति अत्यधिक बढ़ गई।

"किसलिए आना हुआ?"

रघुपति ने कहा, "तीर्थ-दर्शन के लिए।"

धूम की आवाज़ हुई। शत्रु पक्ष ने दुर्ग पर आक्रमण कर दिया है। चाचा साहब हँसकर आँखें मिचमिचाते हुए बोले, "वह कुछ नहीं, ढेला फेंक रहा है।" विजयगढ़ पर चाचा साहब का विश्वास जितना दृढ़ है, विजयगढ़ के पत्थर उतने मज़बूत नहीं हैं। विदेशी पथिक के दुर्ग में प्रवेश करते ही चाचा साहब उस पर पूरा अधिकार करके बैठ जाते हैं और विजयगढ़ के माहात्म्य को उसके मन में बद्धमूल कर देते हैं। रघुपति त्रिपुरा की राजबाड़ी से आया है, ऐसा अतिथि हमेशा नहीं आता, चाचा साहब अत्यन्त उल्लास में हैं। अतिथि के साथ विजयगढ़ के पुरातत्त्व के सम्बन्ध में चर्चा करने लगे। बोले, "ब्रह्मा का अंड और विजयगढ़ का दुर्ग लगभग एक ही समय उत्पन्न हुए तथा ठीक मनु के बाद से ही विक्रम

सिंह के पूर्वज इस दुर्ग पर अधिकार जमाए चले आ रहे हैं, इस विषय में कोई संशय नहीं हो सकता।" इस दुर्ग को शिव का कौन सा वर प्राप्त है तथा कार्तवीर्यार्जुन इस दुर्ग में किस प्रकार बन्दी हुआ था, वह भी रघुपति से छिपा नहीं रहा।

सन्ध्या समय समाचार मिला, शत्रु पक्ष दुर्ग को कोई हानि नहीं पहुँचा पाया है। उन्होंने तोपें लगाई थीं किन्तु तोपों के गोले दुर्ग तक नहीं पहुँच सके। चाचा साहब ने हँसकर रघुपति की ओर देखा। रहस्य यही कि दुर्ग को शिव का जो अमोघ वर प्राप्त है, उसका इससे प्रत्यक्ष प्रमाण और क्या हो सकता है! लगता है, स्वयं नन्दी तोपों के गोलों को बीच में ही लपक ले गए, उनसे कैलास पर गणपति और कार्तिकेय कन्दुक-क्रीड़ा करेंगे।

बाईसवाँ परिच्छेद

किसी प्रकार शाहशुजा को मुट्ठी में करना ही रघुपति का उद्देश्य था। उसने जैसे ही सुना, शुजा दुर्ग पर आक्रमण करने में जुटा है, वैसे ही सोच लिया, मित्र भाव से दुर्ग में प्रवेश करके किसी तरह शुजा की दुर्ग पर आक्रमण करने में सहायता करेगा। किन्तु ब्राह्मण का युद्ध-विग्रह से कोई लेना-देना था नहीं; सो, कैसे शुजा की सहायता की जा सकती है, कुछ भी नहीं सोच पाया।

अगले दिन फिर युद्ध आरम्भ हो गया। विरोधी पक्ष ने बारूद से दुर्ग की प्राचीर का थोड़ा-सा हिस्सा उड़ा दिया किन्तु तेज़ी से गोली बरसाने के कारण दुर्ग में प्रवेश नहीं कर पाया। देखते ही देखते टूटे अंश की मरम्मत कर दी गई। आज बीच-बीच में दुर्ग में गोली-गोले आकर गिरने लगे, दो-चार करके दुर्ग के सैनिक मरने और घायल होने लगे।

''ठाकुर, कोई डर नहीं, यह केवल खेल हो रहा है।'' कहकर चाचा साहब रघुपति को चारों ओर से दुर्ग दिखाते घूमने लगे। कहाँ अस्त्रागार है, कहाँ भंडार है, कहाँ घायलों का चिकित्सालय है, कहाँ कैदखाना है, कहाँ दरबार है, सब तन्न-तन्न करके दिखाने लगे और बार-बार रघुपति के चेहरे की ओर देखने लगे। रघुपति ने कहा, ''विलक्षण कारखाना है। त्रिपुरा का दुर्ग इसके सामने नहीं टिक सकता। लेकिन साहब, छिपकर भागने के लिए त्रिपुरा के दुर्ग में एक आश्चर्यभरा सुरंग-मार्ग है, यहाँ उस प्रकार का कुछ दिखाई नहीं पड़ रहा है।''

चाचा साहब कुछ बोलने जा रहे थे, सहसा अपने को रोकते हुए कहा, ''नहीं, इस दुर्ग में वैसा कुछ भी नहीं है।''

रघुपति ने नितान्त आश्चर्य प्रकट करते हुए कहा, ''इतने विशाल दुर्ग में एक सुरंग-मार्ग नहीं, यह कैसी बात है!''

चाचा साहब ने तनिक कातर होकर कहा, "न हो, क्या ऐसा हो सकता है! अवश्य ही होगा, तब भी शायद हममें से किसी को पता नहीं है।"

रघुपति ने हँसकर कहा, "तब तो न होने के बराबर ही है। जब आप ही नहीं जानते, तो और कौन जानता होगा!"

चाचा साहब कुछ देर बहुत गम्भीर होकर चुप रहे, उसके बाद सहसा 'हरि हे, राम-राम' कहते हुए चुटकी बजाकर जमुहाई ली, उसके बाद चेहरे पर, मूँछों पर, दाढ़ी पर एक-दो बार हाथ फेरते हुए अचानक बोले, "ठाकुर, आप तो पूजा-अर्चना में लगे रहते हैं, आपको बताने में कोई दोष नहीं है...दुर्ग में प्रवेश करने और दुर्ग से बाहर जाने के दो गुप्त मार्ग हैं किन्तु बाहर के किसी व्यक्ति को उन्हें दिखाने का निषेध है।"

रघुपति ने किंचित् सन्देह के स्वर में कहा, "ठीक है, वह तो होगा ही।"

चाचा साहब ने देखा, दोष उन्हीं का है, एक बार 'नहीं' एक बार 'हाँ' बोलने पर लोगों को स्वाभाविक रूप से सन्देह हो ही सकता है। विदेशी की आँखों में त्रिपुरा के दुर्ग के सामने विजयगढ़ किसी अंश में हीन हो जाए, यह चाचा साहब के लिए असहनीय है।

उन्होंने कहा, "ठाकुर, सोचता हूँ, आप त्रिपुरा से बहुत दूर हैं और आप ब्राह्मण हैं, आपका एकमात्र काम देव-सेवा ही है, आपके द्वारा कोई बात खुलने की सम्भावना नहीं है।"

रघुपति ने कहा, "आवश्यकता क्या है साहब, सन्देह हो तो वह सब बात रहने दीजिए ना। मैं ब्राह्मण का बेटा हूँ, मुझे दुर्ग के समाचारों से क्या प्रयोजन!"

चाचा साहब जीभ दाँतों में दबाते हुए बोले, "अरे राम-राम, आप पर फिर सन्देह किस बात का! चलिए, एक बार दिखा लाता हूँ।"

इधर शुजा के सैनिकों के बीच सहसा अव्यवस्था मच गई। शुजा का शिविर जंगल में था। सुलेमान और जयसिंह की सेना ने अचानक आकर उन्हें बन्दी बना लिया तथा छिपकर दुर्ग पर हमला करनेवालों पर चढ़ाई कर दी। शुजा के सैनिकों ने लड़ाई किए बिना ही बीस तोपें पीछे फेंककर तोड़ डालीं।

दुर्ग में धूम मच गई। विक्रम सिंह के पास सुलेमान का दूत पहुँचते ही उन्होंने दुर्ग का द्वार खोल दिया, स्वयं आगे बढ़कर सुलेमान और राजा जयसिंह की अगवानी की। दिल्लीश्वर के सैनिकों तथा हाथी-घोड़ों से दुर्ग भर गया। निशान फहराने लगा, शंख और रणवाद्य बजने लगे तथा चाचा साहब की सफ़ेद मूँछों के नीचे उजली हँसी भरपूर ढंग से खिल गई।

तेईसवाँ परिच्छेद

चाचा साहब के लिए क्या आनन्द का दिन है! आज दिल्लीश्वर के राजपूत सैनिक विजयगढ़ के अतिथि हुए हैं। प्रबल प्रतापी शाहशुजा आज विजयगढ़ का बन्दी है। कार्तवीर्यार्जुन के बाद से विजयगढ़ को ऐसा बन्दी और नहीं मिला। कार्तवीर्यार्जुन की बन्दी हालत को याद करके निश्वास छोड़ते हुए चाचा साहब राजपूत सुचेत सिंह से बोले, ''सोचकर देखो, हज़ार हाथों में हथकड़ियाँ पहनाने के लिए कितनी तैयारी करनी पड़ी थी! कलियुग आने के बाद से धूमधाम एकदम कम हो गई है। अब तो राजा का पुत्र हो चाहे बादशाह का बेटा, बाज़ार में दो से ज़्यादा हाथ खोजे नहीं मिलते। बन्दी बनाकर आनन्द नहीं मिलता।''

सुचेत सिंह ने हँसते हुए अपने हाथ की ओर देखकर कहा, ''ये दो हाथ ही काफी हैं।''

चाचा साहब थोड़ा सोचकर बोले, ''वह तो ठीक है, उस ज़माने में काम बहुत ज़्यादा था। आजकल काम इतना कम हो गया है कि इन दो हाथों का ही कोई स्पष्टीकरण नहीं दिया जा सकता। और हाथ रहने पर मूँछों को और ताव देना पड़ता है।''

आज चाचा साहब की वेशभूषा में कोई कसर नहीं रह गई थी। ठुड्डी के नीचे से पकी दाढ़ी दो हिस्सों में बाँटकर अपने दोनों कानों पर लटका ली है। मूँछें ऐंठकर कर्ण रन्ध्रों के आसपास ले जाई गई हैं। सिर पर बाँकी पगड़ी है, कमर में बाँकी तलवार। जरी वाले जूते के सामने का हिस्सा सींग की तरह टेढ़ा मुँदा हुआ है। आज चाचा साहब की चाल की भंगिमा ऐसी है मानो विजयगढ़ की महिमा उन्हीं के सर्वांग में तरंगायित हो रही है। आज इन सभी समझदार लोगों के सामने विजयगढ़ की महिमा प्रमाणित हो जाएगी इस आनन्द में उन्हें न भूख है, न नींद।

सुचेत सिंह को लेकर प्राय: पूरे दिन दुर्ग का मुआइना करते रहे। जहाँ सुचेत सिंह ने किसी प्रकार का आश्चर्य प्रकट नहीं किया, वहाँ चाचा साहब ने स्वयं 'वाहवा, वाहवा' करके अपने उत्साह को राजपूत वीर के हृदय में संचारित करने की चेष्टा की। विशेष रूप से दुर्ग-प्राचीर के निर्माण के सम्बन्ध में उन्हें असाधारण परिश्रम करना पड़ा। जिस तरह दुर्ग की प्राचीर अविचलित है, सुचेत सिंह उससे भी अधिक अविचलित है...उसके चेहरे पर किसी भी तरह का भाव प्रकट नहीं हुआ। चाचा साहब घूम-फिरकर उसे एक बार दुर्ग-प्राचीर के बाएँ, एक बार दाएँ, एक बार ऊपर, एक बार नीचे ले जाने लगे...बार-बार कहने लगे, "क्या तारीफ़ की जाए!" परन्तु किसी भी तरह सुचेत सिंह के हृदय-दुर्ग पर अधिकार नहीं कर सके। अन्त में शाम को थककर सुचेत सिंह ने कहा, "मैंने भरतपुर का गढ़ देखा है, और कोई गढ़ मेरी आँखों को नहीं भाता।"

चाचा साहब कभी किसी के साथ विवाद नहीं करते; अत्यन्त उदास होकर बोले, "अवश्य-अवश्य। यह बात तो कह ही सकते हो।"

निश्वास छोड़ते हुए दुर्ग के सम्बन्ध में चर्चा बन्द कर दी। विक्रम सिंह के पूर्वज, दुर्गा सिंह की बात उठाई। बोले, "दुर्गा सिंह के तीन पुत्र थे। कनिष्ठ पुत्र, चित्र सिंह की एक आश्चर्यजनक आदत थी। वे रोजाना प्रात: अन्दाजन आधा सेर चना दूध में उबालकर खाते थे। उनका शरीर भी वैसा ही था। अच्छा जी, तुम जो भरतपुर के गढ़ की बात कह रहे हो, वह अवश्य ही बहुत विशाल गढ़ होगा...किन्तु ब्रह्मवैवर्त पुराण में तो उसका कोई उल्लेख नहीं है।"

सुचेत सिंह ने हँसकर कहा, "उसके कारण काम में कोई बाधा नहीं पड़ रही है।"

चाचा साहब ने बनावटी हँसी हँसते हुए कहा, "हा-हा-हा! वह सही है, वह सही है। तो क्या जानते हो, त्रिपुरा का दुर्ग भी कोई बहुत कम नहीं है, किन्तु विजयगढ़ का..."

सुचेत सिंह-"त्रिपुरा फिर कौन देश है?"

चाचा साहब-"वह बड़ा भारी देश है। इतनी बातों की क्या ज़रूरत है, वहाँ के राजपुरोहित ठाकुर हमारे गढ़ में अतिथि हैं, तुम उन्हीं के मुँह से सब सुन लोगे।"

किन्तु आज ब्राह्मण ढूँढ़ने पर भी कहीं नहीं मिला। वे मन-ही-मन कहने लगे, 'इस राजपूत गँवार से वह ब्राह्मण बहुत अच्छा है।' सुचेत सिंह के सामने सैकड़ों मुखों से रघुपति की प्रशंसा करने लगे और विजयगढ़ के सम्बन्ध में रघुपति का क्या विचार है, वह भी प्रकट किया।

चौबीसवाँ परिच्छेद

सुचेत सिंह को चाचा साहब के चंगुल से छूटने में अधिक परिश्रम नहीं करना पड़ा। कल प्रातः बन्दी सहित सम्राट की सेना के कूच का दिन निर्धारित हुआ है, यात्रा की तैयारी के लिए सैनिक नियुक्त हुए हैं।

शाहशुजा कैदखाने में बहुत असन्तुष्ट होकर मन-ही-मन कह रहा है, 'ये लोग कैसे बेहूदे हैं! शिविर से मेरा हुक्का ही ला दें, इनके मन में यह भी नहीं आया।'

विजयगढ़ के पहाड़ की तलहटी में एक गहरा तालाब है। उसी तालाब के किनारे एक जगह वज्रपात से जले पीपल का एक तना है। रघुपति घनी रात में उसी तने के बराबर में डुबकी लगाकर अदृश्य हो गया।

गुप्त रूप से दुर्ग में प्रवेश करने के लिए जो सुरंग-मार्ग है, उसका प्रवेश-द्वार इसी तालाब में गहरे नीचे है। उसी मार्ग से तैरकर सुरंग के किनारे पहुँचकर नीचे से बल लगाकर ठेलने पर एक पत्थर उठ जाता है, उसे ऊपर से किसी भी तरह नहीं उठाया जा सकता। इसीलिए जो लोग दुर्ग के भीतर हैं, वे इस मार्ग से बाहर नहीं निकल सकते।

शुजा कैदखाने में पलंग पर सोया हुआ है। कमरे में पलंग के अलावा और कोई सज्जा नहीं है। एक दीपक जल रहा है। सहसा कमरे में छिद्र दिखाई दिया। धीरे-धीरे सिर निकालकर पाताल से रघुपति ऊपर निकल आया। उसका सर्वांग भीगा हुआ है। भीगे कपड़ों से जल-धारा गिर रही है। रघुपति ने धीरे से शुजा का स्पर्श किया।

शुजा चौंककर कुछ देर आँखें मलते हुए बैठा रहा, उसके बाद आलस्य से भारी स्वर में बोला, "क्या हंगामा है! क्या ये लोग मुझे रात को भी सोने नहीं देंगे! तुम लोगों के बर्ताव पर मुझे अचरज हो रहा है।"

रघुपति ने धीमी आवाज़ में कहा, "शहजादे, उठने की आज्ञा दी जाए। मैं वही ब्राह्मण हूँ। मुझे याद करके देखिए। भविष्य में भी मुझे याद रखिएगा।"

अगले दिन सुबह सम्राट की सेना कूच के लिए तैयार हो गई। शुजा को नींद से जगाने के लिए राजा जयसिंह स्वयं बन्दीशाला में गए। देखा, शुजा पलंग से उठा नहीं है। निकट जाकर स्पर्श किया। देखा, शुजा नहीं है, उसके वस्त्र पड़े हैं। कमरे के फर्श के मध्य सुरंग का गड्ढा है, उसका पत्थर का ढकना खुला पड़ा है।

बन्दी के भाग जाने की सूचना दुर्ग में फ़ैल गई। तलाश के लिए चारों तरफ लोग दौड़ गए। राजा विक्रम सिंह का सिर झुक गया। बन्दी कैसे भागा, इसके विचार के लिए सभा बैठी।

चाचा साहब का वह गर्वित प्रसन्नता का भाव कहाँ चला गया! वे पागल के समान 'ब्राह्मण कहाँ है', 'ब्राह्मण कहाँ है' कहते हुए रघुपति को खोजते घूमने लगे। ब्राह्मण कहीं नहीं मिला। चाचा साहब पगड़ी उतारकर सिर पर हाथ रखे कुछ देर बैठे रहे। सुचेत सिंह पास आकर बैठ गया; बोला, "चाचा साहब, कैसे अचम्भे की बात है! क्या यह सब भूत का किया-धरा है!"

चाचा साहब ने दुखी भाव से गर्दन हिलाकर कहा, "नहीं, यह भूत का किया-धरा नहीं है सुचेत सिंह, यह एक नितान्त निर्बोध वृद्ध का किया-धरा और एक विश्वासघातक शैतान का काम है।"

सुचेत सिंह ने आश्चर्य के साथ कहा, "अगर आप उन लोगों को जानते ही हैं, तो उन्हें गिरफ्तार क्यों नहीं करवा देते?"

चाचा साहब ने कहा, "उनमें से एक भाग गया है। और एक को गिरफ्तार करके राजसभा में लिये जा रहा हूँ।"

कहकर पगड़ी पहन ली और राजसभा का वेश धारण कर लिया।

उस समय सभा में प्रहरियों की गवाही ली जा रही थी। चाचा साहब ने सिर झुकाए सभा में प्रवेश किया। विक्रम सिंह के पैरों में नंगी तलवार रखकर बोले, "मुझे बन्दी बनाने का आदेश दीजिए। मैं अपराधी हूँ।"

राजा ने विस्मित होकर कहा, "चाचा साहब, बात क्या है?"

चाचा साहब ने कहा, "वही ब्राह्मण। यह सब उसी बंगाली ब्राह्मण का काम है।"

राजा जयसिंह ने पूछा, "तुम कौन हो?"

चाचा साहब ने कहा, "मैं विजयगढ़ का वृद्ध चाचा साहब हूँ।"

जयसिंह–"तुमने क्या किया है?"

चाचा साहब–"मैंने विजयगढ़ का रहस्य बताकर विश्वासघातक का कार्य किया है। मैंने नितान्त निर्बोध के समान विश्वास करके बंगाली ब्राह्मण को सुरंग-मार्ग की बात बताई थी..."

विक्रम सिंह ने अचानक क्रोधित होकर कहा, "खड्ग सिंह!"

चाचा साहब चौंक गए...वे लगभग भूल ही गए थे कि उनका नाम खड्ग सिंह है।

विक्रम सिंह ने कहा, "खड्ग सिंह, क्या तुम इतने दिन बाद फिर से बालक बन गए हो!"

चाचा साहब चुपचाप सिर झुकाए रहे।

विक्रम सिंह–"चाचा साहब, तुमने यह काम किया! आज तुम्हारे हाथों विजयगढ़ का अपमान हुआ है।"

चाचा साहब चुपचाप खड़े रहे, उनके हाथ थर-थर काँपने लगे। काँपते हाथों से माथा छूकर मन-ही-मन बोले, "भाग्य!"

विक्रम सिंह ने कहा, "मेरे दुर्ग से दिल्लीश्वर का शत्रु भाग गया है। जानते हो, तुमने मुझे दिल्लीश्वर के सामने अपराधी बना दिया है!"

चाचा साहब ने कहा, "अपराधी मैं अकेला ही हूँ। महाराज अपराधी हैं, दिल्लीश्वर इस बात पर विश्वास नहीं करेंगे।"

विक्रम सिंह ने खीझकर कहा, "तुम कौन हो? तुम्हारे विषय में दिल्लीश्वर को क्या पता? तुम तो मेरे ही आदमी हो। यह तो, जैसे मैंने अपने हाथ से बन्दी के बन्धन खोल दिए हैं।"

चाचा साहब निरुत्तर हो रहे। वे अपनी आँखों के आँसू और नहीं रोक पाए।

विक्रम सिंह ने कहा, "तुम्हें क्या दंड दूँ?"

चाचा साहब–"जैसी महाराज की इच्छा।"

विक्रम सिंह–"तुम बूढ़े आदमी हो, तुम्हें और अधिक क्या दंड दूँ! तुम्हारे लिए निर्वासन का दंड ही काफी है।"

चाचा साहब ने विक्रम सिंह के पैर पकड़ लिये; बोले, "विजयगढ़ से निर्वासन! नहीं महाराज, मैं बूढ़ा हूँ, मुझे मति-भ्रम हो गया था। मुझे विजयगढ़ में ही मरने दीजिए। मृत्यु-दंड का आदेश कर दीजिए। इस वृद्धावस्था में मुझे सियार-श्वान की तरह विजयगढ़ से मत खदेड़िए।"

राजा जयसिंह ने कहा, "महाराज, मेरा अनुरोध है, इसका अपराध क्षमा कर दीजिए। मैं सम्राट को सारी स्थिति से अवगत करा दूँगा।"

चाचा साहब को क्षमा कर दिया गया। सभा से निकलते समय चाचा साहब काँपते हुए गिर पड़े। उस दिन से चाचा साहब अधिक दिखाई नहीं पड़ते। वे घर से बाहर नहीं निकलते। मानो, उनकी रीढ़ टूट गई हो।

पच्चीसवाँ परिच्छेद

गुजुरपाड़ा ब्रह्मपुत्र के किनारे छोटा-सा गाँव है। एक छोटा-सा ज़मींदार है, नाम है-पीताम्बर राय; बाशिन्दे अधिक नहीं हैं। पीताम्बर अपने पुराने चण्डीमण्डप में बैठा स्वयं को राजा कहता रहता है। उसकी प्रजा भी उसे राजा कहती रहती है। उसकी राजा महिमा इसी चिरौंजी वन से घिरे छोटे-से ग्राम में विराजती है। उसका यश इसी ग्राम के निकुंजों के मध्य गूँजते हुए इसी ग्राम की सीमाओं के बीच विलीन हो जाता है। संसार के बड़े-बड़े राजाधिराजों का प्रखर प्रताप इस छायामय नीड़ में प्रवेश नहीं कर पाता। केवल तीर्थ-स्नान के उद्देश्य से नदी के किनारे त्रिपुरा के राजाओं का एक विशाल प्रासाद है लेकिन दीर्घ काल से राजाओं में से कोई स्नान करने नहीं आता, इसीलिए ग्रामवासियों में त्रिपुरा के राजाओं के विषय में मात्र एक धुँधली सी जनश्रुति प्रचलित है।

भाद्र माह में एक दिन गाँव में समाचार आया, त्रिपुरा का एक राजकुमार नदी किनारे वाले पुराने प्रासाद में रहने आ रहा है। कुछ दिन बाद बड़ी-बड़ी पगड़ियाँ बाँधे लोगों ने आकर प्रासाद में भारी धूम मचा दी। उसके लगभग एक सप्ताह के बाद हाथी-घोड़े, लाव-लश्कर लेकर स्वयं नक्षत्रराय गुजुरपाड़ा गाँव में आ पहुँचा। तामझाम देखकर ग्रामवासियों के मुँह से एक शब्द नहीं निकला। अब तक पीताम्बर बहुत बड़ा राजा प्रतीत होता था लेकिन आज किसी को भी वैसा नहीं लगा; नक्षत्रराय को देखकर सभी ने एक बात कही, "हाँ, सही में राज-पुत्र ऐसा ही होता है!"

इस प्रकार पीताम्बर अपने पक्के दालान और चण्डीमण्डप सहित एकदम लुप्त तो हो गया किन्तु उसके आनन्द की सीमा न रही। नक्षत्रराय को उसने ऐसे राजा के रूप में अनुभव किया कि अपनी क्षुद्र राजा-महिमा सम्पूर्णतः नक्षत्रराय के चरणों में समर्पित करके वह परम सुखी हो गया। जब कभी नक्षत्रराय हाथी

पर चढ़कर बाहर निकलता, पीताम्बर अपनी प्रजा को बुलाकर कहता, "राजा देखा है? यह देखो, राजा देखो।" पीताम्बर प्रतिदिन मछली, तरकारी आदि भोज्य पदार्थ उपहार में लेकर नक्षत्रराय से मिलने आता...उसका तरुण सुन्दर चेहरा देखकर स्नेह से उच्छ्वसित हो उठता। नक्षत्राराय ही गाँव का राजा बन गया। पीताम्बर जाकर प्रजा में शामिल हो गया।

प्रतिदिन तीन समय नौबत बजने लगी, गाँव के रास्ते पर हाथी-घोड़े चलने लगे, राज-द्वार पर नंगी तलवारों की बिजली खेलने लगी, हाट-बाज़ार जम गया। पीताम्बर और उसकी प्रजा पुलकित हो उठी। नक्षत्रराय इस निर्वासन में राजा बनकर सारे दुख भूल गया। यहाँ राज-शासन की जिम्मेदारी तनिक भी नहीं जबकि राजत्व का सुख पूरा है। यहाँ वह सम्पूर्णतः स्वाधीन है, स्वदेश में उसका इतना प्रबल प्रताप नहीं था। इसके अलावा, यहाँ रघुपति की छाया नहीं है। मन के उल्लास में नक्षत्रराय विलास में डूब गया। ढाका नगरी से नट-नटी आ गए, नक्षत्रराय को नृत्य-गीत-वाद्य में तिल भर अरुचि नहीं है।

नक्षत्रराय ने त्रिपुरा की राज कार्य-पद्धति का सम्पूर्णतः पालन किया। भृत्यों में से किसी का नाम रख लिया मंत्री, किसी का नाम रख लिया सेनापति, पीताम्बर को दीवानजी के नाम से जाना जाने लगा। रीति के अनुसार राज-दरबार बैठता था। नक्षत्रराय परम दिखावे के साथ न्याय करता था। नकुड ने आकर शिकायत की, "मथुर ने मुझे 'कुत्ता' कहा है।" विधान के अनुसार उस पर विचार आरम्भ हुआ। विविध प्रमाण एकत्रित करने के बाद मथुर के दोषी सिद्ध होने पर नक्षत्रराय ने परम गम्भीर मुद्रा में न्यायाधीश के आसन से आदेश दिया; नकुड मथुर के दोनों कान मरोड़ दे। इस प्रकार सुखपूर्वक समय व्यतीत होने लगा। किसी-किसी दिन हाथ में बिलकुल काम न रहने पर किसी नवीन असाधारण मनोरंजन की उद्‌भावना के लिए मंत्री को तलब किया जाता। मंत्री राज-सभासदों को एकत्र करके नितान्त हैरान-परेशान होकर नवीन खेल सोचने में जुट जाता, गहन चिन्तन और सलाह-मशवरे की सीमा न रहती। एक दिन सैनिक-सामन्त लेकर पीताम्बर के चण्डी-मण्डप पर आक्रमण किया गया था, उसके पोखर से मछलियाँ और उसके बगीचे से डाभ[1] और पालक-शाक लूट के माल के रूप में अत्यन्त धूमधाम के साथ बाजा बजाते हुए महल में लाया गया था। इस प्रकार के खेल से नक्षत्रराय के प्रति पीताम्बर का स्नेह और भी गाढ़ा हो जाता था।

1. डाभ : बिना छिला कच्चा नारियल, जिसमें पानी भरा होता है।

आज महल में बिल्ली के बच्चे का विवाह है। नक्षत्रराय की एक शिशु बिल्ली थी, मंडल परिवार के बिल्ले के साथ उसका विवाह होगा। चूड़ामणि घटक[1] को घटकाली[2] स्वरूप तीन-सौ रुपए और एक शॉल मिला है। शरीर पर उबटन आदि सारी रस्में हो चुकी हैं। आज शुभ लग्न में सन्ध्या समय विवाह होगा। इन कुछ दिन राजबाड़ी में किसी को तनिक भी फुर्सत नहीं है।

सन्ध्या समय पथ-घाट जगमगाने लगे, नौबत बैठ गई। मंडल परिवार के घर से जरीदार रेशमी कपड़े पहनकर पालकी पर चढ़कर अति कातर स्वर में म्याऊँ-म्याऊँ करते हुए पात्र[3] ने यात्रा शुरू कर दी है। मंडल परिवार का छोटा लड़का उसकी गर्दन की रस्सी थामे उसके साथ-साथ मितवर[4] के समान आ रहा है। उलु[5]-शंख ध्वनि के बीच पात्र विवाहोत्सव में बैठा।

पुरोहित का नाम केनाराम है किन्तु नक्षत्रराय ने उसका नाम रख लिया था-रघुपति। दरसल नक्षत्रराय रघुपति से भय खाता था, इसी कारण नकली रघुपति के साथ खेल करके सुखी होता था। यहाँ तक कि बात-बात में उसका उत्पीड़न करता था; गरीब केनाराम सब कुछ चुपचाप सहन करता था। आज देव-दुर्विपाक से केनाराम सभा से अनुपस्थित था...उसका बेटा ज्वर से मरणासन्न था।

नक्षत्रराय ने अधीर स्वर में पूछा, "रघुपति कहाँ है?"

भृत्य ने कहा, "उनके घर में कोई बीमार है।"

नक्षत्रराय दुगुने ऊँचे स्वर में बोला, "बुलाओ उसको।"

आदमी दौड़ा। तत्क्षण रोते हुए बिल्ले के सामने नाच-गाना होने लगा।

नक्षत्रराय बोला, "साहाना[6] गाओ।" साहाना-गान आरम्भ हो गया।

कुछ देर बाद भृत्य ने आकर निवेदन किया, "रघुपति आए हैं।"

नक्षत्रराय रोष के साथ बोला, "बुलाओ।"

तुरन्त पुरोहित ने कक्ष में प्रवेश किया। पुरोहित को देखते ही नक्षत्रराय की भृकुटी कहाँ गायब हो गई, उसकी सम्पूर्ण मुद्रा बदल गई। उसका चेहरा पीला

---

1. घटक : कन्या एवं वर पक्ष के बीच मध्यस्थ की भूमिका निभानेवाला।
2. घटकाली : घटक को दिया जानेवाला उपहार।
3. पात्र : विवाह में वर।
4. मितवर : वर के साथ उसी की तरह सजा बालक।
5. उलु-ध्वनि : मांगलिक अवसरों पर स्त्रियों द्वारा प्रस्तुत विशेष ध्वनि।
6. साहाना : एक रागिनी का नाम ।

पड़ गया, माथे पर पसीना दिखाई देने लगा। साहाना-गान, सारंगी और मृदंग सहसा बन्द हो गए; मात्र बिल्ले की म्याऊँ-म्याऊँ की आवाज़ निस्तब्ध कक्ष में दुगुने वेग से गूँजने लगी।

यह तो रघुपति ही है। इसमें कोई सन्देह नहीं। लम्बा, पतला, तेजस्वी, बहुत दिन के भूखे कुत्ते के समान दोनों आँखें जल रही हैं। वह अपने धूल में सने दोनों पैर मखमली दरी पर जमाकर सिर उठाकर खड़ा हो गया। बोला, ''नक्षत्रराय!''

नक्षत्रराय चुप रहा।

रघुपति ने कहा, ''तुमने रघुपति को बुलाया। मैं आ गया हूँ।''

नक्षत्रराय ने अस्पष्ट स्वर में कहा, ''ठाकुर...ठाकुर!''

रघुपति ने कहा, ''उठकर आओ।''

नक्षत्रराय धीरे-धीरे सभा से उठ गया। बिल्ली का ब्याह, साहाना और सारंगी पूरी तरह थम गए।

छब्बीसवाँ परिच्छेद

रघुपति ने पूछा, "यह सब क्या हो रहा था?"

नक्षत्रराय ने सिर खुजलाते हुए कहा, "नाच हो रहा था।"

रघुपति ने घृणा से मुँह सिकोड़ते हुए कहा, "छी-छी!"

नक्षत्र अपराधी के समान खड़ा रहा।

रघुपति ने कहा, "कल यहाँ से चल पड़ना होगा। उसकी तैयारी करो।"

नक्षत्रराय ने कहा, "कहाँ जाना होगा?"

रघुपति–"वह बात बाद में होगी। फिलहाल मेरे साथ बाहर निकल आओ।"

नक्षत्रराय ने कहा, "मैं यहाँ ठीक हूँ।"

रघुपति–"ठीक हूँ! तुम राजवंश में पैदा हुए हो, तुम्हारे सभी पूर्वज राज्य करते आए हैं और तुम हो कि आज इस जंगली गाँव में सियार राजा बने बैठे हो और कह रहे हो, 'ठीक हूँ'।"

रघुपति के तीव्र वाक्यों और तीक्ष्ण कटाक्ष ने प्रमाणित कर दिया कि नक्षत्रराय ठीक नहीं है। नक्षत्रराय ने भी रघुपति के चेहरे के तेज में थोड़ा-बहुत उसी प्रकार समझा । वह बोला, "ठीक क्या, ऐसे ही हूँ। लेकिन और क्या करूँ? उपाय क्या है?"

रघुपति–"उपाय ढेरों हैं...उपायों का अभाव नहीं। मैं तुम्हें रास्ता दिखाऊँगा, तुम मेरे साथ चलो।"

नक्षत्रराय–"एक बार दीवानजी से पूछ लूँ।"

रघुपति–"नहीं।"

नक्षत्रराय–"मेरा यह सारा सामान..."

रघुपति–"कुछ आवश्यक नहीं।"

नक्षत्रराय–"आदमी..."

रघुपति–"आवश्यकता नहीं है।"

नक्षत्रराय–"मेरे हाथ में इस समय पर्याप्त रुपए नहीं हैं।"

रघुपति–"मेरे हाथ में हैं। और अधिक बहाना-आपत्ति मत करो। आज सोने जाओ, कल सुबह ही चल पड़ना होगा।"

कहकर रघुपति किसी उत्तर की प्रतीक्षा किए बिना चला गया।

उसके अगले दिन भोर में नक्षत्रराय जागा हुआ है। बन्दीजन ललित रागिनी में मधुर गीत गा रहे हैं। नक्षत्रराय ने बाहरी भवन में आकर खिड़की से बाहर देखा। पूर्वी तट पर सूर्योदय हो रहा है, अरुण रेखा दिखाई पड़ रही है। दोनों किनारों के वृक्ष-समूहों के बीच से, छोटे-छोटे गाँवों के सिवाने के निकट से अपनी विपुल जलराशि के साथ ब्रह्मपुत्र अबाध बहती चली जा रही है। प्रासाद की खिड़की से नदी के किनारे एक छोटा कुटीर दिखाई पड़ रहा है। एक स्त्री आँगन में झाड़ू दे रही है...एक पुरुष उसके साथ एक-दो बातें करके सिर पर चादर बाँधकर, बाँस की लम्बी लाठी के अगले भाग में पोटली लटकाकर निश्चिन्त मन से कहीं निकल गया। श्यामा और दोएल सीटी बजा रहे हैं, बेने बोऊ[1] विशाल कटहल वृक्ष के घने पत्तों के बीच बैठी गाना गा रही है। खिड़की में खड़े होकर बाहर की ओर देखते हुए नक्षत्रराय के हृदय से एक गहरी लम्बी निश्वास निकली, उसी समय पीछे से रघुपति ने आकर उसे छुआ। नक्षत्रराय चौंक उठा। रघुपति ने कोमल-गम्भीर स्वर में कहा, "यात्रा की पूरी तैयारी हो गई!"

नक्षत्रराय ने हाथ जोड़कर अत्यन्त कातर स्वर में कहा, "ठाकुर, मुझे क्षमा कीजिए ठाकुर...मैं कहीं भी नहीं जाना चाहता। मैं यहीं ठीक हूँ।"

रघुपति ने एक भी बात कहे बिना अपनी जलती हुई दृष्टि नक्षत्रराय के चेहरे पर टिका दी। नक्षत्रराय आँखें झुकाकर बोला, "कहाँ चलना होगा?"

रघुपति–"वह बात अभी नहीं हो सकती।"

नक्षत्र–"मैं भैया के विरुद्ध कोई षड्यंत्र नहीं कर पाऊँगा।"

रघुपति आग-बबूला होते हुए बोला, "सुनूँ तो, भैया ने तुम्हारा कौन-सा महान उपकार कर दिया है!"

नक्षत्र मुँह घुमाकर खिड़की को नाखून से खुरचते हुए बोला, "मैं जानता हूँ, वे मुझे प्यार करते हैं।"

---

1. बेने बोऊ : पीत-श्याम मधुर-कंठी पक्षी विशेष।

रघुपति ने तेज सूखी हँसी के साथ कहा, "हरि-हरि, क्या प्रेम है! तभी तो ध्रुव को निर्विघ्न युवराज पद पर अभिषिक्त करने के लिए भैया ने झूठा बहाना बनाकर तुम्हें राज्य से भगा दिया है...कहीं राज्य के गुरु भार से माखन-पुतली सा प्यारा भाई दुखी हो जाए तो! निर्बोध, क्या उस राज्य में कभी आसानी से प्रवेश कर पाओगे!"

नक्षत्रराय जल्दी से बोला, "मैं क्या यह सामान्य सी बात नहीं समझता! मैं सब समझता हूँ...किन्तु बताओ ठाकुर, मैं करूँ क्या, उपाय क्या है?"

रघुपति-"उसी उपाय की बात तो हो रही है। उसी कारण तो आया हूँ। इच्छा हो, तो मेरे साथ चले आओ, नहीं तो इसी बाँस वन में बैठे-बैठे अपने हिताकांक्षी भैया का ध्यान करो। मैं चला।"

बोलकर रघुपति प्रस्थान के लिए तैयार हो गया।

नक्षत्रराय जल्दी से उसके पीछे आकर बोला, "मैं भी चलूँगा ठाकुर, किन्तु दीवानजी अगर चलना चाहें, तो क्या उन्हें अपने साथ ले चलने में आपत्ति है?"

रघुपति ने कहा, "मेरे अलावा और कोई साथ नहीं जाएगा।"

नक्षत्रराय के पैर घर छोड़कर निकलना नहीं चाहते। यह सारा सुख का खेला छोड़कर, दीवानजी को छोड़कर, रघुपति के साथ अकेला कहाँ जाना पड़ेगा! लेकिन रघुपति मानो उसके केश पकड़कर खींचकर ले चला। उसके अलावा नक्षत्रराय के मन में एक प्रकार का भय मिश्रित कौतूहल भी पैदा होने लगा। वह भी एक भारी आकर्षण है।

नौका तैयार है। नदी के किनारे पहुँचकर नक्षत्रराय ने देखा, कन्धे पर गमछा डाले पीताम्बर स्नान करने आ रहा है। नक्षत्रराय को देखते ही पीताम्बर ने हँसी से प्रफुल्ल मुख से कहा, "जयोरतु महाराज! सुना है, कल कहीं से एक कुलच्छनी धूर्त ब्राह्मण ने आकर शुभ विवाह में बाधा खड़ी कर दी।"

नक्षत्रराय बेचैन हो गया। रघुपति ने गम्भीर स्वर में कहा, "मैं ही वह धूर्त ब्राह्मण हूँ।"

पीताम्बर हँस पड़ा; बोला, "तब तो आपके सामने आपका वर्णन करना अच्छा नहीं हुआ। जानता तो कौन माई का लाल ऐसा काम करता! किन्तु ठाकुर बुरा मत मानिए, पीठ पीछे लोग क्या नहीं कहते! मुझे सामने जो राजा कहते हैं, वे ही पीछे कहते हैं, पितु। मुँह पर कुछ न कहना ही काफी है, मैं तो यही समझता हूँ। जानते हैं, असली बात क्या है, आपका चेहरा कुछ ज़्यादा ही नाराज़ी भरा दिखाई दे रहा है, किसी के भी चेहरे का ऐसा भाव देखकर लोग उसकी निन्दा करने लगते हैं। महाराज, इतनी सुबह नदी किनारे!"

नक्षत्रराय ने तनिक करुण स्वर में कहा, ''मैं तो चला दीवानजी!''

पीताम्बर–''चला? कहाँ? न-पाड़ा, मंडल परिवार के घर?''

नक्षत्र–''नहीं दीवानजी, मंडल परिवार के घर नहीं। बहुत दूर।''

पीताम्बर–''बहुत दूर? तो क्या शिकार पर पाइकघाटा जा रहे हैं?''

नक्षत्रराय ने एक बार रघुपति के चेहरे की ओर देखकर केवल दुखी भाव से गर्दन हिला दी।

रघुपति ने कहा, ''समय निकला जा रहा है। नाव पर चढ़ा जाए।''

पीताम्बर ने अत्यन्त सन्दिग्ध और क्रूद्ध भाव से ब्राह्मण के चेहरे की ओर देखा; कहा, ''तुम कौन हो रे ठाकुर? हमारे महाराज पर हुकुम चलाने आ गए हो!''

नक्षत्र ने परेशान होकर पीताम्बर को एक किनारे खींच ले जाकर कहा, ''वे हमारे गुरु ठाकुर हैं।''

पीताम्बर बोल पड़ा, ''होने दीजिए ना गुरु ठाकुर। वह हमारे चंडी-मंडप में रहे, चावल-केले का सीधा भिजवा दूँगा, मान-सम्मान के साथ रहे...महाराज से उसे क्या लेना-देना!''

रघुपति–''वृथा समय नष्ट हो रहा है...तब मैं चला।''

पीताम्बर–''जो आज्ञा, देर करने का क्या लाभ, महाशय झटपट चलते बनिए। मैं महाराज को लेकर महल जा रहा हूँ।''

नक्षत्रराय ने एक बार रघुपति के चेहरे की ओर देखा और फिर पीताम्बर के चेहरे की ओर देखते हुए धीमे स्वर में कहा, ''नहीं दीवानजी, मैं जा रहा हूँ।''

पीताम्बर–''तब मैं भी चलता हूँ, लोगों को साथ ले लूँ। राजा की तरह चलिए। राजा जाएगा और दीवान नहीं जाएगा?''

नक्षत्रराय ने रघुपति की ओर देखा। रघुपति बोला, ''कोई साथ नहीं जाएगा।''

पीताम्बर उग्र हो उठा, बोला, ''देखो ठाकुर, तुम...''

नक्षत्रराय ने उसे जल्दी से रोकते हुए कहा, ''दीवानजी, मैं चलता हूँ, देरी हो रही है।''

पीताम्बर ने निराश होकर नक्षत्र का हाथ पकड़कर कहा, ''देखो बेटा, मैं तुम्हें राजा कहता हूँ, किन्तु तुम्हें सन्तान के समान प्यार करता हूँ...मेरी कोई सन्तान नहीं है। तुम पर मेरा कोई हक नहीं बनता। तुम जा रहे हो, मैं तुम्हें बलपूर्वक नहीं रोक सकता। लेकिन मेरा एक अनुरोध है, जहाँ भी जाओ, मेरे मरने के पहले लौट आना होगा। मैं अपने हाथ से अपना सारा राजपाठ तुम्हें सौंप

जाऊँगा। मेरी यही एक साध है।"

नक्षत्रराय और रघुपति नौका पर चढ़ गए। नौका दक्षिण की ओर चली गई। पीताम्बर नहाना भूलकर गमछा कन्धे पर रखे अन्यमनस्क भाव से घर लौट गया। गुजुरपाड़ा मानो खाली हो गया...उसके समस्त आमोद-उत्सव का अवसान हो गया। केवल प्रतिदिन के प्रकृति के नित्य-उत्सव, प्रातःकाल पक्षियों के गान, पत्तों की मर्मर ध्वनि और नदी की तरंगों की ताली को विराम नहीं।

सत्ताईसवाँ परिच्छेद

दीर्घ पथ। कहीं नदी, कहीं घना जंगल, कहीं छायाहीन प्रान्तर...कभी नौका पर, कभी पैदल, कभी टट्टू घोड़े पर...कभी धूप, कभी बारिश, कभी कोलाहल भरा दिन, कभी रात्रि का निस्तब्ध अन्धकार...नक्षत्रराय बिना रुके चलता रहा। कितने देश, कितने विचित्र दृश्य, कितने विचित्र लोग...किन्तु नक्षत्रराय के साथ, वही छाया के समान क्षीण, धूप के समान दीप्त एकमात्र रघुपति निरन्तर लगा हुआ है। दिन में रघुपति, रात में रघुपति, सपने में भी रघुपति विराज रहा है। रास्ते में पथिक आ-जा रहे हैं, रास्ते के किनारे धूल में बालक खेल रहे हैं, हाट में सैकड़ों-सैकड़ों लोग खरीदना-बेचना कर रहे हैं, गाँव में वृद्ध पासा खेल रहे हैं, स्त्रियाँ घाट पर पानी भर रही हैं, नाविक गाना गाते हुए नौका में जा रहे हैं...किन्तु नक्षत्रराय की बगल में क्षीणकाय रघुपति हमेशा जाग रहा है। संसार में चारों ओर विचित्र खेल चल रहा है, विचित्र घटनाएँ घट रही हैं...किन्तु इस रंगभूमि की विचित्र लीला के बीच से होते हुए नक्षत्रराय का मन्द भाग्य उसे खींचे लिये जा रहा है...अपने उसके लिए पराए हैं, लोकालय मात्र शून्य मरुभूमि है।

नक्षत्रराय थककर अपनी पार्श्ववर्ती छाया से पूछता है, "और कितनी दूर चलना होगा?"

छाया उत्तर देती है, "बहुत दूर।"

"कहाँ जाना होगा?"

इसका कोई उत्तर नहीं। नक्षत्रराय निश्वास छोड़ते हुए चलता रहता है। तरु-श्रेणी के मध्य पत्तों से छाई गई एकान्त साफ़-सुथरी कुटिया को देखकर उसके मन में आता है, 'अगर मैं इस कुटिया का अधिवासी होता!' गो-धूलि के समय जब ग्वाले लाठी कन्धे पर रखे मैदान से ग्राम-पथ पर धूल उड़ाते गाय-बछड़ों

को लेकर चलते हैं, नक्षत्रराय के मन में आता है, 'अगर मैं इनके साथ जा पाता, सन्ध्या समय घर जाकर विश्राम कर पाता!' दोपहर में प्रचंड धूप में किसान हल जोत रहा है, उसे देखकर नक्षत्रराय सोचता है, 'आहा, यह कितना सुखी है!'

रास्ते के कष्ट से नक्षत्रराय विवर्ण, कमजोर और मलिन पड़ गया है; वह रघुपति से बोला, "मैं और नहीं बचूँगा।"

रघुपति ने कहा, "अब तुम्हें मरने कौन देगा!"

नक्षत्रराय को लगा, रघुपति से छूटे बिना उसके पास मरने का भी अवसर नहीं है। एक स्त्री ने नक्षत्रराय को देखकर कहा था, 'हाय, किसका लड़का है री! इसको रास्ते में कौन निकाल लाया!' सुनकर नक्षत्रराय का हृदय भर आया, उसकी आँखों में आँसू आ गए, उसकी इच्छा हुई उसी स्त्री को माँ पुकारकर उसके साथ उसके घर चला जाए।

लेकिन नक्षत्रराय रघुपति के हाथों जितना कष्ट पाने लगा, उतना ही उसके वश में होने लगा, उसका सम्पूर्ण अस्तित्व रघुपति की उँगली के इशारे पर नाचने लगा।

चलते-चलते नदी की बहुलता क्रमशः कम होने लगी। धीरे-धीरे पक्की ज़मीन आ गई; मिट्टी लाल रंग की, कंकड़ों से भरी हुई, बस्तियाँ दूर-दूर बसी हुई, पेड़-पौधे बिरल; दो पथिक नारियल के वनों का देश छोड़कर ताल वनों के देश में आ पड़े। बीच-बीच में बड़े-बड़े बाँध, सूखे नदी-पथ, दूर बादलों के समान पहाड़ दिखाई पड़ रहे हैं। धीरे-धीरे शाहशुजा की राजधानी राजमहल के निकट आने लगे।

अट्ठाईसवाँ परिच्छेद

अन्ततः राजधानी पहुँच गए। पराजय और पलायन के बाद शुजा नवीन सैन्य-संगठन की कोशिश में लगा है। किन्तु राज-कोष में अधिक धन नहीं है। प्रजा-जन कर के भार से पीड़ित हैं। इसी बीच दारा को पराजित और निहत करके औरंगजेब दिल्ली के सिंहासन पर बैठ गया है। शुजा यह समाचार पाकर बहुत विचलित हो गया। किन्तु सेना और सामन्त किसी भी तरह तैयार नहीं थे, इसी कारण कुछ समय मिल जाने की आशा में उसने बहाना बनाकर एक दूत औरंगजेब के पास भेज दिया। कहकर भेजा, नयनों की ज्योति, हृदय के आनन्द, परम स्नेहास्पद प्रियतम भ्राता औरंगजेब, सिंहासन पाने में सफल हुए, इससे शुजा की मृत देह को प्राण मिल गए...अब शुजा के लिए बंगाल के शासन की जिम्मेदारी नए सम्राट द्वारा स्वीकार कर लेने पर आनन्द में और कुछ कमी नहीं रहेगी। औरंगजेब ने अत्यन्त आदर के साथ दूत की अगवानी की। शुजा के शरीर, मन, स्वास्थ्य और शुजा के परिवार के कुशल-समाचार जानने के लिए विशेष उत्सुकता प्रकट की तथा कहा, 'जब स्वयं सम्राट शाहजहाँ ने शुजा को बंगाल के शासन-कार्य हेतु नियुक्त किया है, तो और दूसरे स्वीकृति-पत्र की कोई आवश्यकता नहीं है।' ऐसे ही समय रघुपति शुजा के दरबार में जाकर उपस्थित हो गया।

शुजा ने कृतज्ञता और सम्मान के साथ अपने उद्धारकर्ता की अगवानी की। बोला, "क्या समाचार है?"

रघुपति ने कहा, "बादशाह से कुछ निवेदन है।"

शुजा ने मन-ही-मन सोचा, 'निवेदन फिर किसके लिए? कुछ धन न माँग बैठे, तो बचूँ।'

रघुपति ने कहा, "मेरी प्रार्थना यही है कि..."

शुजा ने कहा, "ब्राह्मण, तुम्हारी प्रार्थना मैं निश्चय ही पूर्ण करूँगा। किन्तु कुछ दिन सबर करो। अभी राज-कोष में अधिक धन नहीं है।"

रघुपति ने कहा, "शहंशाह, चाँदी, सोना या और कोई धातु नहीं चाहिए, मुझे इस समय शोणित-इस्पात चाहिए। मेरी नालिश सुन लीजिए, मैं न्याय की प्रार्थना करता हूँ।"

शुजा ने कहा, "भारी मुश्किल है। अभी मेरे पास न्याय करने का समय नहीं है। ब्राह्मण, तुम बड़े असमय आए हो।"

रघुपति ने कहा, "शहजादे, समय असमय सभी का होता है। आप बादशाह हैं, आपका भी समय है; और मैं दरिद्र ब्राह्मण हूँ, मेरा भी है। आप अपने समय के अनुसार न्याय करने बैठेंगे, तो मेरा समय रहेगा कहाँ?"

शुजा निरुपाय होकर बोला, "भारी मुसीबत है। इतनी बातें सुनने की अपेक्षा तुम्हारी नालिश सुनना अच्छा है। बोलो।"

रघुपति ने कहा, "त्रिपुरा के राजा गोविन्द माणिक्य ने अपने छोटे भाई नक्षत्रराय को बिना अपराध के निर्वासित कर दिया है..."

शुजा ने खीझकर कहा, "ब्राह्मण, तुम दूसरे की नालिश लेकर मेरा समय क्यों नष्ट कर रहे हो? अभी इस सबका न्याय करने का समय नहीं है।"

रघुपति ने कहा, "फरियादी राजधानी में हाज़िर है।"

शुजा ने कहा, "जब वह स्वयं उपस्थित होकर अपने मुँह से नालिश पेश करेगा, तब विवेचना की जाएगी।"

रघुपति ने कहा, "उसे यहाँ कब हाजिर करूँ?"

शुजा ने कहा, "ब्राह्मण किसी भी तरह छोड़ेगा नहीं। अच्छा, एक सप्ताह बाद ले आना।"

रघुपति ने कहा, "अगर बादशाह हुकुम करें, तो मैं उसे कल ले आऊँ!"

शुजा ने खीझते हुए कहा, "अच्छा, कल ही ले आना।"

आज के लिए छुटकारा मिल गया। रघुपति ने विदा ली।

नक्षत्रराय ने कहा, "नवाब के सामने जाना है लेकिन नज़राना क्या लूँ?"

रघुपति ने कहा, "उसके लिए तुम्हें नहीं सोचना है।"

उसने नज़राने के लिए डेढ़ लाख मुद्राएँ उपस्थित कर दीं।

रघुपति अगले दिन सुबह काँपते हृदय से नक्षत्रराय को लेकर शुजा के दरबार में आ पहुँचा। जब डेढ़ लाख रुपए नवाब के पैरों में रख दिए गए, तो उसकी मुखश्री वैसी अप्रसन्न प्रतीत नहीं हुई। नक्षत्रराय की नालिश अति सहजता

से उसकी समझ में आ गई। वह बोला, ''अब तुम लोग क्या चाहते हो, मुझे बताओ।''

रघुपति ने कहा, ''गोविन्द माणिक्य को निर्वासित करके उसके स्थान पर नक्षत्रराय को राजा बनाने की आज्ञा दी जाए।''

यद्यपि शुजा ने अपने भाई के सिंहासन में हस्तक्षेप करने में तनिक भी संकोच नहीं किया, तब भी इस मामले में उसके मन में कैसी एक आपत्ति उपस्थित हो गई। किन्तु इस समय उसे रघुपति की प्रार्थना पूर्ण करना ही सबसे सहज अनुभव हुआ...अन्यथा उसे डर है, रघुपति बहुत अधिक बकझक करेगा। विशेष रूप से उसे लगा कि डेढ़ लाख रुपया नज़राना लेने के बाद भी आपत्ति करना अच्छा दिखाई नहीं देगा। वह बोला, ''अच्छा, गोविन्द माणिक्य के निर्वासन और नक्षत्रराय के राज्याभिषेक का आदेश-पत्र तुम लोगों को देता हूँ, ले जाओ।''

रघुपति ने कहा, ''बादशाह को कुछ सैनिक भी साथ भेजने होंगे।''

शुजा ने दृढ़ स्वर में कहा, ''नहीं, नहीं, नहीं...वह नहीं होगा, युद्ध नहीं कर पाऊँगा।''

रघुपति ने कहा, ''मैं और छत्तीस हज़ार रुपया युद्ध के व्यय स्वरूप रखे जा रहा हूँ। और नक्षत्रराय के त्रिपुरा का राजा बनते ही एक बरस का ख़ज़ाना सेनापति के हाथ भिजवा दूँगा।''

शुजा को यह प्रस्ताव अत्यधिक युक्तिसंगत प्रतीत हुआ तथा मंत्री भी उसके साथ एकमत हो गए। रघुपति और नक्षत्रराय मुग़ल सैनिकों का एक दल लेकर त्रिपुरा की ओर चल पड़े।

उनतीसवाँ परिच्छेद

इस उपन्यास के आरम्भ काल से अब तक दो वर्ष हो गए हैं। तब ध्रुव दो बरस का बालक था। अब उसकी उम्र चार बरस है। अब वह बहुत बातें सीख गया है। अब वह अपने को बहुत बड़ा आदमी समझता है; यद्यपि सारी बातें साफ़-साफ़ नहीं बोल पाता किन्तु बहुत बलपूर्वक बोलता रहता है। राजा को वह प्राय: 'गुड़िया दूँगा' कहकर परम प्रलोभन और सान्त्वना देता रहता है तथा यदि राजा किसी तरह की शैतानी के लक्षण प्रकट करते हैं, तो ध्रुव उन्हें 'कमरे में बन्द कर दूँगा' कहकर बहुत डरा देता है। इस प्रकार आजकल राजा विशेष नियंत्रण में हैं...ध्रुव के अभिमत के अभाव में वे कोई काम करने में बहुत ज़्यादा भरोसा नहीं करते।

इसी बीच ध्रुव को एक संगिनी मिल गई है। एक पड़ोसी की लड़की, ध्रुव से छ: महीने छोटी। दसेक मिनट के भीतर दोनों की चिरस्थायी दोस्ती हो गई। बीच में थोड़ा मनमुटाव होने की सम्भावना हुई थी। ध्रुव के हाथ में एक बड़ा बताशा था। प्रथम प्रणय के उत्साह में ध्रुव ने अपनी दो छोटी उँगलियों से अति सावधानी के साथ एक छोटा-सा टुकड़ा तोड़कर एक बार में ही अपनी संगिनी के मुँह में ठूँस दिया और परम अनुग्रह के साथ गर्दन हिलाते हुए कहा, "तुम काओ।"

संगिनी मिठाई पाकर परितृप्त होकर बोली, "और काऊँगी।"

इस पर ध्रुव थोड़ा दुखी हो गया। बन्धुत्व पर इतना ज़्यादा अधिकार न्यायसंगत अनुभव नहीं हुआ। ध्रुव ने अपने स्वभाव-सुलभ गाम्भीर्य और गौरव के साथ गर्दन हिलाकर, आँखें फाड़कर कहा, "छी...आर केते नेई, अछुक कोबे, बाबा मा'बे।"[1]

---

1. छी ...आर खेते नेई, असुख कोरबे, बाबा मारबे (छी ...और नहीं खाते, बीमार हो जाओगी, पिताजी पिटाई करेंगे)।

कहकर बिना कोई देरी किए पूरा बताशा एक बार में ही अपने मुँह में ठूँसकर खतम कर डाला। अचानक बालिका के चेहरे की माँसपेशियों में खिंचाव आने लगा...अधरोष्ठ फूलने लगे, भौंहें चढ़ने लगीं...आसन्न क्रन्दन के समस्त लक्षण प्रकट हो गए।

ध्रुव किसी का भी क्रन्दन सहन नहीं कर पाता; जल्दी से गम्भीर सान्त्वना के स्वर में बोला, "कल दूँगा।"

राजा के आते ही ध्रुव भारी ज्ञानी बनते हुए नवीन संगिनी के सम्बन्ध में निर्देश देकर बोला, "इसे कुछ मत कहना, यह रो पड़ेगी। छी, मारते नहीं, छी!"

सच में राजा की कोई दुरभिसन्धि नहीं थी, तब भी ज़बर्दस्ती राजा को सावधान कर देना ध्रुव ने अत्यन्त आवश्यक समझा। राजा ने लड़की की पिटाई नहीं की, ध्रुव ने साफ़ ही देख लिया, उसका निर्देश निष्फल नहीं गया।

इसके बाद ध्रुव अभिवावक की मुद्रा धारण करके किसी प्रकार की भी विपदा की आशंका को निर्मूल करते हुए परम गाम्भीर्य के साथ लड़की को आश्वस्त करने की कोशिश करने लगा।

इसकी भी कोई आवश्यकता नहीं थी। कारण, लड़की अपने आप ही बिना डरे राजा के निकट जाकर अत्यन्त कौतूहल और लालच के वशीभूत उनके हाथ का कंगन घुमा-घुमाकर उसका निरीक्षण करने लगी।

इस तरह अपने प्रयत्न और परिश्रम से संसार में शान्ति और प्रेम की स्थापना करके प्रसन्न हृदय ध्रुव ने अपना बेला के फूल के समान भरा हुआ गोल कोमल पवित्र चेहरा राजा के मुँह की ओर बढ़ा दिया...राजा की ओर से सद्-व्यवहार का पुरस्कार मिला...राजा ने उसे चूम लिया।।

इसके बाद ध्रुव ने अपनी संगिनी का चेहरा उठाकर अनुमति और अनुरोध के बीच के स्वर में राजा से कहा, "एके चूमो काओ।"[1]

राजा ने ध्रुव के आदेश के उल्लंघन का साहस नहीं किया। तब लड़की बुलावे का ज़रा भी इन्तज़ार न करते हुए नितान्त स्वाभाविक रूप से खिले हुए चेहरे के साथ राजा की गोद में चढ़कर बैठ गई।

इतनी देर तक संसार में अशान्ति अथवा गड़बड़ के लक्षण नहीं थे किन्तु अब ध्रुव के सिंहासन पर खतरा मँडराते ही उसका सार्वभौमिक प्रेम टलमल करने लगा। राजा की गोद पर अपना निज का एकमात्र अधिकार स्थापित करने

---

1. एके चुमु खाओ (इसे चूमो)।

की इच्छा बलवती हो उठी। मुँह एकदम चढ़ गया, एक-दो बार लड़की को खींचा, यहाँ तक कि विशेष अवस्था में छोटी बालिका को मारना भी अपने पक्ष में उतना अन्याय प्रतीत नहीं हुआ।

तब राजा ने मेल-मिलाप कराने के उद्देश्य से अपनी आधी गोदी में ध्रुव को भी खींच लिया। लेकिन उससे भी ध्रुव की आपत्ति दूर नहीं हुई। शेष आधी पर अधिकार करने के लिए नए सिरे से आक्रमण की तैयारी करने लगा। उसी समय नए राजपुरोहित बिलवन ठाकुर ने कक्ष में प्रवेश किया।

राजा ने दोनों को ही गोदी से उतारकर उन्हें प्रणाम किया। ध्रुव से बोले, ''ठाकुर को प्रणाम करो।''

ध्रुव ने वह आवश्यक नहीं समझा; मुँह में उँगली घुसाए विद्रोही मुद्रा में खड़ा रहा। लड़की ने राजा की देखादेखी खुद ही पुरोहित को प्रणाम कर लिया। बिलवन ठाकुर ने ध्रुव को निकट खींचकर पूछा, ''तुम्हारी यह संगिनी कहाँ से आ जुटी?''

ध्रुव थोड़ी देर सोचकर बोला, ''आमि टक् टक् च'ब।''[1] टक् टक् माने घोड़ा।

पुरोहित ने कहा, ''वाहवा, प्रश्न और उत्तर के बीच क्या मेल है!''

ध्रुव की आँखें सहसा लड़की की तरफ उठीं, उसके बारे में अपना मत और अभिप्राय अत्यन्त संक्षेप में प्रकट करते हुए बोला, ''ओ दुष्टु, ओके मा'बो।''[2]

कहते हुए अपना छोटा-सा घूँसा हवा में लहराया।

राजा ने गम्भीर होकर कहा, ''छी ध्रुव!''

जैसे एक ही फू से दीपक बुझ जाता है, उसी प्रकार ध्रुव का चेहरा तत्क्षण म्लान हो गया। वह पहले आँसू रोकने के लिए दोनों मुट्ठियों से आँखें रगड़ने लगा; अन्त में देखते-देखते थोड़ा-सा बड़ा हृदय और नहीं सह पाया, रो पड़ा।

बिलवन ठाकुर ने उसे हिलाया-झुलाया, गोदी में उठाया, हवा में उछाला, ज़मीन पर खड़ा किया...इस तरह बेचैन कर डाला; फिर ऊँची आवाज़ में जल्दी-जल्दी बोला, ''सुनो-सुनो ध्रुव, तुम्हें श्लोक सुनाता हूँ, सुनो...

कलह कटकटां काठ काठिन्य काठ्यम्
कटन किटन कीटं कुटमलं खटमटम्।''

---

1. आमि : टक् टक् चोड़बो (मैं घोड़े पर चढ़ूँगा)।
2. ओ दुष्टु : ओके मारबो (वह दुष्ट है, उसकी पिटाई करूँगा) ।

अर्थात्, जो बालक रोता है, उसे कलह कटकटाँ के बीच डालकर खूब काठ काठिन्य काठ्यम दिया जाता है, उसके बाद इतना सारा कटन किटन कीटं लेकर लगातार तीन दिन तक कुटमलं खटमटम् ।

पुरोहित ठाकुर इसी तरह अनर्गल बकता रहा। ध्रुव का रोना बीच में ही थम गया। पहले वह इस गोलमाल से परेशान और भौचक होकर आँसू भरी आँखें उठाकर बिलवन ठाकुर के मुँह की ओर देखता रहा। उसके बाद उसके हाथ-मुँह हिलते देखकर उसे बहुत कौतुक अनुभव हुआ।

उसने बहुत खुश होकर कहा, "फिर से बोलो।"

पुरोहित ने फिर से बक दिया।

ध्रुव ने हँसी से लोटपोट होते हुए कहा, "फिर से बोलो।"

राजा ने ध्रुव के आँसुओं से सने कपोलों तथा हँसी भरे होंठों को बार-बार चूमा। इसके बाद राजा, राजपुरोहित और दोनों बालक-बालिका मिलकर खेल में लग गए।

बिलवन ठाकुर ने राजा से कहा, "महाराज, आप इन लोगों के साथ बहुत खुश हैं। रात-दिन प्रखर बुद्धिमानों के साथ रहने से बुद्धि लुप्त हो जाती है। छुरी लगातार शान पर चढ़ाने से धीरे-धीरे घिसकर लुप्त हो जाती है। मात्र उसका मोटा हत्था बचा रहता है।"

राजा हँसकर बोले, "तब तो, लगता है, अभी मेरे सूक्ष्म बुद्धि के लक्षण प्रकट नहीं हुए हैं।"

बिलवन-"नहीं, सूक्ष्म बुद्धि का एक लक्षण यही है कि वह सहज को जटिल बना डालती है। संसार में ढेरों बुद्धिमान न होते, तो संसार के काम बहुत आसान हो गए होते। नाना सुविधाएँ जुटाने में ही नाना असुविधाएँ उत्पन्न हो जाती हैं। समझ नहीं आता, मनुष्य अधिक बुद्धि लेकर करेगा क्या!"

राजा ने कहा, "पाँच अँगुलियों से यथेष्ट काम चल जाता है, दुर्भाग्यवश सात अँगुलियाँ पाने की इच्छा करके काम बढ़ाना पड़ता है।"

राजा ने ध्रुव को पुकारा। ध्रुव फिर से अपनी साथिन के साथ शान्ति स्थापित करके खेल रहा था। राजा के बुलाते ही खेल छोड़कर तुरन्त उनके निकट आ गया। राजा उसे सामने बैठाकर बोले, "ध्रुव, ठाकुर को वह नया गीत तो सुनाओ।"

लेकिन ध्रुव ने नितान्त आपत्ति की मुद्रा में ठाकुर के चेहरे की ओर देखा।

राजा ने लालच देते हुए कहा, "तुम्हें टक् टक् पर चढ़ाऊँगा।"

ध्रुव अपनी तुतलाती बोली में गाने लगा–

"मुझको छः जन मिल पथ दर्शाते, कहते
भूल जाता पग–पग पर पथ रे।
नाना बातों के व्याज से नाना मुनि कहते,
झूलता रहता संशय में रे।
जाऊँ निकट तुम्हारे, यही थी साध,
तुम्हारी वाणी सुन मिटाऊँ प्रमाद,
कानों के निकट सभी करते विवाद
सैकड़ों लोगों की सैकड़ों बोलियाँ रे।
जब दुखी प्राणों से करता तुम्हारी याचना
सभी आस–पास खड़े होकर देते हैं आड़,
धरती की धूल उसी कारण लिये हूँ...
मिलती नहीं चरण–धूलि रे।
सैकड़ों भाग मेरे सैकड़ों तरफ दौड़ते,
आपस में ही खड़े करते विवाद,
किसको सँभालूँ...यह कैसी मुसीबत है...
अकेला हूँ, वे अनेक हैं रे।
मुझे एक बना दो, बाँध अपने प्रेम में,
दिखाओ मुझे एक अविच्छिन्न मार्ग,
भँवर के बीच गिर कितना मैं रोऊँ...
चरणों में ले लो रे।"

ध्रुव के मुँह से तोतली बोली में यह कविता सुनकर बिलवन ठाकुर एकदम विचलित हो गया। बोला, "आशीर्वाद देता हूँ, तुम चिरंजीवी होओ।"

ठाकुर ने ध्रुव को गोदी में उठाकर बहुत विनती करते हुए कहा, "एक बार और सुनाओ।"

ध्रुव ने दृढ़ मौन के द्वारा आपत्ति प्रकट की। पुरोहित आँखें ढककर बोला, "तो, मैं रोऊँगा।"

ध्रुव ने थोड़ा विचलित होकर कहा, "कल सुनाऊँगा, छी रोते नहीं हैं। तुमि एकन बाई (बाड़ी) जाओ। बाबा मा'बे।"[1]

बिलवन ने हँसते हुए कहा, "मधुर गलाधाक्का।"[2]

---

1. तुमि एखन बाड़ी जाओ। बाबा मारबे (तुम अब घर जाओ। पिताजी पिटाई करेंगे)।
2. मीठी–मीठी बातें करते हुए गर्दन पकड़कर बाहर धकेल देना।

पुरोहित ठाकुर राजा से विदा लेकर रास्ते में निकल आया।

रास्ते में दो पथिक जा रहे थे। एक दूसरे से कह रहा था, ''तीन दिन से उसके दरवाजे पर सिर फोड़ रहा हूँ, एक पैसा नहीं निकलवा पाया...अब वह रास्ते में निकला, तो उसका सिर फोड़ दूँगा, देखता हूँ, उससे क्या होता है!''

बिलवन ने पीछे से कहा, ''उसका भी कोई फल नहीं निकलेगा। भैया, देख ही तो रहे हो, खोपड़ी में बुद्धि ज़रा सी भी नहीं, केवल दुर्बुद्धि है। बल्कि अपना सिर फोड़ना ज़्यादा अच्छा है, किसी को जवाब नहीं देना पड़ता।''

दोनों पथिकों ने भौचक्के होकर हड़बड़ाते हुए ठाकुर को प्रणाम किया। बिलवन ने कहा, ''भैया, तुम लोग जो कह रहे थे, वह सब अच्छी बात नहीं है।''

दोनों पथिक बोले, ''ठाकुर, जैसी आज्ञा, ऐसी बात और नहीं कहेंगे।''

पुरोहित ठाकुर को रास्ते में बालकों ने घेर लिया। उसने कहा, ''आज शाम को मेरे यहाँ आना, मैं कहानी सुनाऊँगा।''

बालकों ने आनन्द में धमाचौकड़ी और शोरगुल मचा दिया। बिलवन ठाकुर कभी-कभी अपराह्न में राज्य के बालकों को इकट्ठा करके सहज भाषा में रामायण, महाभारत और पौराणिक कथाएँ सुनाता था। बीच-बीच में एक-दो नीरस कथाएँ भी यथासाध्य सरस बनाकर सुनाने की कोशिश करता था। लेकिन जब देखता था कि बालकों की जमुहाई संक्रामक हो उठी है, तो उन्हें मन्दिर के बगीचे में छोड़ देता था। वहाँ फलों के असंख्य पेड़ हैं। सारे बालक आकाशभेदी शोर मचाते हुए वानरों की भाँति डाल-डाल पर लूटपाट मचा देते थे...बिलवन इस आमोद को देखता था।

बिलवन कौन से देश का है, कोई नहीं जानता। ब्राह्मण है लेकिन जनेऊ त्याग दिया है। बलि आदि बन्द करके एक प्रकार के नवीन अनुष्ठान से देवी-पूजा करता है...लोगों ने पहले-पहले उसमें सन्देह और आपत्ति प्रकट की थी किन्तु अब सब सहनीय हो गया है। विशेषकर सभी बिलवन की बातों के वशीभूत हो गए हैं। बिलवन सभी के घर-घर जाकर सभी के साथ बातचीत करता है, सभी के कुशल-समाचार लेता है, और रोगी को जो दवा देता है, वह आश्चर्यजनक रूप से लग जाती है। आपद्-विपद् में सभी उसके परामर्शानुसार काम करते हैं। वह बीच में पड़कर किसी का झगड़ा सुलझा देता है अथवा किसी बात का समाधान कर देता है, तो उसके ऊपर कोई कुछ बात नहीं बोलता।

तीसवाँ परिच्छेद

इस साल त्रिपुरा में एक अभूतपूर्व घटना घटी। सहसा उत्तर से झुंड के झुंड चूहे त्रिपुरा के खेतों में आ पहुँचे। सारी फसल बर्बाद कर डाली, यहाँ तक कि किसानों के घरों में जितना कुछ अनाज इकट्ठा था, वह भी अधिकतर खा डाला...राज्य में हाहाकार मच गया। देखते-ही-देखते अकाल पड़ गया। लोग जंगल से कन्दमूल इकट्ठे करके जान बचाने लगे। जंगलों की कमी नहीं और जंगल में मिट्टी से उत्पन होनेवाली तरह-तरह की खाने योग्य चीज़ें भी हैं। शिकार से मिलनेवाला मांस बाज़ार में ऊँचे दामों पर बिकने लगा। लोग जंगली भैंसे, हिरन, खरगोश, साही, गिलहरी, सूअर, बड़े-बड़े स्थल-कछुओं का शिकार करके खाने लगे। हाथी मिलने पर हाथी भी खा जाते...अजगर साँप खाने लगे...जंगल में खाने योग्य पक्षियों का अभाव नहीं...पेड़ों की कोटरों में मधुमक्खियाँ और शहद मिल जाता है...जगह-जगह नदी के पानी पर बन्दा लगाकर उसमें नशीली लताएँ डाल देने से मछलियाँ अवश होकर ऊपर बहने लगती हैं, लोग उन सब मछलियों को पकड़कर खाने लगे और सुखाकर इकट्ठा करने लगे। अभी भी किसी तरह भोजन तो चल रहा था किन्तु बहुत अव्यवस्था उत्पन्न हो गई। जगह-जगह चोरी-डकैती शुरू हो गई, प्रजाजनों में विद्रोह के लक्षण दिखाई देने लगे।

वे कहने लगे, ''माँ की बलि बन्द कर देने से माँ के अभिशाप के कारण ये सब दुर्घटनाएँ घटनी आरम्भ हो गई हैं।''

बिलवन ठाकुर ने उस बात को हँसी में उड़ा दिया। उसने उपहास के व्याज से कहा, ''कैलास पर कार्तिक और गणेश के बीच भाईचारा टूट गया है, इसी कारण गणेश के चूहे कार्तिक के मयूर के विरुद्ध शिकायत करने के लिए त्रिपुरा

की त्रिपुरेश्वरी के पास आए हैं।'' प्रजाजनों ने इस बात को कोरे उपहास के रूप में ग्रहण नहीं किया। उन्होंने देखा, बिलवन ठाकुर की बात के अनुसार चूहों का रेला जिस तेज़ी से आया था, उसी तेज़ी से समस्त फसल नष्ट करके पता नहीं कहाँ अन्तर्धान भी हो गया...तीन दिन के भीतर उनका निशान तक नहीं बचा। किसी को भी बिलवन ठाकुर के अगाध ज्ञान के बारे में सन्देह नहीं रहा। कैलास पर भाईचारा भंग होने के सम्बन्ध में गीत रचे जाने लगे, युवक-युवतियाँ, भिक्षुक उन गीतों को गाने लगे, गली-घाट पर वे गीत प्रचलित हो गए।

लेकिन राजा के प्रति विद्वेष का भाव अच्छी तरह नहीं मिट पाया। बिलवन ठाकुर की सलाह पर गोविन्द माणिक्य ने दुर्भिक्ष-ग्रस्त किसानों का एक बरस का लगान माफ कर दिया। उसका कुछ फल हुआ। लेकिन फिर भी अनेक लोग माँ के अभिशाप से बचने के लिए चट्टग्राम के पार्वत्य प्रदेश में पलायन कर गए। यहाँ तक कि राजा के मन में भी सन्देह पैदा होने लगा।

उन्होंने बिलवन को बुलाकर कहा, ''ठाकुर, राजा के पापों से ही प्रजा कष्ट भोगती है। क्या मैंने माँ की बलि बन्द करके पाप किया है? यह क्या उसी का दंड है?''

बिलवन ने सारी बात एकदम से उड़ा दी। बोला, ''जब माँ के सामने हज़ारों नर-बलियाँ होती थीं, तब आपकी प्रजा का अधिक नुकसान होता रहा है अथवा इस दुर्भिक्ष में अधिक हुआ है?''

राजा निरुत्तर हो रहे किन्तु उनके मन से संशय पूरी तरह दूर नहीं हुआ। प्रजा उनसे असन्तुष्ट हो गई है, उन पर सन्देह प्रकट कर रही है, इससे उनके हृदय को आघात पहुँचा, उनमें अपने प्रति भी सन्देह उत्पन्न हो गया। वे निश्वास छोड़ते हुए बोले, ''कुछ भी नहीं समझ पा रहा हूँ!''

बिलवन ने कहा, ''अधिक समझने की आवश्यकता क्या है! इतने सारे चूहे आकर फसल क्यों खा गए, यह समझ में नहीं आया। किन्तु मैं अन्याय नहीं करूँगा, मैं सभी का हित करूँगा, इतना सा ही साफ़-साफ़ समझना काफी है। उसके बाद विधाता का काम विधाता करेंगे, वे हम लोगों को हिसाब देने नहीं आएँगे।''

राजा ने कहा, ''ठाकुर, तुम घर-घर जाकर अविश्राम कार्य कर रहे हो, संसार का जितना सा हित कर रहे हो, उतना ही वह तुम्हारा पुरस्कार होता जा रहा है, इस आनन्द में तुम्हारा सम्पूर्ण संशय मिट जाता है। मैं दिन-रात केवल एक मुकुट सिर पर बाँधकर सिंहासन पर चढ़कर बैठा रहता हूँ, केवल थोड़ी-सी चिंताएँ गले में लटकाए हुए हूँ...तुम्हारा कार्य देखकर मुझे लोभ होता है।''

बिलवन ने कहा, "महाराज, मैं आपका ही तो एक अंश हूँ। आप इस सिंहासन पर न बैठे होते, तो क्या मैं कार्य कर पाता! आप और मैं मिलकर ही हम दोनों सम्पूर्ण हुए हैं।"

यह कहकर बिलवन ने विदा ली, राजा सिर पर मकुट बाँधकर सोचने लगे। मन-ही-मन बोले, 'मेरा बहुत काम पड़ा हुआ है, मैं उसमें से कुछ भी नहीं करता। मैं केवल अपनी चिन्ता में निश्चिन्त बना हुआ हूँ। उसी कारण मैं प्रजाजनों का विश्वास अर्जित नहीं कर पाता। मैं राज्य-शासन के योग्य नहीं हूँ।'

इकतीसवाँ परिच्छेद

नक्षत्रराय मुग़ल सैनिकों का स्वामी बना रास्ते में तेंतुले नाम के एक छोटे-से गाँव में विश्राम कर रहा था। प्रातःकाल रघुपति ने आकर कहा, ''महाराज, यात्रा पर निकलना है, तैयार हो जाइए।''

रघुपति के मुँह से सहसा महाराज शब्द अत्यन्त मधुर सुनाई पड़ा। नक्षत्रराय उल्लसित हो उठा। वह कल्पना में संसार के सभी लोगों के मुँह से महाराज सम्बोधन सुनने लगा। मन-ही-मन त्रिपुरा के उच्च सिंहासन पर चढ़कर सभा को शोभायमान करते हुए बैठ गया। मन के आनन्द में बोला, ''ठाकुर, आपको कभी भी छोड़ा नहीं जाएगा। आपको राजा सभा में रहना होगा। आप क्या चाहते हैं, वही मुझसे कहिए।''

नक्षत्रराय ने उसी समय अनायास मन-ही-मन एक विशाल जागीर रघुपति को दान कर दी।

रघुपति ने कहा, ''मुझे कुछ नहीं चाहिए।''

नक्षत्रराय ने कहा, ''यह क्या बात हुई? ठाकुर, वह नहीं होगा। कुछ लेना ही पड़ेगा। कयलासर परगना मैंने आपको दिया...आप लिखा-पढ़ी करवा लीजिए।''

रघुपति ने कहा, ''वह सब बाद में देखा जाएगा।''

नक्षत्रराय ने कहा, ''बाद में क्यों, मैं अभी दूँगा। सम्पूर्ण कयलासर परगना आपका हुआ; मैं एक पैसा लगान नहीं लूँगा।''

कहते हुए नक्षत्रराय सिर उठाकर एकदम सीधा होकर बैठ गया।

रघुपति ने कहा, ''मरने पर तीन हाथ ज़मीन मिल जाए, तो ही खुश हो जाऊँगा। मैं और कुछ नहीं चाहता।'' कहकर रघुपति चला गया। उसे जयसिंह

की याद आई। अगर जयसिंह रहता, तो पुरस्कार के रूप में कुछ लेता...जब जयसिंह ही नहीं रहा, तो सम्पूर्ण त्रिपुरा राज्य मिट्टी के ढेर के अतिरिक्त कुछ और प्रतीत नहीं हुआ।

रघुपति इन दिनों नक्षत्रराय को राज्याभिमान में मत्त बनाने की चेष्टा कर रहा है। उसके मन में डर है कि कहीं इतनी तैयारी करके भी सब कुछ व्यर्थ न चला जाए, कहीं दुर्बल-स्वभाव नक्षत्रराय त्रिपुरा पहुँचकर युद्ध किए बिना ही राजा का बन्दी न बन जाए! लेकिन दुर्बल हृदय में एक बार राज-मद उत्पन्न हो जाए, तो और सोचने की आवश्यकता नहीं पड़ती। रघुपति नक्षत्रराय के प्रति और अवज्ञा नहीं दिखाता, उसके प्रति बात-बात में सम्मान प्रदर्शित करता रहता है। हर विषय में उसका मौखिक आदेश लेता है। उसे मुग़ल सैनिक महाराजा साहब सम्बोधित करते हैं, उसे देखते ही हड़बड़ा उठते हैं...जिस प्रकार हवा चलने पर सारी फसल झुक जाती है, उसी प्रकार नक्षत्रराय के आकर खड़ा होते ही कतारबद्ध मुग़ल सैनिक एक साथ सिर झुकाकर सलाम करते हैं। सेनापति शीघ्रतापूर्वक सम्मान के साथ अभिवादन करता है। वह सैकड़ों-सैकड़ों खुली तलवारों की चमक के बीच विशालकाय हाथी की पीठ पर रखे स्वर्णमंडित, राजचिह्न अंकित हौदे पर चढ़कर यात्रा करता है, उल्लासजनक बाजा साथ-साथ बजता रहता है...पताकाधारी साथ-साथ राज-पताका लिये चलते हैं। वह जहाँ से होकर गुजरता है, वहाँ के ग्रामवासी सैनिकों के भय से घरबार छोड़कर भाग जाते हैं। उनका भय देखकर नक्षत्रराय के मन में गर्व उत्पन्न होता है। उसे लगता है, 'मैं दिग्विजय करते हुए चल रहा हूँ। छोटे-छोटे ज़मींदार तरह-तरह के उपहार भेंट करके उसे सलाम कर जाते हैं...वे पराजित राजाओं जैसे प्रतीत होते हैं; महाभारत के दिग्विजयी पांडवों की बात याद आती है।

एक दिन सैनिक आकर सलाम करके बोले, "महाराजा साहब!"

नक्षत्रराय सीधा होकर बैठ गया।

"हम लोग महाराज के लिए जान देने आए हैं...हम प्राणों की परवाह नहीं करते। हमारा हमेशा का दस्तूर है, युद्ध में जाने के मार्ग में हम गाँव लूटते हुए जाते हैं...इसे किसी शास्त्र में दोष नहीं बताया गया है।"

नक्षत्रराय ने गर्दन हिलाकर कहा, "ठीक बात है, ठीक बात है।"

सैनिक बोले, "ब्राह्मण-ठाकुर ने हमें लूट करने से मना कर दिया है। हम जान देने जा रहे हैं, किन्तु ज़रा सी लूट भी नहीं कर पाएँगे, यह बड़ा अन्याय है।"

नक्षत्रराय ने फिर से गर्दन हिलाकर कहा, ''ठीक बात है, ठीक बात है।''

''अगर महाराज का हुकुम मिले, तो हम लोग ब्राह्मण-ठाकुर की बात न मानकर लूट करने जाएँ!''

नक्षत्रराय ने बड़े दर्प के साथ कहा, ''ब्राह्मण-ठाकुर कौन है! ब्राह्मण-ठाकुर क्या जानता है! मैं तुम लोगों को हुकुम देता हूँ, तुम लूटपाट करने जाओ।''

कहकर एक बार इधर-उधर ताककर देखा, कहीं भी रघुपति को न देखकर निश्चिन्त हुआ।

लेकिन इस प्रकार निश्शंक भाव से रघुपति की उपेक्षा करके वह मन-ही-मन अत्यधिक आनन्दित हुआ। उसकी शिरा-शिरा में शक्ति-मद मदिरा के समान बहने लगा। संसार को नवीन दृष्टि से देखने लगा। कलपना के बैलून पर चढ़कर जैसे पृथ्वी बहुत नीचे उड़नेवाले मेघों के समान अदृश्य हो गई। यहाँ तक कि बीच-बीच में कभी-कभी उसे रघुपति भी नगण्य लगने लगा। सहसा ताकत के साथ गोविन्द माणिक्य पर अत्यधिक क्रोधित हो उठा। बार-बार मन-ही-मन कहने लगा, 'मेरा निर्वासन! एक साधारण प्रजाजन के समान मुझे न्याय-सभा में बुलाना! अब देखता हूँ, कौन किसे निर्वासित करता है! इस बार त्रिपुरावासी नक्षत्रराय का प्रताप देखेंगे।'

नक्षत्रराय खुशी और घमण्ड से फूल गया।

निरीह ग्रामवासियों के अनर्थक उत्पीड़न और लूटपाट से रघुपति अत्यन्त असन्तुष्ट था। उसने रोकने की बहुत कोशिशें कीं किन्तु सैनिकों ने नक्षत्रराय की आज्ञा पाकर उसकी अवहेलना कर दी। वह नक्षत्रराय के पास आकर बोला, ''असहाय ग्रामवासियों पर यह अत्याचार क्यों?''

नक्षत्रराय ने कहा, ''ठाकुर, ये सब विषय आप अच्छी तरह नहीं समझते। युद्ध-काल में सैनिकों को लूटपाट का निषेध करके निरुत्साहित करना अच्छा नहीं है।''

रघुपति नक्षत्रराय की बात सुनकर थोड़ा अचम्भित हुआ। सहसा नक्षत्रराय का श्रेष्ठताभिमान देखकर वह मन-ही-मन हँसा। बोला, ''अभी लूटपाट करने देकर बाद में इन्हें सँभाल पाना कठिन होगा। समस्त त्रिपुरा लूट लेंगे।''

नक्षत्रराय ने कहा, ''उसमें हानि क्या है? मैं तो वही चाहता हूँ। त्रिपुरा एक बार समझे, नक्षत्रराय को निर्वासित करने का क्या फल होता है! ठाकुर,

ये सारी बातें आप बिलकुल नहीं समझते...आपने तो कभी युद्ध किया नहीं।''

रघुपति ने मन-ही-मन बड़ा आनन्द अनुभव किया। लेकिन उत्तर दिए बिना ही चला गया। नक्षत्रराय नितान्त पुतली जैसा न होकर थोड़ा कठोर मनुष्य के समान बन जाए, यही उसकी इच्छा थी।

बत्तीसवाँ परिच्छेद

जब त्रिपुरा में चूहों का उत्पात शुरू हुआ था, तब श्रावण माह था। उस समय खेतों में केवल भुट्टे फल रहे थे और पहाड़ी खेतों में धान में दाने आने प्रारम्भ हुए थे। किसी तरह तीन महीने कट गए...अगहन के महीने में जब निचले खेतों में धान काटने का समय आया, तो देश में आनन्द मच गया। किसान[1], स्त्रियाँ, बालक, युवक, वृद्ध, सभी मिलकर हाथों में हँसिया लिये खेतों में जा पहुँचे। हैया-हैया की ध्वनि के साथ एक-दूसरे को उत्साहित करने लगे। जूमिया रमणियों के गीतों से खेत-खलिहान गूँज उठे। राजा के प्रति असन्तोष दूर हो गया...राज्य में शान्ति छा गई। ऐसे समय समाचार आया, नक्षत्रराय राज्य पर आक्रमण करने के उद्‌देश्य से भारी संख्या में सैनिक लेकर त्रिपुरा राज्य की सीमा पर आ पहुँचा है और बहुत लूटपाट तथा उत्पीड़न आरम्भ कर दिया है...इस समाचार से सम्पूर्ण राज्य भयभीत हो उठा।

इस समाचार ने राजा के हृदय को छुरी के समान बींध डाला। पूरे ही दिन बींधता रहा। उन्हें रह-रहकर हर बार नए रूप में अनुभव होने लगा, नक्षत्रराय उन पर आक्रमण करने आ रहा है। नक्षत्रराय का सरल सुन्दर चेहरा सैकड़ों-सैकड़ों बार उनकी स्नेहभरी आँखों के सम्मुख दिखाई पड़ने लगा और उसी के साथ महसूस होने लगा, वही नक्षत्रराय कितने सारे सैनिक इकट्ठे करके तलवार हाथ में लिये उन पर आक्रमण करने आ रहा है। एक-एक बार उनके मन में इच्छा होने

1. वास्तव में इन लोगों को किसान नहीं कहा जा सकता। कारण, ये विधान के अनुसार खेती नहीं करते। जंगल जलाकर बरसात के प्रारम्भ में केवल बीज डाल देते हैं। इस प्रकार के खेत को जूम कहा जाता है, खेती करनेवालों को जूमिया बोला जाता है। (रवीन्द्रनाथ ठाकुर द्वारा की गई टिप्पणी) ।

लगी, एक भी सैनिक लिये बिना विशाल रण-क्षेत्र में नक्षत्रराय के सामने अकेले खड़े होकर पूरी छाती खोलकर नक्षत्रराय के हज़ारों सैनिकों की तलवारें एक ही साथ अपनी छाती में भुँकवा लें।

वे ध्रुव को निकट खींचकर बोले, ''ध्रुव, क्या तू भी इस मुकुट के लिए मेरे साथ झगड़ा कर सकता है?'' कहते हुए मुकुट ज़मीन पर फेंक दिया, एक बड़ा मोती टूटकर बिखर गया।

ध्रुव ने उत्सुकता के साथ हाथ बढ़ाकर कहा, ''मैं लूँगा।''

राजा ने ध्रुव के सिर पर मुकुट रखकर उसे गोद में लेकर कहा, ''यह ले...मैं किसी के साथ झगड़ा करना नहीं चाहता।'' कहते हुए बहुत आवेग में ध्रुव को छाती में भींच लिया।

उसके बाद राजा पूरे दिन 'यह केवल मेरे ही पाप का दंड है' कहकर अपने साथ तर्क-वितर्क करते रहे। अन्यथा भाई कभी भाई पर आक्रमण नहीं करता। यह सोचकर उन्हें थोड़ी-सी सान्त्वना प्राप्त हुई। उन्होंने सोचा-यही ईश्वर का विधान है। जगतपति के दरबार से आदेश आया है, नक्षत्रराय केवल अपने मानव-हृदय के उत्साह में उसका उल्लंघन नहीं कर सकता। यह सोचकर उनके आहत स्नेह को किंचित् शान्ति मिली। पाप वे अपने कन्धों पर लेने को तैयार हैं...मानो उससे नक्षत्रराय के पाप का भार कुछ कम हो जाएगा।

बिलवन ने आकर कहा, ''महाराज, यह क्या आकाश की ओर ताकते हुए सोचते रहने का समय है?''

राजा ने कहा, ''ठाकुर, यह सब मेरे ही पाप का फल है।''

बिलवन थोड़ा नाराज़ होकर बोला, ''महाराज, यह सब बात सुनकर मेरा धैर्य चुक जाता है। किसने कहा, दुख पाप का ही फल होता है, पुण्य का फल भी तो हो सकता है। कितने ही धर्मात्मा पूरा जीवन दुख में बिताकर गए हैं।''

राजा निरुत्तर हो रहे।

बिलवन ने पूछा, ''महाराज ने कौन सा पाप किया था, जिसके फलस्वरूप यह घटना घटी?''

राजा ने कहा, ''अपने भाई को निर्वासित किया था।''

बिलवन ने कहा, ''आपने भाई को निर्वासित नहीं किया है। दोषी को निर्वासित किया है।''

राजा ने कहा, ''दोषी होते हुए भी भाई के निर्वासन का पाप तो है ही। उसके परिणाम से तो बचा नहीं जा सकता। कौरव दुराचारी होते हुए भी पांडव उनका वध करके प्रसन्न-चित्त राज-सुख भोग नहीं कर सके। यज्ञ करके प्रायश्चित्त

किया। पांडवों ने कौरवों से राज्य ले लिया, कौरवों ने मरकर पांडवों का राज्य हरण कर लिया। मैंने नक्षत्र को निर्वासित किया, नक्षत्र मुझे निर्वासित करने आ रहा है।''

बिलवन ने कहा, ''पांडवों ने पाप का दंड देने के लिए कौरवों के साथ युद्ध नहीं किया, उन्होंने राज्य-प्राप्ति के लिए युद्ध किया था। किन्तु महाराज ने पाप का दंड देकर अपने सुख-दुख की उपेक्षा करके धर्म का पालन किया था। मुझे तो इसमें कोई पाप दिखाई नहीं पड़ रहा है। इसके बावजूद प्रायश्चित्त का विधान देने में मुझे कोई आपत्ति नहीं है। मैं ब्राह्मण उपस्थित हूँ, मुझे सन्तुष्ट कर देने भर से प्रायश्चित्त हो जाएगा।''

राजा थोड़ा हँसकर चुप हो गए।

बिलवन ने कहा, ''जो हो, अब युद्ध की तैयारी कीजिए और विलम्ब मत कीजिए।''

राजा ने कहा, ''मैं युद्ध नहीं करूँगा।''

बिलवन ने कहा, ''वह हो ही नहीं सकता। आप बैठे-बैठे सोचिए। मैं तब तक सैनिक इकट्ठे करने की कोशिश करता हूँ। इस समय सभी जूम में गए हैं, पर्याप्त सैनिक मिलना कठिन है।''

इतना कहकर बिलवन और किसी उत्तर की प्रतीक्षा किए बिना चला गया।

पता नहीं, अचानक ध्रुव के मन में क्या आया; उसने राजा के निकट आकर उनके मुँह की ओर ताकते हुए पूछा, ''चाचा कहाँ है?''

ध्रुव नक्षत्र को चाचा कहता था।

राजा ने कहा, ''चाचा आ रहा है, ध्रुव।''

उनकी पलकें थोड़ी गीली हो आईं।

तेंतीसवाँ परिच्छेद

बिलवन ठाकुर ढेरों कामों में डूब गया। उसने चट्टग्राम के पहाड़ी क्षेत्रों में विविध प्रकार के उपहारों के साथ द्रुतगामी दूत भेज दिए। वहाँ के कुकी ग्राम-मुखियाओं से कुकी सैनिकों के रूप में सहायता की प्रार्थना की। वे लोग युद्ध का नाम सुनते ही नाच उठे। कुकियों के जितने लाल (ग्रामपति) थे, उन्होंने युद्ध के समाचार-स्वरूप लाल कपड़े में बँधे दाव दूतों के हाथों गाँव-गाँव भेज दिए। देखते ही देखते कुकियों का रेला चट्टग्राम की पहाड़ी चोटियों से त्रिपुरा की पर्वत-चोटियों में आ पहुँचा। उन्हें किसी नियम से नियंत्रित करके रखना कठिन होता है। बिलवन स्वयं त्रिपुरा के गाँव-गाँव जाकर जूम से चुन-चुनकर साहसी युवा पुरुषों को सैनिकों के दल में इकट्ठा करके ले आया। बिलवन ठाकुर ने आगे बढ़कर मुग़ल सैनिकों पर आक्रमण करना उचित नहीं समझा। जब वे समतल भूमि को पार करके अपेक्षाकृत दुर्गम पहाड़ी चोटियों में आ पहुँचेंगे, तब जंगल, पहाड़ और नाना दुर्गम गुप्त मार्गों से सहसा आक्रमण करके उन लोगों को त्रस्त करने का निश्चय किया। बड़े-बड़े शिला-खंडों से गोमती के जल पर बाँध लगा दिया गया...नितान्त पराजय की आशंका देखने पर उसी बाँध को तोड़कर बाढ़ में मुग़ल सैनिकों को बहाया जा सकेगा।

इधर नक्षत्रराय देश में लूट मचाते-मचाते त्रिपुरा के पहाड़ी-क्षेत्र में आ पहुँचा। उस समय जूम कटाई समाप्त हो गई थी। सभी जूमिया हाथों में धनुष-बाण और दाव लेकर युद्ध के लिए तैयार हो गए। उच्छ्वासोन्मुख जल-प्रपात के समान कुकी-दल को और बाँधकर नहीं रखा जा सकता था।

गोविन्द माणिक्य बोले, "मैं युद्ध नहीं करूँगा।"

बिलवन ठाकुर ने कहा, "यह कोई काम की बात ही नहीं है।"

राजा ने कहा, "मैं शासन करने योग्य नहीं हूँ; सारे उसी के लक्षण प्रकट हो रहे हैं। उसी कारण मुझमें प्रजा का विश्वास नहीं है, उसी की वजह से दुर्भिक्ष की सूचना, उसी के चलते यह युद्ध। यह सब राज्य के परित्याग के लिए भगवान का आदेश है।"

बिलवन ने कहा, "यह कभी भी भगवान का आदेश नहीं है। ईश्वर ने आप पर राज्य-भार अर्पित किया है; जितने दिन राज-कार्य निःसंकट था, उतने दिन अपना सहज कर्तव्य अनायास पालन किया, जैसे ही राज्य-भार गुरुतर हो उठा, वैसे ही आप उसे दूर फेंककर स्वाधीन होना चाहते हैं और ईश्वर का आदेश बताकर अपने को धोखा देकर सुखी बनाना चाहते हैं।"

बात गोविन्द माणिक्य के मन में लग गई। वे थोड़ी देर निरुत्तर बैठे रहे। अन्ततः नितान्त कातर होकर बोले, "बुरा मत मानना ठाकुर, मेरी पराजय हो गई है, नक्षत्र मेरा वध करके राजा बन गया है।"

बिलवन ने कहा, "यदि वास्तव में वैसा ही घटे, तो मैं महाराज के लिए शोक नहीं करूँगा। किन्तु यदि महाराज कर्तव्य को छोड़कर पलायन करेंगे, तो हम लोगों के लिए शोक का कारण होगा।"

राजा ने थोड़ा अधीर होकर कहा, "अपने ही भाई का खून बहाऊँ!"

बिलवन ने कहा, "कर्तव्य के सामने भाई-बन्धु कोई नहीं होता। कुरुक्षेत्र में युद्ध के अवसर पर श्रीकृष्ण ने अर्जुन को क्या उपदेश दिया था, स्मरण करके देखिए।"

राजा ने कहा, "ठाकुर, क्या तुम कह रहे हो, मैं अपने हाथ में तलवार लेकर नक्षत्रराय पर वार करूँ!"

बिलवन ने कहा, "हाँ।"

सहसा ध्रुव आकर गम्भीर मुद्रा में बोला, "छी, वैसी बात नहीं बोलते।"

ध्रुव खेल रहा था, दोनों पक्षों में कुछ कहा-सुनी सुनकर अचानक उसके मन में आया कि अवश्य ही दोनों लोग कोई दुष्टता कर रहे हैं, अतएव समय रहते दोनों को थोड़ा-सा डाँट-फटकार आना आवश्यक है। यही सब विचार करके वह हठात् आकर गर्दन हिलाते हुए बोला, "छी, वैसी बात नहीं बोलते।"

पुरोहित ठाकुर को बड़ा आनन्द अनुभव हुआ। वह हँस पड़ा, ध्रुव को गोदी में उठाकर चूमने लगा। लेकिन राजा नहीं हँसे। उन्हें लगा, मानो, बालक के मुँह से उन्होंने दैव-वाणी सुनी है।

वे असन्दिग्ध स्वर में बोल पड़े, "ठाकुर, मैंने निश्चय किया है, मैं यह रक्तपात नहीं होने दूँगा, मैं युद्ध नहीं करूँगा।"

बिलवन ठाकुर थोड़ी देर चुप रहा। अन्त में बोला, ''यदि महाराज को युद्ध करने में ही आपत्ति है, तो और एक काम कीजिए। आप नक्षत्रराय से भेंट करके उन्हें युद्ध करने से रोकिए।''

गोविन्द माणिक्य ने कहा, ''इसके लिए मैं सहमत हूँ।''

बिलवन ने कहा, ''तब उसी प्रकार का प्रस्ताव लिखकर नक्षत्रराय के पास भेजा जाए।''

अन्तत: वही तय हुआ।

चौंतीसवाँ परिच्छेद

नक्षत्रराय सैनिकों के साथ आगे बढ़ने लगा, कहीं तिल भर भी बाधा नहीं आई। त्रिपुरा के जिस भी गाँव में उसने कदम रखा, वही गाँव उसकी राजा के रूप में अगवानी करने लगा। पग-पग पर राजत्व का आस्वाद पाने लगा...क्षुधा और भी बढ़ने लगी, चतुर्दिक् फैले खेत, ग्राम, पर्वत-श्रेणियाँ, नदी सभी कुछ 'मेरा है' उसे ऐसा अनुभव होने लगा तथा उसी अधिकार-विस्तार के साथ-साथ स्वयं भी जैसे बहुत दूर तक फैलकर अत्यधिक मज़बूत होने लगा। मुग़ल सैनिकों ने जैसा चाहा, उसने बेरोक़टोक उन्हें वैसा ही हुकुम दे दिया। सोचा यह सभी मेरा है और ये लोग मेरे ही राज्य में आ पहुँचे हैं। इन्हें किसी प्रकार के सुख से वंचित नहीं करना है...मुग़ल अपने देश में लौटकर उसके आतिथ्य और राजावत् उदारता और दानशीलता की बहुत प्रशंसा करेंगे; कहेंगे, 'त्रिपुरा का राजा कोई छोटा-मोटा राजा नहीं है।' मुग़ल सैनिकों में अपने को प्रसिद्ध करने के लिए वह हमेशा उत्सुक रहता है। उन लोगों के द्वारा किसी प्रकार की श्रुति-मधुर बातचीत करने से वह एकदम पिघल जाता है। हमेशा डर बना रहता है कि कहीं किसी प्रकार की बदनामी का कारण न घट जाए!

रघुपति ने आकर कहा, ''महाराज, युद्ध की तो कोई तैयारी दिखाई नहीं पड़ रही है।''

नक्षत्रराय ने कहा, ''नहीं ठाकुर, भयभीत हो गया है।''

कहते हुए ठठाकर हँसने लगा।

रघुपति ने हँसने का विशेष कोई कारण नहीं देखा लेकिन फिर भी हँसा।

नक्षत्रराय ने कहा, ''नक्षत्रराय नवाब के सैनिक लेकर आ रहा है। बहुत आसान मामला नहीं है।''

रघुपति ने कहा, ''देखूँ, इस बार कौन किसे निर्वासन में भेजता है! कैसे?''

नक्षत्रराय ने कहा, ''मैं चाहूँ तो निर्वासन का दंड दे सकता हूँ, कारागार में भी बन्दी कर सकता हूँ...वध की आज्ञा भी दे सकता हूँ। अभी निश्चित नहीं किया है, कौन सा करूँगा।''

कहकर भारी जानकार की मुद्रा में बहुत विवेचना करने लगा।

रघुपति ने कहा, ''महाराज, इतना मत सोचिए। अभी काफी समय है। किन्तु मुझे भय हो रहा है, गोविन्द माणिक्य युद्ध किए बिना ही आपको पराजित कर देंगे।''

नक्षत्रराय ने कहा, ''वह कैसे होगा?''

रघुपति ने कहा, ''गोविन्द माणिक्य सैनिकों को आड़ में रखकर भारी भ्रातृ-स्नेह दिखाएँगे। गले लगाकर कहेंगे–मेरे छोटे भाई, आओ घर आओ, दूध-मलाई खाओ। महाराज रोकर कहेंगे–जो आज्ञा, मैं अभी चल रहा हूँ। अधिक विलम्ब नहीं होगा। कहकर नागरा जूता पैरों में डालकर बड़े भाई के पीछे-पीछे छोटे भाई सिर झुकाए टट्टू घोड़े की तरह चल देंगे। बादशाह की मुग़ल फ़ौज तमाशा देखकर हँसते हुए घर लौट जाएगी।''

नक्षत्रराय रघुपति के मुँह से यह पैना व्यंग्य सुनकर बहुत दुखी हो गया। थोड़ा हँसने की निष्फल चेष्टा करके बोला, ''मुझे उन्होंने क्या बच्चा समझा है, जो इस तरह से बहकाएँगे! उसका कोई मौक़ा नहीं आएगा। वह नहीं होगा ठाकुर। देख लेना।''

उसी दिन गोविन्द माणिक्य की चिट्ठी आ पहुँची। उसे रघुपति ने खोल लिया। राजा ने अत्यन्त स्नेह प्रकट करके साक्षात् प्रार्थना की है। चिट्ठी नक्षत्रराय को नहीं दिखाई। दूत से कह दिया, ''गोविन्द माणिक्य को कष्ट उठाकर इतनी दूर आने की आवश्यकता नहीं है। महाराज नक्षत्रमाणिक्य सैनिक और तलवार लेकर शीघ्र ही उनके साथ भेंट करेंगे। गोविन्द माणिक्य इस अल्प अवधि में प्रिय भाई के विरह में अधिक व्याकुल न हों। आठ बरस का निर्वासन होने पर इसकी अपेक्षा और अधिक समय के अलगाव की सम्भावना थी।''

रघुपति ने नक्षत्रराय के पास जाकर कहा, ''गोविन्द माणिक्य ने निर्वासित छोटे भाई को एक अत्यन्त स्नेहपूर्ण चिट्ठी लिखी है।''

नक्षत्रराय परम उपेक्षा का दिखावा करते हुए हँसकर बोला, ''सचमुच क्या! कैसी चिट्ठी? देखूँ तो कहाँ है?'' बोलकर हाथ बढ़ा दिया।

रघुपति ने कहा, ''मैंने वह चिट्ठी महाराज को दिखाना आवश्यक नहीं समझा। इसीलिए उसी समय फाड़कर फेंक दी। कह दिया, युद्ध के अलावा इसका और कोई उत्तर नहीं है।''

नक्षत्रराय हँसते-हँसते बोला, "बहुत अच्छा किया ठाकुर। तुमने कह दिया, युद्ध के अलावा और कोई उत्तर नहीं है? सही उत्तर दिया है।"

रघुपति ने कहा, "गोविन्द माणिक्य उत्तर सुनकर सोचेगा, जब निर्वासन दिया था, तब तो भाई बड़ी सहजता से चला गया था लेकिन वही भाई घर लौटते समय कम गड़बड़ नहीं कर रहा है।"

नक्षत्रराय ने कहा, "सोचेंगे, भाई बड़ा सरल आदमी नहीं है। मन में आते ही जिसको जब इच्छा हो, निर्वासन दे देगा और जब इच्छा हो, बुला लेगा, वह होनेवाला नहीं है।"

कहते हुए अत्यधिक आनन्द में दूसरी बार हँसने लगा।

पैंतीसवाँ परिच्छेद

गोविन्द माणिक्य नक्षत्रराय का उत्तर सुनकर बहुत मर्माहत हुए। बिलवन ने सोचा–शायद महाराज अब आपत्ति प्रकट नहीं करेंगे। किन्तु गोविन्द माणिक्य बोले, "यह बात कभी भी नक्षत्रराय की नहीं हो सकती। यह उसी पुरोहित ने कहला भेजी है। नक्षत्रराय के मुँह से कभी भी ऐसी बात नहीं निकल सकती।"

बिलवन ने कहा, "महाराज, अब क्या उपाय सोचा है?"

राजा ने कहा, "अगर मैं किसी प्रकार एक बार नक्षत्रराय से मिल सकूँ, तो सारा मामला सुलझा सकता हूँ।"

बिलवन ने कहा, "और यदि मिलना न हो सके?"

राजा–"वैसा होने पर मैं राज्य छोड़कर चला जाऊँगा।"

बिलवन ने कहा, "अच्छा, मैं एक बार कोशिश करके देखता हूँ।"

पहाड़ के ऊपर नक्षत्रराय का शिविर। घना जंगल। बाँस-वन, बेंत-वन, टाँटल-वन। नाना प्रकार के लता-गुल्मों से ढकी धरती। सैनिक जंगली हाथियों के चलनेवाले मार्ग का अनुसरण करके शिखर पर चढ़ गए। अपराह्ण है। सूर्य पहाड़ के पश्चिमी भाग में ढुलक गया है। पूर्व दिशा में अन्धकार हो गया है। गोधूलि की छाया और वृक्षों की छाया के मिल जाने से जंगल में असमय सन्ध्या उतर आई है। शीतकालीन सन्ध्या के समय भूमितल से कुहासे के समान वाष्प उठ रही है। झिल्ली की झनकार से निस्तब्ध वन मुखरित हो उठा है। बिलवन के शिविर में पहुँचते-पहुँचते सूर्य पूरी तरह अस्ताचल को चला गया किन्तु पश्चिमी आकाश में स्वर्ण-रेख विलीन नहीं हुई। पश्चिम की ओर वाली समतल घाटी में स्वर्णच्छाया रंजित सघन वन निस्तब्ध हरे समुद्र के समान दिखाई पड़ रहा है। सैनिक कल सुबह कूच करेंगे। रघुपति एक झुंड सैनिक और सेनापति को साथ लेकर मार्ग की खोज

में बाहर गया है, अभी लौटा नहीं है। यद्यपि रघुपति के संज्ञान में आए बिना किसी आदमी का नक्षत्रराय के पास आना मना था, तब भी संन्यासी वेशधारी बिलवन को किसी ने नहीं रोका।

बिलवन ने नक्षत्रराय के पास जाकर कहा, ''महाराज गोविन्द माणिक्य ने आपको याद किया है और पत्र लिखा है।'' कहते हुए पत्र नक्षत्रराय के हाथ में थमा दिया। नक्षत्रराय ने काँपते हाथों से वह पत्र ले लिया। पत्र खोलते हुए उसे लज्जा और भय होने लगा। जितनी देर रघुपति गोविन्द माणिक्य और उसके मध्य आड़ बना खड़ा रहता है, उतनी देर नक्षत्रराय बहुत निश्चिन्त रहता है। वह किसी भी तरह मानो गोविन्द माणिक्य को देखना नहीं चाहता। गोविन्द माणिक्य के इस दूत के एकदम से नक्षत्रराय के सम्मुख आ खड़े होते ही नक्षत्रराय जैसे किस तरह कुंठित हो गया, वह मन-ही-मन थोड़ा असन्तुष्ट भी हुआ। इच्छा होने लगी-अगर रघुपति मौजूद रहता और इस दूत को उसके पास आने न देता! मन में बहुत इधर-उधर करने के बाद पत्र खोला।

उसमें ज़रा भी भर्त्सना नहीं थी। गोविन्द माणिक्य ने उसे लज्जित करनेवाली एक बात भी नहीं कही। भाई के प्रति ज़रा भी नाराज़ी प्रकट नहीं की। नक्षत्रराय जो सैनिक-सामन्त लेकर उन पर आक्रमण करने आया है, उस बात का उल्लेख तक नहीं किया। पूर्व में दोनों के बीच जैसा प्रेम था, मानो अभी भी अविकल वही प्रेम है। और भी, पूरे पत्र में एक सुगम्भीर स्नेह और विषाद छिपा हुआ है...वह किसी साफ़ बात के द्वारा व्यक्त न होने के कारण नक्षत्रराय के हृदय को बहुत चोट पहुँची।

चिट्ठी पढ़ते-पढ़ते उसके चेहरे के भाव धीरे-धीरे बदलने लगे। देखते-देखते हृदय का पाषाणी-आवरण विदीर्ण हो गया। उसके कम्पायमान हाथ में चिट्ठी भी काँपने लगी। उस चिट्ठी को कुछ देर तक मस्तक से लगाए रखा। उस चिट्ठी में भाई का जो आशीर्वाद था, वह मानो शीतल निर्झर की भाँति उसके तप्त हृदय में झरने लगा। बहुत देर तक निश्चल होकर सुदूर पश्चिम में सन्ध्या-राग-रक्त श्यामल वन-भूमि की ओर निर्निमेष दृष्टि से देखता रहा। चारों ओर निस्तब्ध सन्ध्या अतल स्पर्शी, शब्दहीन, शान्त समुद्र के समान जागती रही। धीरे-धीरे उसकी आँखों में नमी दिखाई देने लगी, फिर तेज़ी से आँसू बहने लगे। सहसा नक्षत्रराय ने लज्जा और पश्चात्ताप में दोनों हाथों से चेहरा ढक लिया।

रोते हुए बोला, ''मुझे यह राज्य नहीं चाहिए। भैया, मेरा सारा अपराध क्षमा करके मुझे अपने चरणों में स्थान दीजिए, मुझे अपने साथ रख लीजिए, मुझे दूर मत भगाइए।''

बिलवन ने एक बात भी नहीं कही...आर्द्र हृदय से चुपचाप बैठा देखता रहा। अन्ततः जब नक्षत्रराय शान्त हुआ, तब बिलवन बोला, "युवराज, गोविद माणिक्य आपकी राह देखते बैठे हैं, और विलम्ब मत कीजिए।"

नक्षत्रराय ने पूछा, "क्या वे मुझे क्षमा कर देंगे?"

बिलवन ने कहा, "वे युवराज पर तनिक भी क्रोधित नहीं हैं। अधिक रात हो जाने पर मार्ग में परेशानी होगी। शीघ्र ही एक अश्व लीजिए। पर्वत के नीचे महाराज के आदमी प्रतीक्षा कर रहे हैं।"

नक्षत्रराय ने कहा, "मैं गुप्त रूप से पलायन करता हूँ, सैनिकों को कुछ बताने की आवश्यकता नहीं है। और तिल भर देर करना उचित नहीं, जितनी जल्दी यहाँ से निकल चला जाए, उतना ही अच्छा है।"

बिलवन ने कहा, "सही बात है।"

"तिनमुड़ा पहाड़ पर संन्यासी के साथ शिवलिंग-पूजा हेतु जा रहा है," कहकर नक्षत्रराय बिलवन के साथ घोड़े पर चढ़कर चल पड़ा। अनुचरों ने साथ जाना चाहा, किन्तु उन्हें मना कर दिया।

बाहर निकले ही थे कि उसी समय घोड़ों के खुरों की आवाज़ और सैनिकों का कोलाहल सुनाई पड़ा। नक्षत्रराय एकदम से सकपका गया। देखते-देखते रघुपति सैनिक लेकर लौट आया। आश्चर्यचकित होकर कहा, "महाराज, कहाँ जा रहे हैं?"

नक्षत्रराय कोई उत्तर नहीं दे पाया। उसे निरुत्तर देखकर बिलवन ने कहा, "महाराज गोविन्द माणिक्य के साथ भेंट करने जा रहे हैं।"

रघुपति ने एक बार बिलवन का आपादमस्तक निरीक्षण किया, एक बार भौंहें सिकोड़ीं, उसके बाद आत्म-संवरण करते हुए कहा, "आज ऐसे असमय हम अपने महाराज को विदा नहीं कर सकते। परेशान होने का तो कोई कारण नहीं है। कल प्रातःकाल जाने में भी कोई बात नहीं है। क्या कहते हैं महाराज?"

नक्षत्रराय ने धीमी आवाज़ में कहा, "कल प्रातः ही जाऊँगा, आज रात हो गई है।"

बिलवन ने निराश होकर वह रात शिविर में ही व्यतीत की। अगले दिन सुबह नक्षत्रराय के पास जाने की कोशिश की, सैनिकों ने रोक दिया। देखा, चारों ओर पहरा है, कहीं कोई अवकाश नहीं। अन्त में रघुपति के पास जाकर कहा, "चलने का समय हो गया है, युवराज को सूचित कीजिए।"

रघुपति ने कहा, "महाराज ने न जाने का निश्चय किया है।"

बिलवन ने कहा, "मैं एक बार उनसे भेंट करना चाहता हूँ।"

रघुपति–"भेंट नहीं होगी, उन्होंने कह दिया है।"

बिलवन, "महाराज गोविन्द माणिक्य के पत्र का उत्तर चाहिए।"

रघुपति–"पत्र का उत्तर इसके पहले एक बार और दिया जा चुका है।"

बिलवन–"मैं उनके अपने मुँह से उत्तर सुनना चाहता हूँ।"

रघुपति–"उसका कोई उपाय नहीं है।"

बिलवन समझ गया, कोशिश करना बेकार है; केवल समय और बातों का व्यय। जाते समय रघुपति से कह गया, "ब्राह्मण, तुम यह कैसा सर्वनाश करने में जुट गए हो! यह तो ब्राह्मण का काम नहीं है।"

छत्तीसवाँ परिच्छेद

बिलवन ने लौटकर देखा, इस बीच राजा ने कुकियों को विदा कर दिया है, उन्होंने राज्य में उपद्रव आरम्भ कर दिया था। सैनिकों के दल को लगभग भंग कर दिया है। युद्ध की कोई विशेष तैयारी नहीं है। बिलवन ने लौटकर राजा को सारा विवरण कह सुनाया।

राजा ने कहा, "तो ठाकुर, मैं विदा लेता हूँ। राज्य-धन नक्षत्रराय के लिए छोड़ चला।"

बिलवन ने कहा, "असहाय प्रजा को दूसरे के हाथों में छोड़कर आप पलायन कर जाएँगे, यह सोचकर मैं किसी भी प्रकार प्रसन्न मन से विदा नहीं कर सकता महाराज! विमाता के हाथों में पुत्र को सौंपकर भारमुक्त के समान शान्ति प्राप्त कर पाए, क्या ऐसी कल्पना की जा सकती है?"

राजा बोले, "ठाकुर, तुम्हारे वाक्य बींधते हुए मेरे हृदय में प्रवेश कर रहे हैं, अब मुझे क्षमा करो, मुझे और अधिक कुछ मत कहो। मुझे विचलित करने की चेष्टा मत करो। तुम्हें पता है ठाकुर, मैंने मन-ही-मन प्रतिज्ञा की थी कि रक्तपात नहीं करूँगा; मैं उस प्रतिज्ञा को नहीं तोड़ सकता।"

बिलवन ने कहा, "तब, महाराज अब क्या करेंगे?"

राजा बोले, "तुमसे सब कुछ बताता हूँ। मैं ध्रुव को साथ लेकर वन में जाऊँगा। ठाकुर, मेरा जीवन नितान्त अधूरा रह गया है। मन में जो सोचा था, उसका कुछ भी नहीं कर पाया...जीवन का जितना चला गया है, उसे वापस पाकर और नए सिरे से निर्मित नहीं कर पाऊँगा...ठाकुर, मुझे लग रहा है, भाग्य ने हम लोगों को तीर के समान छोड़ दिया है, अगर एक बार लक्ष्य से तनिक भी इधर-उधर हुए, तो हज़ार कोशिशें करने पर भी लक्ष्य की ओर नहीं लौट सकते।

जीवन के प्रारम्भ में वही जो मैं भटक गया हूँ, अब जीवन के अन्त में लक्ष्य को नहीं खोज पा रहा हूँ। जो सोचता हूँ, वह नहीं होता। जिस समय जागकर आत्म-रक्षा कर पाता उस समय जागा नहीं, जब डूब रहा हूँ तब चेतना हुई है। जैसे लोग समुद्र में डूबते समय लकड़ी के टुकड़े का सहारा लेते हैं, उसी तरह मैंने बालक ध्रुव का सहारा लिया है। मैं ध्रुव में आत्म-समाधान खोजकर ध्रुव में ही पुनर्जन्म प्राप्त करूँगा। मैं शुरू से ही पालते-पोसते हुए ध्रुव का निर्माण करूँगा। ध्रुव के संग तिल-तिल मेरा भी विकास होता रहेगा। अपना मनुष्य-जन्म सम्पूर्ण बनाऊँगा। ठाकुर, मैं तो मनुष्य होने लायक ही नहीं हूँ, मैं राजा बनकर क्या करूँगा!''

राजा ने अन्तिम बात बड़े भावावेश के साथ कही...सुनकर ध्रुव राजा के घुटनों पर अपना सिर रगड़ते-रगड़ते बोला, ''आमि आजा।''

बिलवन ने हँसते हुए ध्रुव को गोद में उठा लिया। बहुत देर तक उसके मुँह की ओर देखते हुए अन्त में राजा से कहा, ''वन में क्या कभी मनुष्य का निर्माण किया जाता है? वन में केवल एक पौधे को पाल-पोसकर बड़ा किया जा सकता है। मनुष्य मानव-समाज में ही निर्मित होता है।''

राजा बोले, ''मैं एकदम से वनवासी नहीं बन जाऊँगा, मनुष्य-समाज से बस थोड़ा-सा दूर रहूँगा किन्तु समाज के साथ सारा सम्बन्ध तोड़ नहीं डालूँगा। यह मात्र थोड़े से दिनों के लिए।''

इधर नक्षत्रराय सैन्य सहित राजधानी के निकट आ पहुँचा। प्रजा के धन-धान्य की लूट होने लगी। प्रजाजन केवल गोविन्द माणिक्य को ही शाप देने लगे। कहने लगे, ''यह सब केवल राजा के पाप के चलते ही घट रहा है।''

राजा ने एक बार रघुपति से मिलना चाहा। रघुपति के आने पर उससे बोले, ''प्रजा को और क्यों कष्ट पहुँचा रहे हो? मैं नक्षत्रराय के लिए राज्य छोड़कर जा रहा हूँ। अपने मुग़ल सैनिकों को विदा कर दो।''

रघुपति ने कहा, ''जो आज्ञा, आपके विदा होते ही मैं मुग़ल सैनिकों को विदा कर दूँगा...त्रिपुरा को लूटा जाए, ऐसी मेरी इच्छा नहीं है।''

राजा ने उसी दिन राज्य छोड़कर जाने की तैयारी कर ली, उन्होंने राज-वेश त्याग दिया, गेरुए वस्त्र धारण कर लिये। नक्षत्रराय को राजा के समस्त कर्तव्यों की याद दिलाते हुए एक लम्बा आशीर्वाद-पत्र लिखा।

अन्त में राजा ध्रुव को गोद में उठाकर बोले, ''ध्रुव, मेरे साथ वन में चलेगा बेटा?''

ध्रुव ने तत्क्षण राजा के गले से लिपटते हुए कहा, ''चलूँगा।''

उसी समय राजा को अचानक याद आया, ध्रुव को साथ ले जाने के लिए उसके चाचा केदारेश्वर की सम्मति आवश्यक है। राजा ने केदारेश्वर को बुलाकर कहा, ''केदारेश्वर, तुम्हारी सम्मति हो तो मैं ध्रुव को अपने साथ ले जाऊँ!''

ध्रुव दिन-रात राजा के पास ही रहता था, उसके चाचा के साथ उसका कोई बड़ा सम्बन्ध नहीं था। लगता है, इसीलिए राजा के मन में कभी नहीं आया कि ध्रुव को साथ ले जाने में केदारेश्वर को कोई आपत्ति हो सकती है।

राजा की बात सुनकर केदारेश्वर ने कहा, ''मैं ऐसा नहीं कर सकूँगा महाराज।''

सुनकर राजा चौंक गए। उन पर सहसा वज्राघात हुआ। थोड़ी देर चुप रहने के बाद बोले, ''केदारेश्वर, तुम भी हम लोगों के साथ चलो।''

केदारेश्वर-नहीं महाराज, वन में नहीं जा पाऊँगा।

राजा ने कातर होकर कहा, ''मैं वन में नहीं जाऊँगा; मैं जन-धन लेकर नगर में ही रहूँगा।''

केदारेश्वर ने कहा, ''मैं देश छोड़कर नहीं जा सकता।''

राजा ने कुछ न कहकर दीर्घ निश्वास छोड़ा। उनकी सारी आशा मृतप्राय हो गई। मानो, क्षण भर में सम्पूर्ण धरती का चेहरा बदल गया। ध्रुव अपने खेल में डूबा था...बहुत देर उसकी तरफ देखते रहे किन्तु उसे जैसे आँखों से देख नहीं पाए। ध्रुव उनके कपड़े का किनारा पकड़कर खींचते हुए बोला, ''खेलो।''

राजा का सम्पूर्ण हृदय विगलित होकर आँसुओं के रूप में आँखों की कोरों में आ गया, बड़े कष्ट से आँसुओं का दमन किया। मुँह फेरकर टूटे हुए हृदय से कहा, ''तब ध्रुव रहे, मैं अकेला ही चलता हूँ।''

मानो, क्षण भर में शेष जीवन का मरुमय-पथ तड़ितालोक में उनके चक्षु-तारकों पर अंकित हो गया।

केदारेश्वर ध्रुव का खेल रोककर उससे बोला, ''आ, मेरे साथ चल।''

कहते हुए उसका हाथ पकड़कर खींचा। ध्रुव क्रन्दन भरे स्वर में बोल उठा, ''नहीं।''

राजा ने चकित होकर ध्रुव की ओर घूमकर देखा। ध्रुव ने दौड़कर राजा को कसकर पकड़ते हुए जल्दी से उनके घुटनों में सिर छिपा लिया। राजा ने ध्रुव को गोद में उठाकर उसे छाती में भींच लिया। विशाल हृदय विदीर्ण होना चाहता था,

छोटे-से ध्रुव को छाती में भींचकर हृदय को नियंत्रित किया। ध्रुव को उसी अवस्था में गोद में लिये वे विशाल कक्ष में टहलने लगे। ध्रुव कन्धे पर सिर टिकाए एकदम स्थिर पड़ा रहा।

अन्ततः चलने का समय हो गया। ध्रुव राजा की गोद में सोया पड़ा है। सोते हुए ध्रुव को धीरे-धीरे केदारेश्वर के हाथों में सौंपकर राजा यात्रा पर निकल पड़े।

सैंतीसवाँ परिच्छेद

नक्षत्रराय ने सैन्य-सामन्तों के साथ पूर्व के द्वार से राजधानी में प्रवेश किया, थोड़ा-सा धन और कुछेक अनुचर लेकर गोविन्द माणिक्य ने पश्चिम वाले द्वार से यात्रा प्रारम्भ की। नगर के लोगों ने बाँसुरी फूँककर ढाक ढोल बजाकर हुलुध्वनि और शंखध्वनि के साथ नक्षत्रराय की अगवानी की। गोविन्द माणिक्य जिस मार्ग से घोड़े पर चढ़कर जा रहे थे, उस मार्ग पर किसी ने भी उनके प्रति सम्मान प्रदर्शित करना आवश्यक नहीं समझा। दोनों ओर की झोंपड़ियों में रहनेवाली स्त्रियाँ उन्हें सुना-सुनाकर गालियाँ देने लगीं, भूख और भूखे बच्चों के रुदन से उन लोगों की जिह्वा तीखी हो गई थी। परसों भारी दुर्भिक्ष के समय जिस बूढ़ी ने राज-द्वार पर जाकर भोजन पाया था और जिसे राजा ने स्वयं सान्त्वना दी थी, वही अपने दुर्बल हाथ उठाकर राजा को शाप देने लगी। बालक माओं से सीख पाकर उपहास उड़ाते हुल्लड़ मचाते राजा के पीछे-पीछे चलने लगे।

राजा दाएँ-बाएँ किसी ओर दृष्टिपात न करके सामने देखते हुए धीरे-धीरे चलने लगे। एक जूमिया खेत से आ रहा था, उसने राजा को देखकर भक्तिभाव से प्रणाम किया। राजा का हृदय भर आया। उन्होंने उसके निकट जाकर स्नेह व्याकुल स्वर में विदा प्रार्थना की। केवल इसी एक जूमिया ने उनके प्रजा-सन्तान-समुदाय की ओर से उनके राजत्व के अवसान की वेला में उन्हें भक्ति भरे उदास हृदय के साथ विदा किया। बालकों के झुंड को राजा के पीछे हुल्लड़ मचाते देख वह अत्यधिक क्रोधित होकर उन्हें भगाने दौड़ा। राजा ने उसे रोक दिया।

अन्त में, मार्ग में जिस जगह केदारेश्वर की झोंपड़ी थी, राजा वहाँ जा पहुँचे। उस समय एक बार दाहिने घूमकर देखा। आज जाड़े की सुबह है। कुहासा छँटकर सूर्य की किरणें दिखाई पड़ रही हैं। झोंपड़ी की ओर देखते ही राजा को पिछले

बरस के आषाढ़ महीने की एक सुबह याद आई। घने बादल, घनी बारिश। दूज के क्षीण चन्द्र के समान बालिका हासि चेतनाहीन होकर बिस्तर के कोने में दुबकी सो रही है। छोटा ताता कुछ भी न समझ पाने के कारण कभी दीदी के आँचल का किनारा मुँह में दबाकर दीदी को देख रहा है, कभी अपने गोल-गोल, छोटे-छोटे, मोटे-मोटे हाथों से आहिस्ता-आहिस्ता दीदी के गाल थपथपा रहा है। आज का यह अगहन महीने का ओस भीगा उजला प्रातःकाल उसी आषाढ़ के मेघाच्छन्न प्रभात में छिपा था। राजा को क्या लगा कि जो भाग्य आज उन्हें राज्यहीन और अपमानित करके महल से विदा किए दे रहा है, वही भाग्य इस छोटी-सी झोंपड़ी के द्वार पर उसी आषाढ़ के धुँधले प्रातःकाल में उनकी प्रतीक्षा करता बैठा था? यहीं उसके साथ पहली भेंट हुई थी। राजा कुछ देर तक इस झोंपड़ी के सामने अन्यमनस्क भाव से खड़े रहे। उस समय मार्ग में उनके अनुचरों के अलावा कोई नहीं था। जूमिया के दौड़ाने पर बालक भाग गए थे लेकिन उसके दूर जाते ही वे फिर से आ धमके, उनके हुड़दंग से चेतना लौटने से राजा निश्वास छोड़कर फिर से चलने लगे।

सहसा बालकों के शोर-शराबे के बीच एक सुमधुर परिचित स्वर उनके कानों में पड़ा। देखा, छोटा-सा ध्रुव दोनों हाथ उठाए हँसते-हँसते अपने छोटे-छोटे पैरों से उनकी ओर दौड़ा चला आ रहा है। केदारेश्वर पहले ही नए राजा के प्रति सम्मान प्रदर्शित करने चला गया है, झोंपड़ी में केवल ध्रुव और एक बूढ़ी परिचारिका थी। गोविन्द माणिक्य घोड़ा रोककर उससे उतर पड़े। ध्रुव दौड़कर खिल्-खिल् करके हँसते हुए उनके ऊपर उछल पड़ा; वह उनके कपड़े पकड़कर खींचकर, उनके घुटनों में मुँह छिपाकर, अपने प्रथम आनन्द के उच्छ्वास का अवसान हो जाने के बाद गम्भीर होकर राजा से बोला, "आमि टक् टक् चो'बो।"

राजा ने उसे घोड़े पर चढ़ा दिया। घोड़े पर चढ़कर वह राजा के गले से लिपट गया और अपने कोमल कपोल को राजा के कपोल से सटा दिया। ध्रुव अपनी बाल-बुद्धि से राजा के भीतर एक परिवर्तन अनुभव करने लगा। जैसे लोग गहरी नींद से जगाने के लिए नाना प्रकार की चेष्टाएँ करते हैं, उसी तरह ध्रुव ने उनके साथ खींचातानी करके, उनसे लिपटकर, उन्हें चूमकर किसी प्रकार उन्हें पहले वाली स्थिति में ले आने की अनेक चेष्टाएँ कीं। अन्ततः असफल होकर मुँह में दो अँगुलियाँ डालकर बैठा रहा। राजा ने ध्रुव का मनोभाव समझकर उसे बारम्बार चूमा।

अन्त में कहा, "ध्रुव, तब मैं चलूँ!"

ध्रुव राजा के चेहरे की ओर देखकर बोला, "मैं चलूँगा।"

राजा ने कहा, "तुम कहाँ चलोगे, तुम अपने चाचा के पास रहो।"

ध्रुव बोला, "नहीं, मैं चलूँगा।"

उसी समय झोंपड़ी से वृद्धा परिचारिका बिड़्-बिड़् करके डाँटते-फटकारते आ पहुँची; जल्दी से ध्रुव का हाथ पकड़कर खींचते हुए बोली, ''चल।''

ध्रुव भयभीत होकर बलपूर्वक दोनों हाथों से राजा को पकड़कर उनकी छाती में मुँह छिपाए रहा। राजा ने दुखी होकर सोचा–वक्ष की शिराएँ खींचकर फाड़कर फेंकी जा सकती हैं परन्तु इन दो हाथों का बन्धन क्या तोड़ा जा सकता है! लेकिन उसे भी तोड़ना पड़ा। आहिस्ता-आहिस्ता ध्रुव के दोनों हाथ खोलकर उसे ज़बर्दस्ती परिचारिका के हाथों में पकड़ा दिया। ध्रुव पूरी शक्ति से रोने लगा; हाथ फैलाकर बोला, ''पिताजी, मैं चलूँगा।'' राजा ने और पीछे न देखकर तेज़ी से घोड़े पर चढ़कर उसे एड़ लगा दी। जितनी भी दूर गए, ध्रुव का आकुल-क्रन्दन सुनाई पड़ता रहा, ध्रुव अपने दोनों हाथ फैलाए कहता रहा, ''पिताजी, मैं चलूँगा।'' अन्त में राजा की प्रशान्त आँखों से आँसू बहने लगे। उन्हें पथ-घाट सब कुछ दिखाई देना बन्द हो गया। सूर्यालोक और सम्पूर्ण संसार मानो आँसुओं के जल से ढक गया। घोड़े की जिधर इच्छा हुई, उसी ओर दौड़ने लगा।

मार्ग में एक स्थान पर मुग़ल सैनिकों का एक दल राजा की ओर संकेत करके हँसने लगा, यहाँ तक कि उनके अनुचरों का भी थोड़ा कठोर उपहास आरम्भ कर दिया। राजा का एक सभासद घोड़े पर चढ़ा जा रहा था, वह इस दृश्य को देखकर दौड़ा हुआ राजा के निकट आया। बोला, ''महाराज, यह अपमान और सहन नहीं होता। महाराज को इस दीन वेश में देखकर इन लोगों का ऐसा साहस हो रहा है। यह लीजिए तलवार, यह लीजिए पगड़ी। महाराज थोड़ी प्रतीक्षा कीजिए, मैं अपने साथियों को लाकर ज़रा इन बर्बरों की खबर लेता हूँ।''

राजा ने कहा, ''नहीं नयनराय, मुझे तलवार-पगड़ी की आवश्यकता नहीं है। ये लोग मेरा क्या बिगाड़ लेंगे? मैं अब इसकी अपेक्षा बहुत भारी अपमान सहन कर सकता हूँ। नंगी तलवार उठाकर मैं इस संसार में लोगों से और सम्मान प्राप्त करना नहीं चाहता। जिस प्रकार संसार में सर्वसाधारण अच्छे समय, बुरे समय में मान-अपमान, सुख-दुख सहन करते रहते हैं, मैं भी जगदीश्वर का मुँह ताकते हुए उसी प्रकार सहन करूँगा। मित्र विरोधी बन गए हैं, आश्रित कृतघ्न हो गए हैं, नम्र दुर्विनीत हो उठे हैं, शायद एक समय यह मुझे असहनीय होता, परन्तु अब मैं इसे सहन करके ही हृदय में आनन्द लाभ कर रहा हूँ। जो मेरे मित्र हैं, उन्हें मैं जान गया हूँ। जाओ नयनराय, तुम लौट जाओ, नक्षत्र को आदर के साथ निमन्त्रित कर लाओ, जिस प्रकार मेरा सम्मान करते थे, उसी प्रकार नक्षत्र का भी सम्मान करना। तुम सब लोग मिलकर नक्षत्र को सदैव सुमार्ग और प्रजा के कल्याण में लगाए रखना, विदा के समय तुम लोगों से मेरी यही प्रार्थना है। देखना, कभी भूल से भी मेरी

बात का उल्लेख करके अथवा मेरे साथ तुलना करके उसकी तिल भर निन्दा मत करना। तो मैं विदा होता हूँ।''

कहकर राजा अपने सभासद से गले मिलकर आगे बढ़ गए, सभासद उन्हें प्रणाम करके आँसू पोंछते हुए चला गया।

जब गोमती के किनारे वाले ऊँचे पहाड़ के निकट पहुँचे, तो बिलवन ठाकुर अरण्य से बाहर निकलकर उनके सम्मुख आकर अंजलि उठाकर बोला, ''जय हो।''

राजा ने घोड़े से उतरकर उसे प्रणाम किया।

बिलवन ने कहा, ''मैं आपसे विदा लेने आया हूँ।''

राजा बोले, ''ठाकुर, तुम नक्षत्र के पास रहकर उसे सत्परामर्श दो। राज्य का हित साधन करो।''

बिलवन ने कहा, ''नहीं। जहाँ आप राजा नहीं हैं, वहाँ मैं अकर्मण्य हूँ। यहाँ रहकर मैं और कोई कार्य नहीं कर पाऊँगा।''

राजा ने कहा, ''तब, कहाँ जाओगे ठाकुर? तब मुझ पर दया करो, तुम्हें पाकर मैं दुर्बल हृदय में बल प्राप्त करता हूँ।''

बिलवन ने कहा, ''मेरी कहाँ आवश्यकता है, मैं इसी की खोज में निकला हूँ। मैं निकट रहूँ अथवा दूर, आपके प्रति मेरा प्रेम कभी विच्छिन्न नहीं होगा, जान लीजिए। लेकिन आपके साथ वन में जाकर मैं क्या करूँगा?''

राजा कोमल स्वर में बोले, ''तो मैं विदा होता हूँ।''

कहते हुए दूसरी बार प्रणाम किया। बिलवन एक ओर चला गया, राजा दूसरी ओर बढ़ गए।

अड़तीसवाँ परिच्छेद

नक्षत्रराय ने छत्रमाणिक्य नाम धारण करके विशाल समारोह में राजपद ग्रहण किया। राजकोष में अधिक धन नहीं था। प्रजाजनों का सर्वस्व छीनकर वायदे के अनुसार धन देकर मुग़ल-सैनिकों को विदा करना पड़ा। छत्रमाणिक्य घोरतर दुर्भिक्ष और दारिद्र्य के साथ शासन करने लगा। चारों ओर से अभिशाप और क्रन्दन की वर्षा होने लगी।

जिस सिंहासन पर गोविन्द माणिक्य बैठते थे, जिस शय्या पर गोविन्द माणिक्य शयन करते थे, जो सब लोग गोविन्द माणिक्य के प्रिय सहचर थे, वे जैसे रात-दिन चुपचाप छत्रमाणिक्य की भर्त्सना करने लगे। यह धीरे-धीरे छत्रमाणिक्य को असहनीय लगने लगा। उसने गोविन्द माणिक्य से जुड़े समस्त चिह्नों को अपनी आँखों के सामने से हटाना शुरू कर दिया। गोविन्द माणिक्य द्वारा व्यवहार की जानेवाली सामग्री नष्ट करके फेंक दी और उनके प्रिय अनुचरों को भगा दिया। वह गोविन्द माणिक्य की नाम-गन्ध ज़रा भी सहन नहीं कर पाता था। गोविन्द माणिक्य का कोई उल्लेख होते ही उसे लगता था, सभी उसे ही लक्ष्य करके यह उल्लेख कर रहे हैं। हमेशा लगता रहता, सभी राजा के रूप में उसे पर्याप्त सम्मान नहीं दे रहे हैं; इसी कारण अचानक अकारण ग़ुस्सा हो उठता था, सभासदों को बहुत परेशान रहना पड़ता था।

वह राज-कार्य ज़रा भी नहीं समझता था; किन्तु कोई सत्परामर्श देने आता, तो चिढ़कर कहता, "मैं इसे समझता नहीं! क्या मैं तुम्हें मूर्ख लगता हूँ!"

उसे लगता, सिंहासन का अनधिकारी और राज्य का अपहरणकर्ता समझकर मन-ही-मन सभी उसकी अवहेलना कर रहे हैं। इसी कारण वह बलपूर्वक अत्यधिक राजा हो उठा; असंगत आचरण करते हुए सभी जगह अपने एकाधिपत्य

का प्रदर्शन करने लगा। वह जिसे रखना चाहे, रख सकता है, जिसे मारना चाहे, मार सकता है, इसे विशेष रूप से प्रमाणित करने के लिए, जिसे रखना उचित नहीं था, उसे रख लिया...जिसे मारना उचित नहीं था, उसे मार डाला। प्रजा अन्न के अभाव में मर रही है, किन्तु उसके दिन-रात के समारोहों का अन्त नहीं...अहर्निश नृत्य-गीत-वाद्य-भोज। इसके पहले किसी राजा ने सिंहासन पर बैठकर राज्य-शासन के सम्पूर्ण पंखों को फैलाकर ऐसा अपूर्व नृत्य नहीं किया था।

प्रजाजन चारों ओर असन्तोष प्रकट करने लगे...इससे छत्रमाणिक्य अत्यधिक जल-भुन गया; उसने सोचा-यह केवल राजा के प्रति असम्मान का प्रदर्शन है। उसने असन्तोष के दुगुने कारण उत्पन्न करते हुए बलपूर्वक उत्पीड़न करके भय दिखाकर सभी के मुँह बन्द कर दिए, सम्पूर्ण राज्य में निद्रित निशा के समान सन्नाटा छा गया। वही शान्त नक्षत्रराय छत्रमाणिक्य बनकर सहसा इस प्रकार का आचरण करेगा, इसमें आश्चर्य वाली कोई बात नहीं थी। बहुत बार दुर्बल हृदय वाले प्रभुत्व पाने पर इसी तरह प्रचण्ड और स्वेच्छाचारी हो उठते हैं।

रघुपति का काम पूरा हो गया। उसके हृदय में प्रतिहिंसा वृत्ति अन्त तक समान रूप से जगी हुई थी, ऐसा नहीं है। धीरे-धीरे प्रतिहिंसा का भाव मिटाकर, हाथ में लिये काम को सम्पन्न कर डालना ही उसका एकमात्र व्रत हो उठा था। नाना कौशलों से समस्त बाधा-विपत्तियों को पार करके अहर्निश एक उद्देश्य की पूर्ति में लगे रहकर वह एक प्रकार का मादक सुख अनुभव कर रहा था। अन्ततः वह उद्देश्य सिद्ध हो गया। अब संसार में और कहीं भी सुख नहीं।

रघुपति ने अपने मन्दिर में जाकर देखा, वहाँ कोई जन-प्राणी नहीं है। यद्यपि रघुपति अच्छी तरह जानता था कि जयसिंह नहीं है, तब भी मन्दिर में प्रवेश करके मानो दूसरी बार नए सिरे से जाना कि जयसिंह नहीं है। एक-एक बार लगने लगा कि जैसे है, उसके बाद याद आने लगा कि नहीं है। सहसा हवा से किवाड़ खुल गए, उसने चौंकते हुए घूमकर देखा, जयसिंह नहीं आया। जयसिंह जिस कमरे में रहता था, लगा कि उस कमरे में जयसिंह हो भी सकता है...लेकिन बहुत देर तक उस कमरे में प्रवेश नहीं कर पाया, मन में डर लगने लगा कि अगर जाकर देखने पर जयसिंह वहाँ न हुआ!

अन्त में जब गोधूलि के धुँधलके में जंगल की छाया गाढ़ी छाया में मिल गई, तब रघुपति ने धीरे-धीरे जयसिंह के कमरे में प्रवेश किया...शून्य निर्जन कमरा समाधि-भवन के समान निस्तब्ध है। कमरे में एक किनारे लकड़ी का एक सन्दूक और सन्दूक की बगल में जयसिंह के एक जोड़ा खड़ाऊँ धूल में मैले पड़े हैं। दीवार पर जयसिंह के अपने हाथ से आँका गया काली का चित्र है। कमरे के पूरब के

कोने में धातु का एक दीपक धातु के आधार-स्तम्भ पर रखा है, पिछले बरस से इस दीपक को किसी ने नहीं जलाया...वह मकड़ी के जाले से ढक गया है। पास की दीवार पर दीप-शिखा का काला दाग पड़ा हुआ है। कमरे में पूर्वोक्त कुछ चीज़ों के अलावा और कुछ नहीं है। रघुपति ने गहरा दीर्घ निश्वास छोड़ा। वह निश्वास शून्य कक्ष में ध्वनित हो उठा। धीरे-धीरे अन्धकार में और कुछ भी दिखाई देना बन्द हो गया। केवल एक छिपकली बीच-बीच में टिक्-टिक् करने लगी। जाड़े की हवा खुले दरवाज़े से कमरे में आने लगी। रघुपति सन्दूक पर बैठकर काँपने लगा।

इसी प्रकार इस निर्जन मन्दिर में एक माह व्यतीत किया, किन्तु ऐसे अधिक दिन नहीं कटते। पौरोहित्य छोड़ना पड़ा। राज-सभा में पहुँचा। राजकाज में हस्तक्षेप किया। देखा, अन्याय, उत्पीड़न और अव्यवस्था छत्रमाणिक्य के नाम पर शासन कर रहे हैं। उसने राज्य में व्यवस्था स्थापित करने की चेष्टा की। छत्रमाणिक्य को परामर्श देने लगा।

छत्रमाणिक्य चिढ़कर बोला, ''ठाकुर, तुम राज-शासन-कार्य के बारे में क्या जानो? ये सब विषय तुम ज़रा भी नहीं समझते।''

रघुपति राजा का प्रताप देखकर अवाक् रह गया। देखा, वह नक्षत्रराय और नहीं रहा। धीरे-धीरे राजा के साथ रघुपति की खटपट होने लगी। छत्रमाणिक्य ने सोचा-रघुपति केवल यही समझ रहा है कि उसी ने उसे राजा बनाया है। इसीलिए रघुपति को देखने पर उसे असह्य प्रतीत होने लगता।

अन्त में एक दिन साफ़-साफ़ बोला, ''ठाकुर, तुम अपने मन्दिर का काम देखो। राजसभा में तुम्हारी कोई आवश्यकता नहीं है।''

रघुपति ने छत्रमाणिक्य पर जलती हुई तीव्र दृष्टि डाली। छत्रमाणिक्य थोड़ा लज्जित होकर मुँह फेरकर चला गया।

उनतालीसवाँ परिच्छेद

जिस दिन नक्षत्रराय नगर में प्रवेश करता है, उसी दिन केदारेश्वर उससे मिलने जाता है लेकिन बहुत कोशिश करके भी वह उसकी दृष्टि में नहीं पड़ा। सैनिक और प्रहरियों ने उसके साथ धक्का-मुक्की करके, भगाकर, झकझोरकर मुसीबत खड़ी कर दी। अन्त में उसे प्राण बचाकर भागना पड़ता है। गोविन्द माणिक्य के राज्यकाल में वह राज-भोग से परम परितृप्त होकर प्रासाद में निवास करता था, युवराज नक्षत्रराय के साथ उसका विशेष प्रेम भी था। कुछ समय प्रासाद से अलग होकर उसका जीना मुश्किल हो गया है; जब वह राजा की छत्रच्छाया में था, तब सभी उससे डरकर उसका सम्मान करते थे किन्तु अब कोई उसकी ओर ध्यान नहीं देता। पहले राजसभा में किसी का भी कोई काम होने पर वह आकर उसके हाथ-पाँव पकड़ता था, अब रास्ते में चलते समय किसी को उससे दो बातें करने की फुर्सत नहीं रहती। इसके ऊपर से अन्न का कष्ट भी हो गया है। ऐसे में फिर से प्रासाद में प्रवेश कर पाने से उसे विशेष सुविधा हो जाएगी। वह एक दिन अवसर तलाश कर कुछ भेंट जुटाकर सबके सामने से राज-दरबार में छत्रमाणिक्य से भेंट करने गया। परम परितोष दर्शाते हुए अत्यधिक अपनेपन की विनीत हँसी हँसते हुए राजा के सम्मुख जाकर खड़ा हो गया।

राजा उसे देखते ही भड़क उठा। बोला, ''हँसी किसलिए! तुम क्या मेरे साथ हास-परिहास कर रहे हो! तुम यह कैसा मजाक करने आए हो!''

तभी द्वारपाल, जमादार, बरक़न्दाज़, मंत्री, अमात्य सभी चिल्ला पड़े। तुरन्त केदारेश्वर की खुली दन्त पंक्ति पर यवनिकापात हो गया।

छत्रमाणिक्य ने कहा, ''तुम्हें क्या कहना है, जल्दी से कहकर चलते बनो।''

केदारेश्वर को याद नहीं रहा कि क्या कहना है। उसने बड़े कष्ट से मन-ही-मन जो भाषण तैयार कर रखा था, वह पेट में ही चुरचुर हो गया।

अन्त में जब राजा ने कहा, "तुम्हें अगर कुछ नहीं कहना, तो जाओ," तब केदारेश्वर ने जो कुछ भी हो, कहना आवश्यक समझा। आँखों में, चेहरे पर, कंठ-स्वर में सहसा प्रचुर परिमाण में करुण रस का संचार करके बोला, "महाराज, क्या ध्रुव को भूल गए हैं?"

छत्रमाणिक्य आग-बबूला हो गया। मूर्ख केदारेश्वर कुछ भी न समझ पाकर बोला, "वह महाराज को चाचा-चाचा पुकारते हुए रो-रोकर बेहाल हो रहा है।"

छत्रमाणिक्य ने कहा, "तुम्हारा दुस्साहस तो कुछ ज़्यादा ही दिखाई दे रहा है। तुम्हारा भतीजा मुझे चाचा पुकारता है? तुमने उसे यही शिक्षा दी है!"

केदारेश्वर ने अत्यन्त कातर भाव से हाथ जोड़ते हुए कहा, "महाराज..."

छत्रमाणिक्य ने कहा, "कोई है...इसे और उस लड़के को राज्य से दूर भगा दो।"

कन्धे पर सहसा इतने सारे प्रहरियों के हाथ आकर पड़े कि केदारेश्वर एकदम तीर की तरह छिटककर बाहर जाकर पड़ा। हाथ से उसकी डलिया छीनकर प्रहरियों ने बाँट ली। केदारेश्वर ने ध्रुव के साथ त्रिपुरा छोड़ दिया।

चालीसवाँ परिच्छेद

रघुपति पुनः मन्दिर लौट गया। जाकर देखा, कोई प्रेमपूर्ण हृदय वस्त्रादि लिये उसकी प्रतीक्षा नहीं कर रहा है। पत्थर का देवालय खड़ा है, उसमें कहीं भी लेशमात्र हृदय नहीं है। वह जाकर गोमती के किनारे वाली सफ़ेद पत्थर की सीढ़ियों पर बैठ गया। सीढ़ियों के बाएँ किनारे जयसिंह के अपने हाथों के रोपे शेफालिका के पौधे पर असंख्य फूल खिल रहे हैं। उन फूलों को देखकर जयसिंह का सुन्दर चेहरा, सरल हृदय, सरल जीवन और अत्यन्त सहज उन्नत भाव उसे स्पष्ट याद आने लगे। सिंह के समान बलवान, तेजस्वी और हरिण-शावक के समान सुकुमार जयसिंह रघुपति के हृदय में पूरी तरह आविर्भूत हो गया, उसके सम्पूर्ण हृदय पर अधिकार कर लिया। इसके पूर्व वह अपने को जयसिंह की अपेक्षा बहुत महान समझता था, अब उसे जयसिंह अपनी अपेक्षा बहुत महान प्रतीत होने लगा। अपने प्रति जयसिंह की वही सरल भक्ति याद करके उसमें जयसिंह के प्रति अत्यधिक भक्ति का उदय हो गया और उसमें अपने प्रति भक्तिहीनता उत्पन्न हो गई। जयसिंह के साथ जो अन्याय और उसका जो तिरस्कार किया था, उसे याद करके उसका हृदय विदीर्ण हो गया। वह मन-ही-मन बोला, 'मैं जयसिंह की भर्त्सना का अधिकारी नहीं हूँ। यदि एक बार एक पल के लिए भी जयसिंह के साथ भेंट हो जाए, तो मैं अपनी हीनता स्वीकार करके उससे क्षमा-प्रार्थना कर लूँ।' जयसिंह ने जब जो-जो कहा, जो-जो किया उसे सारा याद आने लगा। जयसिंह का सम्पूर्ण जीवन संयुक्त भाव में उसमें विराजने लगा। वह इस प्रकार के एक महत् चरित्र में आत्म-विस्मृत होकर समस्त विवाद-विद्वेष भूल गया। चारों ओर का विशाल संसार लघु बनकर उसका पीड़न करने से विरत हो गया। जिस नक्षत्र माणिक्य को उसने राजा बनाया, उसी ने राजा बनकर आज उसका अपमान किया, इसे याद करके उसमें तनिक भी रोष उत्पन्न नहीं हुआ।

इस सारे मान-अपमान को साधारण समझकर उसे थोड़ी हँसी आई। उसकी केवल यही इच्छा होने लगी कि ऐसा कोई काम करे, जिससे जयसिंह वास्तव में प्रसन्न हो। परन्तु चतुर्दिक् कोई काम दिखाई नहीं पड़ा...चारों ओर शून्य हाहाकार कर रहा है। इस निर्जन मन्दिर ने मानो, उसे दबोच लिया है, मानो उसकी साँसें रोक दी हैं। वह कोई एक बड़ा काम करके अपनी हृदय-वेदना को शान्त कर सकता है लेकिन इस सन्नाटे भरे निरुद्यम निरालय मन्दिर की ओर देखकर उसका हृदय पिंजरबद्ध पक्षी की भाँति अधीर हो उठा। वह उठकर बेचैनी के साथ वन में चहलकदमी करने लगा। उसमें मन्दिर के भीतर की अलस, अचेतन, अकर्मण्य, जड़ प्रतिमाओं के प्रति अतिशय घृणा उत्पन्न हो गई। जब हृदय तेज़ी से उद्वेलित हो उठा, तब सारी निरुद्यम स्थूल पाषाण मूर्तियों का सहचर बनकर जीवन बिताना उसे अत्यन्त हेय प्रतीत हुआ। रात का दूसरा पहर हुआ, तो रघुपति ने चकमक घिसकर एक दीपक जलाया। दीपक हाथ में लेकर चतुर्दश देवताओं के मन्दिर में प्रवेश किया। देखा, चतुर्दश देवता समान भाव से खड़े हैं; जैसे पिछले बरस आषाढ़ की कालरात्रि के क्षीण दीपालोक में भक्त की मृत देह के सम्मुख बहते रक्त-प्रवाह में बुद्धिहीन, हृदयहीन के समान खड़े थे, आज भी वैसे ही खड़े हैं।

रघुपति चीखते हुए बोल उठा, ''मिथ्या! सब कुछ मिथ्या! हा वत्स जयसिंह, तुम्हारे अमूल्य हृदय का रक्त किसे चढ़ा दिया! यहाँ कोई देवता नहीं है, कोई देवता नहीं है। उस रक्त का पान पिशाच रघुपति ने किया है।''

कहते हुए रघुपति ने काली की प्रतिमा को वेदी से खींचकर उठा लिया। मन्दिर के द्वार पर खड़े होकर दूर उछाल दिया। पाषाण-प्रतिमा अन्धकार में एक आवाज़ के साथ पत्थर की सीढ़ियों पर लुढ़कते-लुढ़कते गोमती के जल में जा गिरी। अज्ञान राक्षसी पाषाण का रूप धारण करके इतने दिन तक रक्त-पान कर रही थी, आज वह सहस्र पाषाणों के बीच गोमती के गर्भ में समा गई लेकिन उसने मानव-हृदय का तनिक भी परित्याग नहीं किया। रघुपति दीपक बुझाकर मार्ग में निकल आया, उसी रात राजधानी छोड़कर चला गया।

इकतालीसवाँ परिच्छेद

बिलवन ठाकुर कुछ दिन से नोआखाली के निजामतपुर में निवास कर रहा है। वहाँ भयंकर महामारी फ़ैली हुई है।

फाल्गुन माह के बीतते-न-बीतते एक दिन सारे दिन बादल छाए रहते हैं, बीच-बीच में थोड़ी-थोड़ी बारिश भी होती रहती है; अन्त में शाम के समय भारी तूफ़ान शुरू हो जाता है। पहले पूरब की ओर से तेज हवा चलती रहती है। रात के दूसरे पहर उत्तर और उत्तर-पूर्व की ओर से तेज तूफ़ान चलने लगा। अन्त में मूसलाधार बारिश होने पर तूफ़ान की गति धीमी पड़ गई। उसी समय शोर मच गया-बाढ़ आ रही है। कोई घर के छप्पर पर चढ़ गया, कोई पोखर की ढांग पर जाकर खड़ा हो गया, किसी ने पेड़ की डाल पर, किसी ने मन्दिर के गुम्बद पर आश्रय ले लिया। अन्धकार भरी रात, अविराम वर्षा...बाढ़ की हहराहट धीरे-धीरे निकट आ गई, आतंक के कारण गाँव वाले दिशाहारा हो गए। ऐसे समय बाढ़ आ पहुँची। दो बार ऊपर-ऊपर तरंगें आईं, दूसरी बार के बाद गाँव में लगभग आठ हाथ पानी खड़ा हो गया। दूसरे दिन जब सूरज निकला और पानी उतरा, तो दिखाई पड़ा...गाँव में थोड़े से ही घर बचे हैं तथा लोग नहीं हैं...दूसरे गाँव के आदमी-गाय, भैंस-बकरी और गीदड-कुत्तों की मृत देहें बहकर आ गई हैं। सुपारी के पेड़ टूटकर बह गए, मात्र उनकी जड़ें बची हैं। बड़े-बड़े आम और कटहल के पेड़ समूल उखड़कर टेढ़े-मेढ़े पड़े हैं। दूसरे गाँव के झोंपड़ों के छप्पर बहते हुए आकर दीवारों के शोक में इधर-उधर उलटे पड़े हैं। बहुत सारे हाँड़ी-कलश पागल हो गए हैं। अधिकांश झोंपड़ियाँ ही बाँस की झाड़ियों, आम, कटहल, मदार आदि बड़े-बड़े पेड़ों से घिरी थीं, इसी वजह से अनेक लोग एकदम से न बहकर पेड़ों में अटक गए थे। कोई पूरी रात बाढ़ के बहाव से दोलायमान रहकर बाँस की झाड़ी में झूल रहा है, कोई

मादार के काँटों से कष्ट–विक्षत है, कोई उखड़े हुए पेड़ों के साथ बह गया है। पानी उतर जाने पर जीवित बचे लोग नीचे आकर मृतकों के बीच घूम–घूमकर अपने सम्बन्धियों की खोज करने लगे। अधिकांश शव ही अपरिचित हैं और दूसरे गाँवों से आए हैं। किसी ने उनका संस्कार नहीं किया। झुंड के झुंड गिद्ध आकर शवों को खाने लगे। शृगाल और कुत्तों के साथ उनका कोई झगड़ा नहीं हो रहा है, कारण, समस्त शृगाल और कुत्ते भी मर गए हैं। गाँव में बारह घर पठान रहते थे; बहुत ऊँची ज़मीन पर रहने के चलते उनमें से प्रायः किसी का कोई नुकसान नहीं हुआ। जीवित बचे लोगों में से जिन्हें घर मिल गए, उन्होंने घरों में आश्रय ले लिया...जिन्हें नहीं मिले, वे आश्रय की खोज में अन्यत्र चले गए। जो परदेस में थे, उन्होंने लौटकर नए घर बनाए। फिर से धीरे–धीरे थोड़े–थोड़े लोगों की बसीकत शुरू हो गई। ऐसे समय शवों से पोखर का जल दूषित हो गया तथा अन्यान्य नाना कारणों से गाँव में महामारी शुरू हो गई। पठानों के मोहल्ले में महामारी पहले फ़ैली। मृत देहों को कब्र देने अथवा एक–दूसरे की देखभाल करने का किसी के पास भी अवसर नहीं रहा। हिन्दुओं ने कहा–मुसलमान गोहत्या के पाप का फल भोग रहे हैं। जाति–शत्रुता और जाति से बहिष्कृत होने के भय से किसी हिन्दू ने न उन्हें पानी दिया, न किसी तरह की सहायता की। जब बिलवन संन्यासी पहुँचा, तो गाँव की ऐसी हालत थी। बिलवन के कुछ चेले जुट गए थे, वे महामारी के डर से भाग जाने की कोशिश करने लगे। बिलवन ने भय दिखाकर उन्हें रोका। वह पीड़ित पठानों की सेवा करने लगा...उन्हें पथ्य, पानी और दवाइयाँ देने लगा तथा उनके शवों को कब्र में दफनाने लगा। हिन्दू हिन्दू संन्यासी के अनाचार को देखकर आश्चर्य में पड़ गए। बिलवन कहता, 'मैं संन्यासी हूँ, मेरी कोई जात नहीं है। मेरी जात मनुष्य है। जब मनुष्य मर रहा है, तो किस बात की जात! भगवान का बनाया मनुष्य जब मनुष्य का प्रेम माँग रहा है, तो किस बात की जात!' हिन्दू लोग बिलवन की अनासक्त परहितैषिता को देखकर उससे घृणा करने या उसकी निन्दा करने का साहस नहीं जुटा पाए। वे तय नहीं कर पाए कि बिलवन का काम अच्छा है या बुरा। उनका अधूरा शास्त्र–ज्ञान सन्दिग्ध भाव से बोला, 'अच्छा नहीं है,' किन्तु उनके हृदय के भीतर जो मनुष्य निवास कर रहा है, वह बोला, 'अच्छा है।' जो भी हो, बिलवन अन्य लोगों के 'अच्छे–बुरे' की ओर ध्यान न देकर काम में जुटा रहा। मृत्यून्मुखी पठान उसे फरिश्ता समझने लगे। पठानों के छोटे–छोटे बच्चों को महामारी से दूर रखने के लिए वह उन्हें हिन्दुओं के पास ले गया। हिन्दू भारी परेशान हो उठे, उन्हें किसी ने आश्रय नहीं दिया। तब बिलवन ने एक विशाल छोड़ दिए गए भग्न मन्दिर में आश्रय लिया। उसने बालकों के झुंड को वहाँ रखा। बिलवन सुबह उठकर उन

बालकों के लिए भीख माँगने निकलता। लेकिन भिक्षा देता कौन? राज्य में फसल कहाँ बची है? कितने ही लोग अनाहार मरने की तैयारी कर रहे हैं। गाँव का मुसलमान ज़मींदार बहुत दूर रहता था। बिलवन उसके पास जा पहुँचा। बहुत कष्ट से उसे राजी करके वह ढाका से चावल खरीदकर लाने लगा। वह पीड़ितों की सेवा करता और उसके चेले चावल वितरित करते। बिलवन बीच-बीच में जाकर बालकों के साथ खेलता। वे उसे देखते ही भारी शोर मचाने लगते...सन्ध्या समय मन्दिर के निकट से गुजरने पर अनुभव होता कि मानो, मन्दिर में हज़ारों तोतों ने घर बना लिया है। बिलवन के पास इस राज के आकार का एक प्रकार का यंत्र था, जब बहुत थक जाता, तो उसी को बजाकर गाना गाता। बालक उसे घेरकर कोई उसका गाना सुनता, कोई यंत्र के तार खींचता और कोई उसकी नक़ल करके गाने की कोशिश में विषम चीत्कार करता।

अन्त में महामारी मुसलमान मोहल्ले से हिन्दू मोहल्ले में आ गई। गाँव में एक प्रकार की अराजकता फ़ैल गई...चोरी-डकैती का अन्त नहीं, जिसको जो मिलता है, लूट लेता है। मुसलमानो ने गिरोह बनाकर डकैती शुरू कर दी। वे पीड़ितों को चारपाई से खींचकर गिरा देते और तख्ता, चटाई, बिछौना तक लूटकर ले जाते। बिलवन उन्हें प्राणपण से रोकने की कोशिश करने लगा। वे बिलवन की बात बहुत मानते थे...उल्लंघन करने का साहस नहीं करते थे। बिलवन इस तरह से यथासाध्य गाँव की शान्ति-रक्षा करता।

एक दिन सुबह बिलवन के एक चेले ने आकर उसे समाचार दिया कि एक बालक के साथ एक परदेसी ने गाँव के पीपल के नीचे आश्रय लिया है, उसे महामारी ने दबोच लिया है, लगता है, वह और नहीं बचेगा। बिलवन ने देखा...केदारेश्वर अचेत पड़ा है, ध्रुव धूल में लेटा सो रहा है। केदारेश्वर की मृतप्राय अवस्था है...मार्ग के कष्ट से और अनाहार रहने से वह दुर्बल हो गया था, इसी कारण रोग ने उस पर बलपूर्वक आक्रमण कर दिया, किसी दवा का कोई फल नहीं निकला, उस पेड़ के नीचे ही उसकी मृत्यु हो गई। ध्रुव को देखकर लगा, जैसे वह बहुत देर तक अनाहार रहने से भूख के कारण रोते-रोते सो गया है। बिलवन उसे बहुत सावधानी के साथ गोदी में उठाकर अपनी शिशु-शाला में ले गया।

बयालीसवाँ परिच्छेद

चट्टग्राम अब अराकान के अधीन है। गोविन्द माणिक्य निर्वासित के रूप में चट्टग्राम आए हैं, सुनकर अराकान के राजा ने बड़े तामझाम के साथ उनके पास दूत भेजा। कहलवाया–यदि सिंहासन पर फिर से अधिकार करना चाहें, तो अराकानपति उनकी सहायता कर सकते हैं।

गोविन्द माणिक्य ने कहा, ''नहीं, मुझे सिंहासन नहीं चाहिए।''

दूत बोला, ''तो महाराज, कुछ समय पूजनीय अतिथि के रूप में अराकान की राजसभा में विराजिए।''

राजा ने कहा, ''मैं राजसभा में नहीं रहूँगा। यदि मुझे चट्टग्राम के एक किनारे स्थान दे दिया जाए, तो मैं अराकान के राजा का ऋणी होकर रहूँगा।''

दूत ने कहा, ''महाराज की जहाँ रुचि हो, वहीं रह सकते हैं। इस सम्पूर्ण राज्य को अपना ही समझिए।''

अराकान के राजा के कुछ अनुचर राजा के साथ-साथ ही रहे। गोविन्द माणिक्य ने उन्हें मना नहीं किया; उन्होंने सोचा, शायद अराकानपति उन पर सन्देह करने के कारण अपने लोगों को उनके निकट रखना चाहते हैं।

मयानि नदी के किनारे महाराज ने कुटिया बनवा ली है। निर्मल सलिला लघु सरिता छोटे-बड़े शिलाखंडों पर होकर तीव्र वेग से बह रही है। दोनों ओर कृष्ण वर्ण के पहाड़ खड़े हैं, काले पत्थरों पर विचित्र वर्ण के शैवाल झूल रहे हैं, बीच-बीच में छोटे-छोटे गह्वर हैं, उनमें पक्षी बसेरा कर रहे हैं। स्थान-स्थान पर दोनों ओर पहाड़ इतने ऊँचे हैं कि सूरज की एक-दो किरणें बहुत देर से नदी के जल में आकर पड़ती हैं। बड़े-बड़े वृक्ष विविध आकार के पत्ते फैलाए पहाड़ के शरीर पर झूल रहे हैं। बीच-बीच में नदी के दोनों किनारों पर घने जंगल की बाहुएँ

बहुत दूर तक चली गई हैं। एक लम्बा शाखाहीन श्वेत गर्जन-वृक्ष पहाड़ के ऊपर झुका हुआ है, नीचे नदी के चंचल जल में उसकी छाया नृत्य कर रही है, बड़ी-बड़ी लताएँ उसे आच्छन्न किए झूल रही हैं। सघन हरित वन के बीच-बीच में स्निग्ध श्यामल कदली-वन। बीच-बीच में दोनों किनारों को फोड़कर छोटे-छोटे निर्झर...व्याकुल बाहु शिशुओं के समान...चंचल प्रवाह और शुभ्र कलकल हास्य के साथ आकर नदी में गिर रहे हैं। नदी कुछ दूर तक समभाव से बहकर स्थान-स्थान पर शिला-सोपानों पर बहने के कारण फेनिल होकर नीचे की ओर गिर रही है। वही अविराम झर्झर ध्वनि निस्तब्ध शैल-श्रेणी में प्रतिध्वनित हो रही है।

इस छायाशीतल धारा की स्निग्ध झर्झर ध्वनि के मध्य स्तब्ध पर्वत की तलहटी में गोविन्द माणिक्य निवास करने लगे। हृदय विस्तीर्ण करके उसमें शान्ति संचित करने लगे...निर्जन प्रकृति का सान्त्वनामय गहन प्रेम सहस्र निर्झरों के समान नाना ओर से उनके हृदय में- झरने लगा। वे अपने हृदय की गुहा में प्रवेश करके वहाँ से समस्त क्षुद्र अभिमान पोंछकर फेंकने लगे...द्वार उन्मुक्त करके अपने भीतर निर्मल आलोक और वायु का प्रवाह ग्रहण करने लगे। उन्हें किसने दुख दिया, व्यथा पहुँचाई, किसने उनके प्रेम का बदला नहीं दिया, किसने उनसे एक हाथ से उपकार ग्रहण करके दूसरे हाथ से कृतघ्नता अर्पित कर दी, किसने उनसे आदर पाकर उनका अपमान किया...वे सब कुछ भूल गए। इस शैलासनवासिनी अति पुरातन प्रकृति की अविराम कार्यशीलता, फिर भी चिर निश्चिन्त प्रशान्त नवीनता देखकर वे स्वयं भी मानो उसी प्रकार पुरातन, उसी प्रकार विशाल, उसी प्रकार प्रशान्त हो उठे। उन्होंने सुदूर संसार तक अपना कामना-शून्य प्रेम विस्तारित कर दिया...सम्पूर्ण कामनाएँ दूर हटाकर हाथ जोड़कर बोले, 'हे ईश्वर, पतनोन्मुख सम्पद-शिखर से अपनी गोद में धारण करके इस यात्रा में मेरी रक्षा की है। मैं तो मरने चला था किन्तु मैं बच गया हूँ। जब राजा बना हुआ था, तब अपने महत्त्व को नहीं जानता था, आज सम्पूर्ण संसार में अपने महत्त्व को अनुभव कर रहा हूँ।' अन्त में दोनों आँखों से आँसू बहने लगे; बोले, 'महाराज, आपने मेरे प्रिय ध्रुव को छीन लिया, वह वेदना अभी तक हृदय से पूरी तरह गई नहीं है। लेकिन मैं आज समझ रहा हूँ, आपने अच्छा ही किया। मैंने उस बालक के प्रति स्वार्थपरक प्रेम में अपना समग्र कर्तव्य, अपना जीवन विसर्जित कर दिया था। आपने विपदा में मेरी रक्षा की। मैंने ध्रुव को अपने समस्त पुण्य के पुरस्कार के रूप में ग्रहण किया था; आप उसे छीनकर सीख दे रहे हैं कि पुण्य का पुरस्कार पुण्य ही होता है। उसी कारण आज ध्रुव के पवित्र विरह-दुख को

सुख के रूप में आपके प्रसाद के रूप में अनुभव कर रहा हूँ। मैं वेतन-भोगी भृत्य की भाँति कार्य नहीं करूँगा प्रभु, मैं आपके प्रेम के वश में होकर आपकी सेवा करूँगा।'

गोविन्द माणिक्य ने देखा, निर्जन में ध्यानपरायणा प्रकृति जो स्नेह-धारा संचित कर रही है, उसे जनाकीर्ण संसार में नदी के रूप में प्रवाहित कर रही है...जो उसे ग्रहण कर रहे हैं, उनकी तृषा शान्त हो रही है और जो नहीं कर रहे हैं, उनके प्रति भी प्रकृति को कोई क्षोभ नहीं है। गोविन्द माणिक्य ने कहा, 'मैं भी इस विजन में संचित प्रेम को लोगों के बीच बाँटने निकालूँगा।' कहकर वे अपना पर्वताश्रम छोड़कर निकल आए।

सहसा राजत्व छोड़कर उदासीन हो जाना, लिखने में जितना सहज प्रतीत होता है, वास्तव में उतना सहज होता नहीं। राजवेश त्यागकर गेरुए वस्त्र धारण कर लेना कोई छोटी बात नहीं है। एक बार को राज्य का त्याग सहज है लेकिन अपनी जीवन भर की छोटी-छोटी आदतों को हम अनायास नहीं छोड़ पाते, वे अपनी तीव्र क्षुधा-तृष्णा के साथ हमारी अस्थि-मज्जा में लिपटी हुई होती हैं; उनकी नियमित खुराक का प्रबन्ध न करने पर वे हमारे रक्त का शोषण करती रहती हैं। कोई यह न समझे कि गोविन्द माणिक्य जितने दिन अपनी निर्जन कुटिया में निवास कर रहे थे, उतने दिन स्थिर भाव से जड़वत् बैठे थे। वे पग-पग पर अपनी सहस्रों क्षुद्र आदतों के साथ युद्ध कर रहे थे। जैसे ही उनका हृदय किसी अभाव में दुखी होता था, वे तत्काल उसकी भर्त्सना करते थे। वे अपने मन की सहस्रमुखी क्षुधा को कुछ खाने को न देकर उसका विनाश कर रहे थे। वे पग-पग पर सैकड़ों-सैकड़ों अभावों पर जयी होकर सुख पा रहे थे। जिस प्रकार दुष्ट घोड़े को तेज दौड़ाकर वश में किया जाता है, उसी प्रकार वे अपने अभाव से दुखी अशान्त हृदय को अभाव की मरुभूमि में अविश्राम दौड़ाकर शान्त कर रहे थे। उन्हें बहुत दिन तक एक पल भी विश्राम नहीं था।

गोविन्द माणिक्य पार्वत्य-प्रदेश को छोड़कर दक्षिण दिशा में समुद्र की ओर चल पड़े। समस्त वासनाओं के हव्य का विसर्जन करके वे हृदय में आश्चर्यजनक स्वाधीनता अनुभव करने लगे। उन्हें कोई बाँध नहीं सकता, आगे बढ़ते समय कोई उन्हें रोक नहीं सकता। प्रकृति को अत्यन्त विराट रूप में देखा एवं उसके संग स्वयं को भी एकीकृत अनुभव किया। लता-वृक्षों का एक नूतन श्यामल वर्ण, सूर्य की नूतन कनक-रश्मियाँ, प्रकृति की एक नूतन मुखश्री देखने लगे। ग्राम में जाने पर मानवों के प्रत्येक कार्य में उन्हें एक नूतन सौन्दर्य दिखाई पड़ने लगा। मनुष्यों के हास्यालाप, उठने-बैठने, चलने-फिरने में वे एक अपूर्व नृत्यगीत

की माधुरी देखने लगे। जिसको देखा, उसी को निकट बुलाकर बातें करके सुख पाया...जिसने उनके प्रति उपेक्षा प्रकट की, उससे भी उनका हृदय दूर नहीं हटा। सर्वत्र दुर्बल की सहायता करने और दुखी को सान्त्वना देने की इच्छा करने लगी। उन्हें प्रतीत होने लगा, 'मैंने अपना समस्त बल और समस्त सुख दूसरों के लिए उत्सर्ग कर दिया; कारण, मेरी अपनी कोई आवश्यकता नहीं है, कोई इच्छा नहीं है।' जो सम्पूर्ण सचराचर दृश्य किसी की भी आँखों में नहीं पड़ता, वही नूतन रूप धारण करके उनकी आँखों में पड़ने लगा। जब भी दो बालकों को मार्ग में बैठकर खेलते देखते...दो भाइयों को, पिता-पुत्र को, माता और शिशु को एक साथ देखते...वे धूल में सने हों, दरिद्र हों, कदर्य हों, वे उनमें दूरदूरान्तर-व्यापी मानव-हृदय-समुद्र का अनन्त गहन प्रेम देख पाते। गोद में शिशु लिये एक माता के भीतर वे मानो अतीत और भविष्यत के समस्त मानव-शिशुओं की जननी को देख पाते थे। दो मित्रों को एक साथ देखते ही वे सम्पूर्ण मानव जाति को मित्र-प्रेम में सहायक अनुभव करते थे। पहले जो संसार कभी-कभी मातृहीना अनुभव होता था, उसी संसार को झुके नेत्रों वाली चिर जाग्रत् जननी की गोद में देख पाए। संसार का दुख शोक, दारिद्र्य, विवाद, विद्वेष देखने पर भी उनके मन में और नैराश्य उत्पन्न नहीं होता था। मंगल का मात्र एक चिह्न देखते ही उनकी आशा सहस्त्रों अमंगल को भेदकर स्वर्ग की ओर विकसित हो उठती थी। क्या हम सभी के जीवन में किसी-न-किसी दिन नूतन प्रेम और नूतन स्वाधीनता का ऐसा एक अभूतपूर्व प्रभात उदित नहीं होता, जिस दिन सहसा इस हास्य-क्रन्दन भरे संसार को एक सुकोमल नवकुमार के समान एक अपूर्व सौन्दर्य प्रेम और मंगल की गोद में पलते हुए देखते हैं। जिस दिन कोई हमें क्षुब्ध नहीं कर पाता, कोई हमें संसार के किसी सुख से वंचित नहीं कर पाता, कोई हमें किन्हीं दीवारों में कैद करके नहीं रख पाता! जिस दिन एक अपूर्व वंशी बज उठती है, एक अपूर्व बसन्त जाग उठता है चराचर चिर यौवन के आनन्द से परिपूर्ण हो उठता है। जिस दिन समस्त दुख-दारिद्र्य-विपदा कुछ भी प्रतीत नहीं होती! नूतन स्वाधीनता के आनन्द में व्याप्त हृदय वाले गोविन्द माणिक्य के जीवन में वही दिन उपस्थित हो गया है।

दक्षिणी चट्टग्राम का रामू शहर अभी भी दस कोस की दूरी पर है। शाम होने से कुछ पहले ही जब गोविन्द माणिक्य आलमखाल नाम के एक छोटे-से गाँव पहुँचे, तो गाँव के किनारे की एक झोंपड़ी से क्षीण स्वर में एक बालक के रोने की आवाज़ सुनाई पड़ी। सहसा गोविन्द माणिक्य का हृदय अत्यन्त व्याकुल हो उठा। वे तत्काल उस झोंपड़ी में गए; देखा झोंपड़ी का स्वामी युवक एक

कमजोर बालक को गोद में उठाए कमरे में चहलकदमी कर रहा है। बालक थर-थर काँप रहा है और रह-रह कर क्षीण स्वर में रो रहा है। झोंपड़ी का स्वामी उसे छाती से चिपटाए सुलाने की कोशिश कर रहा है। संन्यासवेशी गोविन्द माणिक्य को देखकर वह परेशान हो उठा। कातर स्वर में बोला, "ठाकुर, इसे आशीर्वाद दीजिए।"

गोविन्द माणिक्य ने अपना कम्बल निकालकर काँपते हुए बालक के चारों ओर लपेट दिया। बालक ने अपना कमजोर चेहरा उठाकर केवल एक बार गोविन्द माणिक्य की ओर देखा। उसकी आँखों के नीचे झाँईं पड़ गई है...उसके कमजोर चेहरे पर मानो दो आँखें छोड़कर और कुछ नहीं है। एक बार गोविन्द माणिक्य को देखते ही दोनों पीले पतले होंठ सिकोड़कर क्षीण अव्यक्त आवाज़ निकाली। उसके बाद तुरन्त अपने पिता के कन्धे पर चेहरा टिकाकर चुप पड़ा रहा। उसके पिता ने उसे कम्बल समेत भूमि पर लिटाकर राजा को प्रणाम किया तथा उनकी चरण-धूलि लेकर बेटे के शरीर पर, उसके सिर पर मल दी। राजा ने बालक को उठाकर पूछा, "इसके पिता का क्या नाम है?"

झोंपड़ी के स्वामी ने कहा, "मैं ही इसका पिता हूँ, मेरा नाम यादव है। भगवान ने एक-एक कर मेरे सभी उठा लिये हैं, अब केवल यही बचा है।" कहते हुए गहरा दीर्घ निश्वास छोड़ा।

राजा ने झोंपड़ी के स्वामी से कहा, "आज रात मैं तुम्हारे यहाँ अतिथि हूँ। मैं कुछ खाऊँगा नहीं, अतएव मेरे लिए भोजन आदि की व्यवस्था नहीं करनी होगी। केवल यहाँ रात बिताऊँगा।" कहकर उस रात वहीं रहे। अनुचरों ने गाँव के एक धनी कायस्थ के घर आतिथ्य ग्रहण किया।

धीरे-धीरे सन्ध्या हो आई। निकट ही विभिन्न प्रजातियों के उद्‌भिज्जों से भरा एक पोखर था, उसके ऊपर भाप उठने लगी। गो-शाला से पुआल और सूखे पत्ते जलाने का भारी धुआँ आकाश में नहीं उठ पाया, हाथ-पैर सिकोड़कर छिपते हुए सामने फैले पानी भरे मैदान पर छा गया। आस्शेओडा नामक जंगली पौधे के बाड़े के निकट कर्कश स्वर में झींगुर बोलने लगे। हवा एकदम से बन्द है, पेड़ों के पत्ते नहीं हिल रहे हैं। पोखर के दूसरे किनारे पर बँसवाड़े में एक पक्षी रह-रहकर टिटि स्वर में बोल रहा है। गोविन्द माणिक्य मन्द प्रकाश में उसी रुग्ण बालक के विवर्ण कमजोर चेहरे को देख रहे हैं। वे उसे अच्छी तरह कम्बल से ढककर उसकी शय्या के किनारे बैठकर उसे नाना प्रकार की कहानियाँ सुनाने लगे। सन्ध्या बीत जाने पर दूर शृगाल बोलने लगे। बालक कहानी सुनते-सुनते रोग की पीड़ा को भूलकर सो गया। राजा उसके पास वाले कमरे में आकर सो

गए। उन्हें रात में नींद नहीं आई। केवल ध्रुव की याद आने लगी। राजा ने कहा, 'ध्रुव को खोकर सभी बालक मुझे ध्रुव लगते हैं।' थोड़ी रात हो जाने पर सुनाई पड़ा, पास वाले कमरे में बालक जागकर अपने पिता से पूछ रहा है, "पिताजी, वह क्या बज रहा है?"

पिता ने कहा, "बाँसुरी बज रही है।"

बालक–"बाँसुरी क्यों बज रही है?"

पिता–"कल पूजा है ना मेरे लाल!"

बालक–"कल पूजा है? पूजा के दिन मुझे कुछ नहीं दोगे?"

पिता–"क्या दूँ बेटा?"

बालक–"मुझे एक लाल शाल नहीं दोगे?"

पिता–"शाल मुझे कहाँ मिलेगा? मेरे पास तो कुछ नहीं है, मेरे मानिक!"

बालक–"पिताजी, तुम्हारे पास कुछ नहीं है पिताजी?"

पिता–"कुछ नहीं है बेटा, केवल तुम हो।"

भग्न-हृदय पिता का गहरा दीर्घ निश्वास पास वाले कमरे से सुनाई पड़ा। बालक और कुछ नहीं बोला। लगता है, पिता से लिपटकर फिर से सो गया।

रात बीतते-न-बीतते गोविन्द माणिक्य गृहस्वामी से विदा लिये बिना ही घोड़े पर चढ़कर रामू शहर की ओर चल पड़े। न भोजन किया न विश्राम। मार्ग में एक छोटी नदी थी; घोड़े सहित नदी पार हो गए। तेज धूप होने पर रामू पहुँचे। वहाँ अधिक देर नहीं लगाई। फिर शाम होने के कुछ पहले ही यादव की झोंपड़ी में आ गए। यादव को आड़ में बुलाया। अपने थैले से एक लाल शाल निकालकर यादव के हाथों में देते हुए बोले, "आज पूजा के दिन यह शाल अपने बेटे को दे देना।"

यादव ने रोते हुए गोविन्द माणिक्य के पैर पकड़ लिये। बोला, "प्रभु, आप लाए हैं, आप ही दीजिए।"

राजा ने कहा, "नहीं, मैं नहीं दूँगा। तुम दे देना। मेरे देने का कोई फल नहीं होगा। मेरा नाम मत लेना। मैं केवल तुम्हारे बेटे के चेहरे पर आनन्द की हँसी देखकर चला जाऊँगा।"

रुग्ण बालक का बहुत कमजोर म्लान चेहरा प्रफुल्ल देखकर राजा चले गए। राजा ने दुखी होकर मन-ही-मन कहा, 'मैं कोई काम नहीं कर सकता। मैंने कुछ बरस केवल राज किया है, कुछ भी सीखा नहीं। क्या करने से एक छोटे-से बालक का रोग का कष्ट थोड़ा-सा कम होगा, यह नहीं जानता। मैं केवल असहाय अकर्मण्य भाव से शोक करना जानता हूँ। अगर बिलवन ठाकुर रहता, तो इन लोगों का कुछ भला करके जाता। काश! मैं बिलवन ठाकुर के समान

होता!' गोविन्द माणिक्य बोले, 'मैं और घूमता नहीं फिरूँगा, संसार में रहते हुए काम करना सीखूँगा।'

रामू के दक्षिण में राजाकूल के निकट मगों का जो दुर्ग है, वे अराकान के राजा की अनुमति लेकर वहीं रहने लगे।

गाँववालों के जितने बाल-बच्चे थे, सबके सब दुर्ग में गोविन्द माणिक्य के पास आ जुटे। गोविन्द माणिक्य ने उन्हें जोड़कर एक बड़ी पाठशाला खोल ली। वे उन्हें पढ़ाते थे, उनके साथ खेलते थे, उनके घर जाकर उनके साथ रहते थे, बीमार पड़ने पर देखने जाते थे। ऐसा नहीं कि बालक साधारणतः स्वर्ग से आए हैं या वे देव-शिशु हैं, उनमें मानव और दानव भावों का तनिक भी अभाव नहीं है। स्वार्थपरता, क्रोध, लोभ, द्वेष, हिंसा उनके भीतर पूरी तरह से बलवती है, ऊपर से ऐसा भी नहीं कि घर में माता-पिता से हर समय अच्छी शिक्षा ही मिलती हो। इसी कारण मगों के दुर्ग में मगों का राज्य-शासन हो गया...मानो, दुर्ग में उनचास पवन और चौंसठ भूत एक साथ रहने लगे। गोविन्द माणिक्य यही सब उपकरण लेकर धैर्य के साथ मनुष्य गढ़ने लगे। एक मनुष्य का जीवन कितना महान और कितने प्राणपण के साथ प्रयत्नपूर्वक पालन करने और रक्षा करने की वस्तु है, इस विषय में गोविन्द माणिक्य का हृदय सर्वदा जागरूक है। उनके चारों ओर अनन्त फल से परिपूर्ण मनुष्य जन्म सार्थक हो जाए, इसी आशा में और अपनी कोशिश से इसे ही सफल बनाने में गोविन्द माणिक्य अपना शेष जीवन समर्पित करना चाहते हैं। इसके लिए वे सभी कष्ट, सारे अत्याचार सहन कर सकते हैं। केवल बीच-बीच में कभी-कभी हताश होकर दुख करने लगते हैं, 'मैं अपना कार्य निपुणतापूर्वक सम्पन्न नहीं कर पा रहा हूँ। बिलवन रहता, तो अच्छा होता।'

इस प्रकार गोविन्द माणिक्य सैकड़ों ध्रुवों के साथ दिन बिताने लगे।

तेंतालीसवाँ परिच्छेद

यह परिच्छेद स्टूयार्ट कृत बंगाल का इतिहास से संगृहीत

इधर शाहशुजा अपने भाई औरंगजेब की सेना द्वारा उत्पीड़ित होकर भागा फिर रहा है। इलाहाबाद के निकट युद्ध क्षेत्र में उसकी पराजय हो गई। विपक्षियों से पराक्रान्त शुजा इस विपदा के समय अपने पक्ष वालों पर भी विश्वास नहीं कर पाया। वह अपमानित और भीत भाव में छद्म-वेश में साधारण लोगों के समान अकेला भागा फिरने लगा। जहाँ भी जाए, शत्रु सैनिकों की धूलि, पताका और उनके घोड़ों के खुरों की आवाजें उसका पीछा करने लगीं। अन्त में पटना पहुँचकर उसने फिर से नवाब के वेश में अपने परिवार तथा प्रजा के सामने आने की घोषणा की। उसमें भी, जैसे ही पटना पहुँचा, उसके थोड़े ही समय बाद औरंगजेब का बेटा, शहजादा मुहम्मद सेना सहित पटना के दरवाजे पर आ धमका। शुजा पटना छोड़कर मुंगेर भाग गया।

मुंगेर में उसके तितर-बितर हुए दल-बल के कुछ-कुछ लोग उसके पास आ जुटे और वहाँ उसने नए सैनिक भी इकट्ठे कर लिये। तेरियागढ़ी और शिक्लिगली के क़िले साफ़ करके और नदी के किनारे पहाड़ पर प्राचीर का निर्माण करवाकर वह मज़बूत होकर बैठ गया।

इधर औरंगजेब ने अपने कुशल सेनापति मीरजुमला को शहजादे मुहम्मद की सहायता के लिए भेज दिया। शहजादे मुहम्मद ने खुलेआम मुंगेर के किले के निकट पहुँचकर पड़ाव डाल दिया और मीरजुमला दूसरे गप्त मार्ग से मुंगेर की ओर चल पड़ा। जब शुजा शहजादे मुहम्मद के साथ छोटे-मोटे युद्ध में उलझा था, उसी समय अचानक समाचार मिला कि मीरजुमला बहुत बड़ी सेना लेकर वसन्तपुर आ पहुँचा है। शुजा परेशान होकर तत्काल अपने सारे सैनिकों के साथ मुंगेर छोड़कर राजमहल

भाग गया। उसका पूरा परिवार वहीं रह रहा था। सम्राट के सैनिक बिना देर किए वहाँ भी उसके पीछे पहुँच गए। शुजा ने छः दिन तक प्राणपण से युद्ध करते हुए शत्रु-सैनिकों को आगे नहीं बढ़ने दिया। लेकिन जब देखा कि और बचाव सम्भव नहीं, तो एक दिन तूफानी अँधेरी रात में अपना पूरा परिवार और यथासम्भव धन-सम्पत्ति लेकर नदी पार करके तोंडा भाग गया तथा वहाँ किले की साफ़-सफ़ाई में जुट गया।

उसी समय घनी बारिश आ गई, नदी का पाट चौड़ा और रास्ता कठिन हो गया। सम्राट के सैनिक आगे नहीं बढ़ पाए।

इस युद्ध के पहले शहजादे मुहम्मद के साथ शुजा की कन्या का विवाह तय हो गया था। किन्तु युद्ध के झंझट में दोनों ही पक्ष उस बात को भूल गए थे।

इस समय बारिश के कारण युद्ध स्थगित है और मीरजुमला अपने शिविर को राजमहल से कुछ दूर ले गया है, ऐसे समय तोंडा के शिविर से शुजा के एक सैनिक ने गुप्त रूप से आकर शहजादे मुहम्मद के हाथों में एक चिट्ठी दी। शहजादे ने खोलकर देखा, शुजा की बेटी ने लिखा है–'शहजादे, क्या यही मेरा भाग्य था? जिसे मन-ही-मन पति-रूप में वरण करके अपना सम्पूर्ण हृदय समर्पित कर दिया, जो अँगूठियों का आदान-प्रदान करके मुझे ग्रहण करने के लिए वचनबद्ध हुआ था, वही आज निष्ठुर तलवार हाथ में लेकर मेरे पिता के प्राण लेने चला आया है, क्या मुझे यही देखना था! शहजादे, क्या यही हमारे विवाह का उत्सव है! क्या इतना बड़ा समारोह उसी के लिए है! क्या उसी कारण आज हमारा राजमहल रक्त से लाल है! क्या उसी कारण शहजादा दिल्ली से हाथों में लोहे की बेड़ियाँ लेकर आया है! यही क्या प्रेम की बेड़ी है!'

इस चिट्ठी को पढ़ते ही मानो अचानक आए प्रबल भूकम्प से शहजादे मुहम्मद का हृदय विदीर्ण हो गया। वह एक पल भी चैन से नहीं रह पाया। उसने तत्क्षण साम्राज्य की आशा, बादशाह का अनुग्रह सब कुछ तुच्छ अनुभव किया। उसने प्रथम यौवन की दीप्त अग्नि में हानि-लाभ के सम्पूर्ण विचार का विसर्जन कर दिया। अपने पिता का सारा कार्य उसे अत्यन्त अनुचित और निष्ठुर अनुभव हुआ। इसके पहले वह पिता की षड्यंत्र-प्रवण निष्ठुर नीति के विरुद्ध पिता के सम्मुख ही अपना मत स्पष्ट रूप से व्यक्त करता था और कभी-कभी सम्राट का क्रोध-भाजन भी बनता था। आज उसने अपने सेनाध्यक्षों में से कुछ मुख्य-मुख्य लोगों को बुलाकर सम्राट की निष्ठुरता, दुष्टता और अत्याचार के सम्बन्ध में असन्तोष प्रकट करके कहा, ''मैं तोंडा में अपने चाचा के साथ मिलने जा रहा हूँ। तुम लोगों में से जो मुझे प्यार करता हो, मेरे पीछे चला आए!''

वे लम्बा सलाम ठोकते हुए तत्काल बोले, ''शहजादे जो कह रहे हैं, वह अति यथार्थ है, देखना कल ही आधे सैनिक तोंडा के शिविर में शहजादे के साथ मिल जाएँगे।''

मुहम्मद उसी दिन नदी पार करके शुजा के शिविर में जा पहुँचा।

तोंडा में उत्सव का वातावरण छा गया। सारे के सारे युद्ध की बात एकदम भूल गए। अब तक केवल पुरुष ही व्यस्त थे, अब शुजा के परिवार में रमणियों के हाथ में भी काम का अन्त नहीं रहा। शुजा ने अत्यन्त स्नेह और आनन्द के साथ मुहम्मद को अंगीकार किया। लगातार के रक्तपात के बाद खून का खिंचाव मानो और बढ़ गया। नृत्य-गीत-वाद्य के बीच विवाह सम्पन्न हो गया। नाच-गान समाप्त होते-न-होते खबर मिली कि सम्राट की सेना निकट आ गई है।

जैसे ही मुहम्मद शुजा के शिविर में गया, वैसे ही सैनिकों ने मीरजुमला को समाचार भेज दिया। एक सैनिक ने भी मुहम्मद का साथ नहीं दिया, वे समझ गए थे, मुहम्मद ने जान-बूझकर विपत्ति के सागर में छलाँग लगाई है, वहाँ जाकर उसके दल में मिलना पागलपन है।

शुजा और मुहम्मद को विश्वास था कि सम्राट के अधिकांश सैनिक युद्ध-क्षेत्र में शहजादे मुहम्मद के साथ मिल जाएँगे। मुहम्मद इसी आशा में अपनी पताका फहराते हुए रण-भूमि में उतर गया। सम्राट के सैनिकों का एक बड़ा दल उसकी ओर बढ़ा। मुहम्मद आनन्द में फूला न समाया। लेकिन वह दल निकट आते ही मुहम्मद के सैनिकों के दल पर गोले बरसाने लगा। तब मुहम्मद पूरी स्थिति समझ पाया। परन्तु तब और समय नहीं था। उसके सैनिक भाग खड़े हुए। युद्ध में शुजा का बड़ा बेटा मारा गया।

उसी रात हतभागा शुजा और उसका जामाता सपरिवार द्रुतगामी नौका पर सवार होकर ढाका भाग गए। मीरजुमला ने ढाका में शुजा का पीछा करना आवश्यक नहीं समझा। वह विजित क्षेत्र में व्यवस्था कायम करने में लग गया।

दुर्दशा के दिनों में विपदा के समय जब मित्र एक-एक कर साथ छोड़ जाते हैं, तब मुहम्मद के...धन-प्राण-मान को तुच्छ समझकर...शुजा का पक्ष लेने के कारण शुजा का हृदय विचलित हो गया। वह मन-प्राण से मुहम्मद को प्यार करने लगा। उसी समय ढाका शहर में औरंगजेब का एक पत्र-वाहक गुप्तचर पकड़ा गया। उसका पत्र शुजा के हाथ लग गया। औरंगजेब ने मुहम्मद को लिखा था, 'सबसे प्यारे बेटे मुहम्मद, तुम अपने कर्तव्य की अवहेलना करके पितृ-द्रोही बन गए हो और अपने निष्कलंक यश पर कलंक लगा लिया है। रमणी की छलनामय हँसी पर मुग्ध होकर अपने धर्म का विसर्जन कर दिया है। भविष्य में जिसके हाथों में

सम्पूर्ण मुग़ल साम्राज्य का शासन-भार आनेवाला है, वह आज एक रमणी का दास बना बैठा है! जो भी हो, जब मुहम्मद ने अल्लाह के नाम की कसम खाकर अफसोस जता दिया है, तो मैंने उसे माफ किया। लेकिन जिस काम के लिए गया है, जब उसे पूरा करके आएगा, तभी वह मेरे अनुग्रह का अधिकारी होगा।'

शुजा इस चिट्ठी को पढ़कर वज्राहत हो गया। मुहम्मद ने बार-बार कहा कि उसने कभी भी पिता के सामने अफसोस प्रकट नहीं किया। यह सब उसके पिता की चालाकी है। लेकिन शुजा का सन्देह दूर नहीं हुआ। शुजा तीन दिन तक सोचता रहा। अन्त में चौथे दिन बोला, "बेटा, हम लोगों के बीच विश्वास का बन्धन ढीला पड़ गया है। इसलिए मैं अनुरोध कर रहा हूँ, तुम अपनी पत्नी को लेकर चले जाओ, अन्यथा हम लोगों के मन को शान्ति नहीं मिलेगी। मैंने राजकोष का दरवाजा खोल दिया है, श्वसुर के उपहारस्वरूप जितनी इच्छा हो, धन-रत्न ले जाओ।"

मुहम्मद ने आँसू बहाते हुए विदा ली, उसकी पत्नी उसके साथ चली गई।

शुजा बोला, "और युद्ध नहीं करूँगा। चट्टग्राम के बन्दरगाह से जहाज पर चढ़कर मक्का चला जाऊँगा।"

कहकर छद्म-वेश में ढाका छोड़कर चला गया।

चौवालीसवाँ परिच्छेद

जिस दुर्ग में गोविन्द माणिक्य रहते थे, एक दिन वर्षा के अपराह्न में उसी दुर्ग के मार्ग से एक फ़क़ीर के साथ तीन बालक और एक वयप्राप्त भारवाही चले आ रहे हैं। बालक अत्यधिक थके दिखाई पड़ रहे हैं। हवा तेज बह रही है और बारिश लगातार पड़ रही है। सबसे छोटे बालक की आयु चौदह बरस से अधिक नहीं होगी, उसने ठंड से काँपते हुए दुखी स्वर में कहा, "अब्बा, और नहीं चल सकता।" कहते हुए अधीर होकर रोने लगा।

फ़क़ीर ने बिना कुछ कहे उसे छाती के पास खींच लिया।

बड़े बालक ने छोटे का तिरस्कार करते हुए कहा, "रास्ते के बीच इस तरह रोने का क्या फ़ायदा है? चुप हो जा। अब्बा को बेकार में दुखी मत कर।"

छोटा बालक उठ रही रुलाई को दबाकर शान्त हो गया।

मँझले बालक ने फ़क़ीर से पूछा, "अब्बा, हम लोग कहाँ जा रहे हैं?"

फ़क़ीर ने कहा, "यह जो क़िले का शिखर दिखाई पड़ रहा है, इसी क़िले में जा रहे हैं।"

"वहाँ कौन है अब्बा?"

"सुना है, कहीं के एक राजा संन्यासी होकर वहाँ रहते हैं।"

"राजा संन्यासी क्यों हो गया अब्बा?"

फ़क़ीर ने कहा, "पता नहीं बेटा! शायद उनके सगे भाई ने सैनिकों के साथ देश से देशान्तर तक गाँव के कुत्ते के समान उनका पीछा किया। उन्हें राज्य और सुख-सम्पदा से बेदख़ल कर दिया। अब शायद दारिद्र्य की अँधेरी छोटी-सी गुफा और संन्यासी के गेरुए कपड़े ही उनके लिए संसार में छिपने का एकमात्र स्थान है। अपने भाई के विद्वेष से, विषदन्त से और कहीं भी बचाव नहीं ।"

कहते हुए फ़क़ीर ने मज़बूती से अपने अधरोष्ठ दबाकर हृदय के आवेग का दमन किया। बड़े बालक ने पूछा, ''यह संन्यासी कौन से देश का राजा था?''

फ़क़ीर ने कहा, ''वह नहीं पता बेटा!''

''अगर हमें आश्रय न दे?''

''तब हम लोग पेड़ के नीचे लेट जाएँगे। हम लोगों के लिए और जगह कहाँ है!''

शाम होने के कुछ पहले ही दुर्ग में फ़क़ीर और संन्यासी की भेंट हुई। दोनों ही दोनों को देखकर आश्चर्य में पड़ गए। गोविन्द माणिक्य ने ध्यान से देखा...फ़क़ीर, फ़क़ीर नहीं लगा। छोटी-छोटी स्वार्थपरक इच्छाओं से मन को हटाकर एकमात्र महान उद्देश्य में नियोजित करने पर चेहरे पर जो एक प्रकार की ज्वालाहीन विमल ज्योति प्रकट हो जाती है, वह फ़क़ीर के चेहरे पर दिखाई नहीं दी। फ़क़ीर हमेशा सतर्क भयभीत। उसके हृदय की सम्पूर्ण तृषित वासना मानो उसके जलते हुए दो नेत्रों से अग्नि पान कर रही है। उसके मज़बूती से बन्द अधरोष्ठों और कसकर भिंचे दाँतों के बीच विफलता से घायल उसका विद्वेष मानो हृदय की अँधेरी गुफा में प्रवेश करके अपने को अपने आप ही डस रहा। साथ में तीन बालक, उनकी अत्यन्त सुकुमार सुन्दर श्रान्त यन्त्रणा भरी देह और एक प्रकार का गर्वित संकोच देखकर लगता है, जैसे वे जन्म से ही सार-सँभाल के साथ सम्मान के छींके पर टँगे हुए थे, उन्होंने यही पहली बार ज़मीन पर पैर रखा है। चलने पर पैरों की अँगुलियों में जो धूल लग जाती है, मानो पहले उन्हें इसका प्रत्यक्ष ज्ञान नहीं था। संसार में कदम-कदम पर यह धूल भरी गन्दी दरिद्रता मानो उनमें संसार के प्रति घृणा को जन्म दे रही है, कदम-कदम पर उत्कृष्ट श्रेणी की चटाई और मिट्टी के बीच भेद देखकर वे जैसे संसार का तिरस्कार कर रहे हैं। मानो, पृथ्वी ने विशेषकर उन्हीं के साथ भेदभाव करके अपनी विशाल उत्कृष्ट चटाई लपेटकर रख दी है। मानो, सभी ने उनके प्रति अपराध कर डाला है। दरिद्र लोग भिक्षा माँगने के लिए अपने गन्दे कपड़ों में उनके बहुत निकट आने का जो साहस कर रहे हैं, यह केवल उनकी प्रतिद्वन्द्विता है; घृणा योग्य कुत्ता कहीं निकट न आ जाए, इस कारण जैसे लोग रोटी का टुकड़ा दूर से ही फेंक देते हैं, मानो ये लोग भी उसी प्रकार भूखे गन्दे भिखारियों को देखकर मुँह घुमाकर दूर से ही अनायास एक मुट्ठी मुद्राएँ फेंक सकते हैं। अधिकांश संसार का एक प्रकार का अति सामान्य रूप और फटेहाल निर्धनता मानो उनकी आँखों में केवल एक भारी बेअदबी है। वे जो संसार में सुखी और सम्मानित नहीं बन पा रहे हैं, यह केवल संसार का ही दोष है।

ऐसा नहीं कि गोविन्द माणिक्य ने ठीक-ठीक इतना ही सोचा था। वे लक्षण देखकर ही समझ गए थे कि यह फ़क़ीर अपनी समस्त इच्छाओं को विसर्जित करके स्वाधीन और स्वस्थ होकर संसार का कार्य करने को बाहर निकला हो, ऐसा नहीं है; यह केवल अपनी इच्छाओं के तृप्त न होने के कारण असन्तुष्ट होकर सारे संसार से विमुख होकर आया है। फ़क़ीर का विश्वास है कि वह जो चाहता है, वही उसका प्राप्य है, और संसार उससे जो चाहता है, वह सुविधानुसार देने पर भी चलेगा और न देने से भी कोई नुकसान नहीं है। ठीक इसी विश्वास के अनुसार काम नहीं चलता, इसी कारण वह संसार को छोड़कर निकल पड़ा है।

गोविन्द माणिक्य देखने में फ़क़ीर को राजा भी लगे, संन्यासी भी प्रतीत हुए। उसने ठीक ऐसी आशा नहीं की थी। उसने सोचा था–शायद एक लम्बोदर पगड़ीधारी बड़ा-सा मांस-पिंड देखेगा अथवा एक दीन वेशधारी मैला-कुचैला संन्यासी, अर्थात् भस्माच्छादित धूलिशय्याशायी उद्धत दर्प देखने को मिलेगा। लेकिन दोनों में से कोई भी देखने को नहीं मिल सका। गोविन्द माणिक्य को देखने पर अनुभव हुआ कि जैसे उन्होंने सब कुछ त्याग दिया है, फिर भी जैसे सब कुछ उन्हीं का है। वे कुछ भी नहीं चाहते, इसीलिए जैसे सब कुछ पा लिया है...उन्होंने अपने को उत्सर्गित कर दिया है, इसी से मिल गया है। उन्होंने जिस प्रकार आत्म-समर्पण किया है, उसी प्रकार सम्पूर्ण जगत् स्वेच्छा से उनकी पकड़ में आ गया है। किसी प्रकार का आडम्बर न होने के कारण ही वे राजा हैं तथा सम्पूर्ण संसार के अत्यन्त निकटवर्ती हो जाने के कारण ही वे संन्यासी हैं। इसी कारण उन्हें राजा भी नहीं बनना पड़ता, संन्यासी भी नहीं हो जाना पड़ता।

राजा ने अपने अतिथियों की आदर के साथ सेवा की। उन्होंने उनकी सेवा को परम अवहेलना के साथ ग्रहण किया। मानो, इसमें उन लोगों को पूरा अधिकार था। उन लोगों के आराम के लिए क्या-क्या सामान आवश्यक हैं, राजा को यह भी बता दिया। राजा ने बड़े बालक से स्नेहपूर्वक पूछा, "रास्ते की कठिनाई से बहुत थकन अनुभव हो रही है क्या?"

बालक उसका अच्छी तरह उत्तर न देकर फ़क़ीर से सटकर बैठ गया। राजा ने उसकी ओर देखकर तनिक हँसते हुए कहा, "तुम लोगों का यह सुकुमार शरीर रास्ता चलने के लिए नहीं है। तुम लोग मेरे इस दुर्ग में रहो, मैं तुम्हें जतन से रखूँगा।"

राजा की इस बात का उत्तर देना उचित है या नहीं, और इन सब लोगों के साथ ठीक किस प्रकार से व्यवहार करना करणीय है, बालक सोच नहीं पाए...वे

फ़क़ीर से और अधिक सटकर बैठ गए। मानो सोच रहे हों, कहाँ का यह आदमी अपने मैले हाथ बढ़ाए इसी समय उन्हें पकड़ने आ रहा है।

फ़क़ीर गम्भीर होकर बोला, "अच्छा, हम लोग कुछ समय तुम्हारे इस दुर्ग में रह सकते हैं।"

मानो, राजा पर अनुग्रह किया हो। मन-ही-मन कहा, 'अगर जानते कि मैं कौन हूँ, तो इस अनुग्रह पर तुम्हारे आनन्द की सीमा न रहती।'

राजा किसी भी तरह तीनों बालकों को वश में नहीं कर पाए। और फ़क़ीर जैसे पूरी तरह निर्लिप्त बना रहा।

फ़क़ीर ने गोविन्द माणिक्य से पूछा, "सुना है, तुम एक समय राजा थे, कहाँ के राजा?"

गोविन्द माणिक्य ने कहा, "त्रिपुरा का।"

सुनकर बालकों ने उन्हें बहुत हीन समझा। उन्होंने कभी त्रिपुरा का नाम सुना ही नहीं। किन्तु फ़क़ीर थोड़ा-सा विचलित हो गया। फिर पूछा, "तुम्हारा सिंहासन गया कैसे?"

गोविन्द माणिक्य थोड़ी देर चुप रहे। अन्त में बोले, "बंगाल के नवाब शाहशुजा ने मुझे राज्य से निर्वासित कर दिया है।"

नक्षत्रराय की कोई बात नहीं कही।

यह बात सुनते ही सभी बालकों ने चौंकते हुए फ़क़ीर के चेहरे की ओर देखा। फ़क़ीर का चेहरा मानो बदरंग पड़ गया। वह सहसा बोल पड़ा, "लगता है, यह सब तुम्हारे भाई का किया-धरा है? शायद तुम्हारे भाई ने तुम्हें राज्य से भगाकर संन्यासी बना दिया है?"

राजा आश्चर्यचकित हो गए; बोले, "आपको यह समाचार कहाँ से मिला साहब?"

फिर सोचा, 'आश्चर्य की कोई बात नहीं, किसी से भी सुन लिया होगा।'

फ़क़ीर ने जल्दी से कहा, "मुझे कुछ पता नहीं। मैं केवल अनुमान कर रहा हूँ।"

रात होने पर सभी सोने चले गए। उस रात फ़क़ीर को और नींद नहीं आई। जागते हुए दुःस्वप्न देखने लगा। और प्रत्येक शब्द पर चौंकने लगा।

अगले दिन फ़क़ीर गोविन्द माणिक्य से बोला, "विशेष आवश्यकता के कारण यहाँ और रहना नहीं हो पाया। हम लोग आज विदा होते हैं।"

गोविन्द माणिक्य ने कहा, "बालक मार्ग के कष्ट से थक गए हैं, उन्हें और कुछ समय आराम करने देना अच्छा रहेगा।"

बालक थोड़े क्रुद्ध गए...उनमें से सबसे बड़े ने फ़क़ीर की ओर देखकर कहा, "हम लोग कोई नितान्त बच्चे नहीं हैं, ज़रूरत पड़ने पर आसानी से कष्ट सहन कर सकते हैं।"

वे गोविन्द माणिक्य का प्यार स्वीकार करने को तैयार नहीं हैं। गोविन्द माणिक्य ने और कुछ नहीं कहा।

फ़क़ीर जिस समय चलने की तैयारी कर रहा था, तभी दुर्ग में एक और अतिथि का आगमन हुआ। उसे देखकर फ़क़ीर और राजा, दोनों ही आश्चर्य में पड़ गए। फ़क़ीर सोच नहीं पाया कि क्या करे! राजा ने अपने अतिथि को प्रणाम किया। अतिथि कोई और नहीं, रघुपति है। रघुपति ने राजा का प्रणाम स्वीकार करके कहा, "जय हो।"

राजा ने तनिक परेशान होकर पूछा, "नक्षत्रराय के पास से आ रहे हो ठाकुर? कोई विशेष समाचार है?"

रघुपति ने कहा, "नक्षत्रराय ठीक हैं, उनके लिए चिन्ता मत कीजिए।" आकाश की ओर हाथ उठाकर बोला, "मुझे जयसिंह ने आपके पास भेज दिया है। वह बचा नहीं। मैं उसकी इच्छा पूरी करूँगा, अन्यथा मुझे शान्ति नहीं। आपके पास रहकर, आपका संगी बनकर आपके समस्त कार्यों में शामिल होऊँगा।"

राजा पहले रघुपति का भाव कुछ समझ नहीं पाए। उन्होंने एक बार सोचा–लगता है, रघुपति पागल हो जाएगा। राजा चुप रहे।

रघुपति ने कहा, "मैंने सब देख लिया है, किसी में भी सुख नहीं है। ईर्ष्या करने में सुख नहीं, आधिपत्य जमाकर सुख नहीं, आपने जिस मार्ग का अवलम्बन किया है, उसी में सुख है। मैंने आपके साथ परम शत्रुता की, मैंने आपसे ईर्ष्या की, मैंने आपकी बलि चढ़ा देनी चाही थी, आज मैं आपके सम्मुख सब कुछ त्यागने आया हूँ।"

गोविन्द माणिक्य ने कहा, "ठाकुर, तुमने मेरा परम उपकार किया है। मेरा शत्रु मेरी परछाईं के समान मेरे साथ-साथ ही लगा हुआ था, तुमने मुझे उसके हाथ से बचा लिया है।"

रघुपति उस बात पर कोई अधिक ध्यान न देकर बोला, "महाराज, मैं संसार में रक्तपात करके इतने दिन तक जिस पिशाची की सेवा करता आया हूँ, उसने अन्त में मेरे ही हृदय का रक्त खींचकर पी डाला। उसी शोणित-पिपासी जड़ता-मूढ़ता को मैं दूर कर आया हूँ; वह अब महाराज के राज्य के देव-मन्दिर में नहीं है, अब वह राजसभा में घुसकर सिंहासन पर चढ़ी बैठी है।"

राजा ने कहा, "अगर वह देव-मन्दिर से दूर हो गई है, तो धीरे-धीरे मनुष्य के हृदय से भी दूर हो जाएगी।"

पीछे से एक परिचित स्वर ने कहा, "नहीं महाराज, मानव-हृदय ही प्रकृत-मन्दिर होता है, वहीं खड्ग पर धार चढ़ती है और वहीं शत-सहस्र नर-बलियाँ चढ़ती हैं। देव-मन्दिर में केवल उसका साधारण अभिनय होता है।"

राजा ने चकित होते हुए घूमकर देखा, सहास्य सौम्य मूर्ति बिलवन। उसे प्रणाम करके रुद्ध कंठ से कहा, "आज मेरा क्या आनन्द है!"

बिलवन ने कहा, "महाराज ने स्वयं को जीत लिया है, इसी कारण सबको जीत लिया है। उसी के फलस्वरूप आज आपके द्वार पर शत्रु मित्र सभी एकत्र हो गए हैं!"

फ़क़ीर ने आगे बढ़कर कहा, "महाराज, मैं भी आपका शत्रु हूँ, मैं भी आपकी पकड़ में आ गया हूँ।"

रघुपति की ओर अँगुली का इशारा करते हुए कहा, "यह ब्राह्मण ठाकुर मुझे जानता है। मैं ही शुजा हूँ, बंगाल का नवाब, मैंने ही आपको बिना किसी अपराध के निर्वासित किया है और उस पाप का दंड भी पा लिया है...आज मेरे भाई की ईर्ष्या रास्ते-रास्ते मेरा पीछा कर रही है, मेरे राज्य में ही मेरे खड़े होने की जगह नहीं है। मैं छद्म-वेश में और नहीं रह सकता, आपके समक्ष सम्पूर्णतः आत्म-समर्पण करके बच गया।"

इसके बाद राजा और नवाब, दोनों आलिंगनबद्ध हो गए। राजा ने केवल यही कहा, "मेरा क्या सौभाग्य है!"

रघुपति ने कहा, "महाराज, आपके साथ शत्रुता करने में भी लाभ है। आपसे शत्रुता करने जाकर ही आपके द्वारा अपना लिया गया अन्यथा कभी भी आपको जान नहीं पाता।"

बिलवन ने हँसकर कहा, "जैसे फाँसी के फन्दे में पड़कर फन्दे को तोड़ने की कोशिश में गर्दन और भी कसती चली जाती है।"

रघुपति ने कहा, "मुझे और दुख नहीं...मुझे शान्ति मिल गई है।"

बिलवन ने कहा, "शान्ति-सुख अपने भीतर ही होता है, केवल जान नहीं पाते। भगवान ने जैसे मिट्टी की हाँड़ी में अमृत रख दिया है, अमृत है, कहकर किसी को भी विश्वास नहीं होता। आघात लगाने से जब हाँड़ी टूट जाती है, तब बहुत बार अमृत का स्वाद मिलता है। हाय-हाय, ऐसी वस्तु भी ऐसी जगह रहती है!"

उसी समय एक आकाश-भेदी शोर उठा। देखते ही देखते दुर्ग में छोटे-बड़े नानाविध बालक आ धमके। राजा ने बिलवन से कहा, "ये देखो ठाकुर, मेरे ध्रुव!"

कहते हुए बालक दिखा दिए।

बिलवन ने कहा, ''जिसके प्रसाद से आपने इतने सारे बालक पाए हैं, वह भी आपको भूला नहीं है, उसे ले आता हूँ।''

कहकर बाहर गया।

थोड़ी देर में ध्रुव को गोद में उठाए लाकर राजा की गोद में दे दिया। राजा ने उसे छाती में भींचकर पुकारा, ''ध्रुव!''

ध्रुव कुछ नहीं बोला, गम्भीर भाव से चुपचाप राजा के कन्धे पर सिर टिकाए पड़ा रहा। बहुत दिन बाद पहली बार मिलने के कारण बालक के नन्हे से हृदय में मानो एक प्रकार का अव्यक्त अभिमान और लज्जा उत्पन्न हो गए। राजा को लपेटकर चेहरा छिपाए रहा।

राजा बोले, ''और सब हुआ, केवल नक्षत्र ने मुझे भाई नहीं कहा।''

शुजा ने तीखे भाव से कहा, ''महाराज, और सभी अति सहजता से ही भाई के समान व्यवहार करते हैं, केवल अपना भाई नहीं करता।''

शुजा के हृदय से अभी भी शूल निकला नहीं था।

उपसंहार

यहाँ बताना आवश्यक है कि तीन बालक शुजा की तीन छद्म-वेशी कन्याएँ थीं। शुजा मक्का जाने के उद्देश्य से चट्टग्राम के बन्दरगाह पर गया था। लेकिन दुर्भाग्यवश भारी बारिश आ जाने के कारण एक भी जहाज नहीं मिला। अन्त में हताश होकर लौट आनेवाले रास्ते में गोविन्द माणिक्य के साथ दुर्ग में भेंट हुई। कुछ दिन दुर्ग में रहकर शुजा को समाचार मिला कि सम्राट के सैनिक अभी भी उसकी खोज कर रहे हैं। गोविन्द माणिक्य ने उसे वाहन आदि और काफी अनुचरों समेत अपने मित्र, अराकानपति के पास भेज दिया। जाते समय शुजा ने उन्हें अपनी बहुमूल्य तलवार उपहारस्वरूप प्रदान की।

इस बीच राजा, रघुपति और बिलवन ने मिलकर सारे गाँव को जैसे जगाकर खड़ा कर दिया। राजा का दुर्ग पूरे गाँव का प्राण हो गया।

इस प्रकार छः वर्ष व्यतीत होते-होते छत्रमाणिक्य की मृत्यु हो गई। गोविन्द माणिक्य को सिंहासन पर लौटा लाने के लिए त्रिपुरा से दूत आया।

गोविन्द माणिक्य ने पहले कहा, "मैं राज्य में नहीं लौटूँगा।"

बिलवन ने कहा, "महाराज, यह नहीं हो सकता। जब धर्म स्वयं द्वार पर आकर आह्वान कर रहे हैं, तब उनकी अवहेलना मत कीजिए।"

राजा ने अपने छात्रों की ओर देखकर कहा, "मेरी इतने दिन की आशा अधूरी, इतने दिन का कार्य असमाप्त रह जाएगा।"

बिलवन ने कहा, "यहाँ आपका कार्य मैं करूँगा।"

राजा ने कहा, "तुम अगर यहाँ रह जाओगे, तो मेरा वहाँ का कार्य अधूरा रह जाएगा।"

बिलवन ने कहा, "नहीं महाराज, अब आपको मेरी और आवश्यकता नहीं

है। अब आप अपने पर स्वयं निर्भर कर सकते हैं। अगर मेरे पास समय हुआ, तो मैं कभी-कभी आपसे मिलने आ जाऊँगा।''

राजा ने ध्रुव को लेकर राज्य में प्रवेश किया। ध्रुव अब नितान्त छोटा नहीं है। उसने बिलवन की कृपा से संस्कृत भाषा में शिक्षा प्राप्त करके शास्त्र के अध्ययन में मन लगा लिया है। रघुपति ने फिर से पौरोहित्य अपना लिया। इस बार मन्दिर में लौटकर मृत जयसिंह पुनः जीवित रूप में प्राप्त हो गया।

इधर विश्वासघातक अराकानपति ने शुजा की हत्या करके उसकी सबसे छोटी बेटी से विवाह कर लिया।...

'अभागे शुजा के प्रति अराकानपति की नृशंसता याद करके गोविन्द माणिक्य दुखी होते थे। शुजा के नाम को चिरस्मरणीय बनाने के लिए उन्होंने तलवार के विनिमय से प्राप्त बहुत सारे धन द्वारा कुमिल्ला नगरी में एक उत्कृष्ट मस्जिद का निर्माण कराया था। वह आज भी शुजा मस्जिद के नाम से विद्यमान है।

'गोविन्द माणिक्य के प्रयत्न से मेहेरकूल आबाद हुआ था। उन्होंने ब्राह्मण-गण को बहुत सारी भूमि ताम्रपत्र पर सनद लिखकर प्रदान की थी। महाराज गोविन्द माणिक्य ने कुमिल्ला के दक्षिण में बातिसा ग्राम में एक विशाल तालाब खुदवाया था। उन्होंने अनेक महान कार्यों का आयोजन किया था, किन्तु सम्पन्न नहीं कर पाए। इसी का पश्चात्ताप करते हुए 1669 ई. में मानव-लीला पूरी कर ली।'

(अन्तिम दो पैराग्राफ श्रीयुत बाबू कैलासचन्द्र सिंह प्रणीत त्रिपुरा का इतिहास से उद्धृत)

❑❑❑